In Alkmaar vinden kort na elkaar drie mysterieuze steekpartijen plaats. Er is weinig dat de slachtoffers met elkaar verbindt. Samen met haar vaste partner Fred staat Lois Elzinga, rechercheur Moordzaken, afdeling Noord-Holland Noord, weer voor een mysterie.
Ondertussen maakt Lois' zus, Tessa, een moeilijke periode door en heeft ze last van een gluurder. Voor beide zussen geldt dat het verleden dichterbij komt dan hun lief is.

Simone van der Vlugt is een van Nederlands grootste thrillerschrijfsters. Van haar boeken werden meer dan twee miljoen exemplaren verkocht.

★★★★★ 'De onverwachte wendingen in de plot zijn een cadeautje. Net als je denkt te weten hoe het zit, zit het toch weer anders. En dan heb je nog tientallen heerlijke pagina's te gaan voordat de échte ontknoping zich aandient.'
– *Dagblad De Limburger*

★★★★ 'Van der Vlugt weet de twee verhalen goed in elkaar te passen in een vlot geschreven thriller.' – *Algemeen Dagblad*

Van Simone van der Vlugt verscheen bij Ambo|Anthos *uitgevers*

De reünie
Beste thrillerdebuut 2004 door Crimezone
Nominatie voor de NS Publieksprijs 2005

Schaduwzuster

Het laatste offer
Nominatie voor de NS Publieksprijs 2007

Blauw water
Nominatie voor de NS Publieksprijs 2008
Nominatie voor de Gouden Strop 2008
Winnaar Zilveren Vingerafdruk 2009

Herfstlied

Jacoba, Dochter van Holland

Op klaarlichte dag
Winnaar NS Publieksprijs 2010
Beste Nederlandstalige thriller 2010 door Crimezone

In mijn dromen
Nominatie voor de NS Publieksprijs 2012

Rode sneeuw in december

Aan niemand vertellen
Nominatie voor de NS Publieksprijs 2013

Morgen ben ik weer thuis

Vraag niet waarom

De ooggetuige & Het bosgraf

De lege stad

Nachtblauw

Met Wim van der Vlugt
Fado e Festa. Een rondreis door Portugal
Friet & Folklore. Reizen door feestelijk Vlaanderen

Simone van der Vlugt ontving in 2006 de Alkmaarse Cultuurprijs voor haar tot dan toe verschenen werk.

Simone van der Vlugt

Vraag niet waarom

Ambo|Anthos
Amsterdam

MIX
Papier van verantwoorde herkomst
FSC® C014496

Eerste druk 2014
Achtste druk 2016

ISBN 978 90 263 3560 0

Omslagontwerp Roald Triebels, Amsterdam
Omslagillustratie © Stephen Carroll / Arcangel Images (vrouw);
© Norbert Stojke (Alkmaar)
Foto auteur © Wim van der Vlugt

Verspreiding voor België:
Veen Bosch & Keuning uitgevers nv, Antwerpen

1

April

Lilian van Dijk pakt de greep van de kofferbak van haar auto vast en duwt de klep met een ferme zwaai omhoog. Met haar andere hand trekt ze de boodschappenkar naar zich toe en dan kijkt ze om zich heen.

Het regent, een vieze miezerregen die je natter maakt dan je zou verwachten. Op de parkeerplaats van het winkelcentrum is het rustig. Het is dinsdagochtend, even voor halftien. Blijkbaar geen tijdstip om boodschappen te doen, of misschien wachten de mensen tot het droog is.

Het liefst haalt Lilian alles zo vroeg mogelijk in huis. Dan is het lekker rustig in de supermarkt en heeft ze de rest van de dag voor zichzelf.

Het nadeel is dat ze zelf die zware tassen in de kofferbak moet zetten. Soms is er wel een leuk manspersoon te vinden die dat voor haar wil doen. Als Lilian op haar liefst lacht, lopen ze meteen met haar mee, al staan ze aan de andere kant van de parkeerplaats. Niet dat ze die tassen niet kan tillen, maar ze breekt liever geen nagel.

Lilian zucht teleurgesteld en strijkt een lok geblondeerd haar weg. Met haar achtenveertig jaar ziet ze er nog goed uit, en dat weet ze. Niet voor niets gooit ze bij de kleinste dingen haar wapens in de strijd. Het gaat haar eigenlijk niet eens om die nagels, ze test gewoon graag haar marktwaarde.

Met twee handen pakt ze de hengsels van de boodschappentas vast en tilt hem voorzichtig in de kofferbak. De tweede tas is een stuk zwaarder met al die flessen cola. Je vraagt je af of kinderen weleens iets anders drinken. Die van haar in elk geval niet, haar jongens drinken het zelfs bij het ontbijt. Niet dat ze dat goed vindt, maar als ze naar school moeten, staan ze veel vroeger op dan zij. Tegen de tijd dat zij uit bed komt, zijn haar kinderen allang de deur uit.

Alleen Rick is vandaag thuis. Hij had best even met haar mee kunnen gaan, vindt ze. Maar opeens bleek hij nog een proefwerk te moeten voorbereiden, iets waar ze gisteravond niets over heeft gehoord.

Waar ze wel op kan rekenen is dat hij straks, als ze thuiskomt, klaarstaat om de tassen naar binnen te dragen en ze in de keuken uit te pakken. Dat doen ze alle drie zonder dat ze erom hoeft te vragen. Nog niet zo lang geleden was ze ontroerd om die spontane hulp, tot ze erachter kwam dat ze gewoon benieuwd waren wat ze aan chips en koeken had ingeslagen.

De laatste tas staat erin maar valt half om. Een doos eieren glijdt eruit en Lilian schiet naar voren om te redden wat er te redden valt.

De man staat in de overdekte doorgang naar het winkelcentrum en kijkt naar de vrouw op de parkeerplaats. Ze laadt nogal onhandig haar boodschappen in haar auto en kijkt af en toe om zich heen. Maar ze kijkt niet achter zich.

Met een soepele beweging maakt hij zich los van de muur waar hij tegen geleund stond, en met de capuchon van zijn hoodie over zijn hoofd getrokken loopt hij de parkeerplaats op. Zijn passen zijn snel en doelgericht, zijn handen heeft hij diep in zijn zakken gestoken. In een ervan voelt hij het mes, koud en glad tegen zijn hand.

Nu maar hopen dat ze niet omkijkt, anders wordt het niks. Iedereen zou gealarmeerd raken als iemand op zo'n manier kwam aanlopen.

Ze kijkt niet om. Ze staat gebogen over de kofferbak en rommelt wat in haar tassen. Zijn sneakers maken geen geluid en brengen hem snel dichterbij. Hij haalt het mes tevoorschijn.

Op dat moment trekt Lilian haar hoofd terug uit de kofferbak, maar ze blijft met haar rug naar hem toe staan. Hij heft zijn arm, steekt toe en voelt het lemmet bevredigend diep in haar schouder verdwijnen.

- Lois = de vrouw van Onno
- Onno = de man van Lois
- Mirjam = collega van Lois

2

Juni

Het feest is in volle gang. Ook al is er van de band nog geen spoor te bekennen, het plein staat vol mensen in fleurige zomerkleding, met plastic bekertjes in de hand. Er wordt gelachen, gepraat, oude bekenden begroeten elkaar enthousiast. Als de band die het voorprogramma verzorgt het podium betreedt, gaat er gejuich op. Even later schallen de eerste klanken van een elektrische gitaar over het plein.

'Lekkere muziek,' zegt Lois als ze een tijdje heeft staan luisteren. 'Hoe heten ze eigenlijk?'

'Geen idee. Maakt ook niet uit, als ze maar goed spelen.' Onno staat naast haar met een biertje in zijn hand, gekleed in een keurige outfit die Lois niet direct uitgezocht zou hebben voor deze gelegenheid. Zelf draagt ze een oude spijkerbroek met een zwart T-shirt.

Ze zwaait naar iemand die ze kent en wendt zich tot Onno. 'Goed idee van je om hiernaartoe te gaan. Ik ben nog nooit naar Zomer op het Plein geweest.'

'Dat komt omdat je alleen maar werkt,' zegt Onno. 'Je hebt oogkleppen op.' Hij neemt een slok van zijn bier en voegt eraan toe: 'De manier waarop jij leeft, is een vlucht. Een wanhopige poging om controle te houden. Dat weet je toch, hè?'

'Alsjeblieft, Onno, nu even niet.'

'Maar het is zo. Het is niet normaal dat je nooit eens naar een feestje gaat.'

'Ik bén er toch,' zegt Lois.

'Omdat ik je meegesleept heb. Anders was je nu waarschijnlijk aan het overwerken. Of aan het hardlopen.'

'Ik ben je eeuwig dankbaar.'

'Mooi, dat wilde ik even horen.' Onno grijnst haar beminnelijk toe. 'Wil je nog wat drinken?'

'Welja, laat ik eens gek doen en nog een cola light nemen.'

'Ik ben zo terug. Niet stiekem weggaan.'

Met een glimlach kijkt Lois hem na. Ook al is het druk, ze kan zijn lange gestalte tot aan de bar volgen. Onno heeft natuurlijk gelijk, het is absurd dat ze zichzelf niet wat meer vrije tijd gunt. Het lijkt wel of ze het is verleerd om van het leven te genieten. Als je jezelf lang genoeg in het werk begraaft, gebeurt dat zonder dat je er erg in hebt.

Ze richt haar blik op het podium, waar de band vol overgave staat te spelen en te zingen. Erachter verrijst de majestueuze Grote Kerk, beschenen door de namiddagzon. De gebrandschilderde ramen, die het licht vangen, lijken in tientallen kleuren uiteen te spatten. Ze herinnert zich dat ze een keer met haar vader de kerk heeft bezocht toen de plavuizen vloer eruit lag omdat er verwarmingsbuizen onder geplaatst moesten worden. Tijdens de werkzaamheden kon je over houten planken rondwandelen en de geraamtes en kledingresten bekijken van Alkmaarders uit voorbije eeuwen. Haar vader, een geschiedenisliefhebber in hart en nieren, was gefascineerd en kwam er elke dag. Zelf vond ze het nogal macaber. Respectloos ook, op de een of andere manier. Ze voelde zich een gluurder, een gevoel dat haar nu nog bekruipt als ze tijdens haar werk met lijken wordt geconfronteerd.

Een klopje op haar schouder doet Lois opschrikken uit haar overpeinzingen. Naast haar staat Mirjam, in gezelschap van een man die Lois niet kent.

'Stond je je zonden te overdenken?' vraagt Mirjam plagend.

'Hé, wat leuk om je te zien!' zegt Lois blij verrast. 'Hoe gaat het met je? En met Britt?'

'Prima. We komen langzaam bij van alle gebeurtenissen en Britt krijgt psychische hulp. Het is allemaal zo kort geleden gebeurd,' antwoordt Mirjam. 'De ontvoering op zich heeft Britt wel verwerkt, maar al dat geweld waar ze getuige van is geweest, dat heeft erin gehakt. Dat moet ze een plaats geven.'

'Ja,' bevestigt Lois. 'Goed dat je een psycholoog voor haar hebt ingeschakeld. Wie weet wat voor trauma's ze anders nog zou ontwikkelen.' Ze glimlacht naar de man die Mirjam begeleidt en steekt een hand naar hem uit. 'Hallo, ik ben Lois Elzinga.'

'De rechercheur die aan Britts zaak werkte.' De man trekt een gezicht alsof hem een lichtje opgaat en schudt haar hand. 'Ik ben Tobias Dijssel, een oud-klasgenoot van Mirjam. We liepen elkaar hier tegen het lijf. Heel toevallig.'

'En heel gezellig,' voegt Mirjam eraan toe, terwijl ze van haar bekertje wijn nipt en knipoogt naar Lois. 'Ben je hier alleen?'

'Nee, met een vriend. Hij haalt even wat te drinken. O, daar zul je hem hebben.' Lois wacht tot Onno bij hen komt staan en stelt hem voor aan Mirjam en Tobias.

'De moeder van Britt,' zegt Onno. 'Leuk je te ontmoeten. Gelukkig dat alles goed is afgelopen.'

Terwijl ze daar staan te praten, glijdt Lois' blik telkens naar Onno. Het valt haar elke keer weer op hoe gemakkelijk hij contact legt en een gesprek op gang weet te houden; binnen de kortste keren staat hij uitgebreid te lachen en te praten met Mirjam en Tobias. Zelf is ze daar niet zo goed in, ze zit al gauw om woorden verlegen.

Als de twee mannen zich naar het podium keren om de band te becommentariëren, knikt Mirjam Lois goedkeurend toe.

'Leuke vent,' zegt ze achter haar hand. 'Is dat je vriend?'

Lois schudt haar hoofd. 'Een vriend,' zegt ze, met nadruk op het eerste woord.

Met een wat kritischere blik bekijkt Mirjam Onno. 'Ik kan me voorstellen dat hij niet helemaal je type is. Een beetje een kakker, hè? Maar hij is wel leuk. Aardig, gezellig.'

Lois glimlacht nietszeggend en verandert van onderwerp, bang dat Onno iets van hun gesprek zal opvangen. Ze staan net over hun vakantiebestemmingen van deze zomer te praten als Lois op haar schouder wordt getikt. Met een vragend gezicht draait ze zich om. Achter haar staat een meisje van een jaar of zestien, zeventien. Ze heeft schouderlang donker haar en grote hazelnootkleurige ogen in een beeldschoon gezicht. Het type dat zich zeer bewust is van haar schoonheid, vermoedt Lois. Alleen op dit moment even niet, want het meisje lacht ongemakkelijk en oogt een beetje nerveus.

'Bent u Lois Elzinga?' vraagt ze.

'Ja.' Lois vraagt zich af of ze dit meisje kent, en waar het meisje haar van kent.

'U hebt laatst in een tijdschrift gestaan, iets over vrouwen in mannenberoepen. Daar herkende ik u van.'

Lois herinnert zich het artikel. Ze had niet veel zin in dat interview, vanwege het onderwerp, dat ze nogal traditioneel vond, maar ook omdat ze meer te doen had. Ramon, haar chef, was echter van mening dat het goed zou zijn om mee te werken, om het werk van een rechercheur wat transparanter te maken. Alleen daarom had ze ingestemd, niet wetend dat ze ook op de foto moest, compleet met visagie en een stylist die rekken vol sexy kleding en hoge hakken had meegenomen. De lading make-up en het getut met haar haren had ze op de koop toe genomen, maar ze stond erop haar eigen strakke spijkerbroek, een shirtje en haar favoriete bruine leren jasje te dragen.

Omdat tijdschriften nog eindeloos lang rondslingeren bij kappers en in allerlei wachtkamers krijgt ze nog regelmatig reacties op het artikel.

'O ja,' zegt ze. 'Dat je me herkent.'

'Een vriendin van me wees u aan. Ze duwde me eigenlijk naar u toe.' Het meisje werpt een vluchtige blik op een groepje jongeren, waarvan een meisje met lang blond haar belangstellend in hun richting kijkt.

Lois glimlacht afwachtend. Ze voelt het aankomen, het verzoek om een interview voor de schoolkrant of een ander schoolproject.

'Zeg het maar,' zegt ze als het meisje naar woorden zoekt.

'Ik heb advies nodig.'

'Waarover?'

'Ik word gestalkt. Eerst was het vrij onschuldig, maar het begint nu uit de hand te lopen en ik weet niet wat ik moet doen.' Met een nerveus gebaar strijkt het meisje haar haar uit haar gezicht.

'Wat vervelend,' zegt Lois meevoelend. 'Heb je enig idee wie je stalker is?'

'Nee. Tenminste, ik weet het niet zeker. Ik krijg steeds rare briefjes.'

'Wat staat daarin?'

'Allerlei dreigementen en beledigingen. Dat ik een hoer ben en op een vreselijke manier zal sterven, dat ik het niet waard ben om op deze wereld rond te lopen en zuurstof te verbruiken, dat soort teksten. En één keer is er met rode verf HOER op mijn fiets gespoten.'

'Op je fiets?'

'Ja, ik heb een witte, dus dat zie je heel goed. Het heeft me de hele middag gekost om het eraf te krijgen.'

'Ben je er al mee bij de politie geweest?'

Het meisje schudt haar hoofd.

'Dat moet je morgen meteen doen.'

'En wat gaat de politie dan doen? Kúnnen ze wel iets doen?'

Lois zucht en besluit om eerlijk te zijn. 'Stalking is een lastig probleem. Het helpt om zoveel mogelijk concreet bewijs te verzamelen.'

'Concreet bewijs?'

'Briefjes, die ondergespoten fiets, alles wat diegene bij je achterlaat. Ik begrijp dat je je fiets zo snel mogelijk wilde schoonmaken, maar maak de volgende keer eerst een foto. Zo kan de politie een dossier opbouwen.'

'En dan?' vraagt het meisje weinig enthousiast. 'Hoe kunnen jullie de dader vinden als ik met een foto van mijn fiets aan kom zetten?'

'Die fiets is wat lastiger, maar briefjes zijn wel goed om te hebben. Een handschrift kan veel verraden over iemands identiteit.'

'Het waren getypte letters. Getypt en uitgeprint.'

'Heb je enig idee wie erachter zou kunnen zitten?'

Tot Lois' verrassing knikt het meisje langzaam. 'Ik heb wel een vermoeden, ja. Maar ik weet het niet zeker. Dat maakt het zo moeilijk, ik weet niet meer wie ik kan vertrouwen.'

'Doe aangifte,' zegt Lois. 'Kom morgen naar het bureau hier in de stad en vraag naar mij, dan zetten we samen alles op papier.'

'En gaat u me dan echt helpen?'

'Ik ga je helpen,' belooft Lois, terwijl ze haar hand op de schouder van het meisje legt. 'Dus jij komt naar het bureau. Afgesproken?'

Ze knikt langzaam. Ze zet haar zonnebril op en produceert iets wat op een glimlachje lijkt.

'Dank u wel,' zegt ze, maar haar stem klinkt niet alsof ze er veel vertrouwen in heeft.

3

'Wie was dat?' vraagt Onno als het meisje is weggelopen en Lois zich naar hem omdraait.

Lois werpt een blik over haar schouder en kijkt haar peinzend na. 'Iemand die advies wilde,' zegt ze, terwijl ze een bekertje cola van Onno aanpakt. 'Ze krijgt briefjes waarin ze wordt uitgescholden en bedreigd.'

'Nou, lekker dan,' zegt Mirjam verontwaardigd. 'Wat heb je haar geadviseerd?'

'Aangifte doen natuurlijk. We hebben afgesproken dat ze morgen langskomt. Ik hoop dat ze dat doet.'

'Waarom niet? Ze sprak je nu ook aan, dus die komt morgen vast wel,' zegt Tobias. 'Zeg mensen, wat vinden jullie ervan om straks met z'n vieren een hapje te gaan eten?'

Er valt een stilte waarin ze elkaar vragend aankijken. De weifeling in Onno's ogen ontgaat Lois niet; hij is natuurlijk liever met haar alleen. Zelf heeft ze daar minder behoefte aan. Onno is prettig gezelschap, maar hij heeft de neiging om de psychiater uit te hangen. Dat gegraaf in haar verleden en zijn onuitgesproken, maar zeer aanwezige kritiek op haar manier van leven geven haar een ongemakkelijk gevoel. Trouwens, ze is niet gek, ze weet best dat hij haar leuk vindt. Maar zolang ze niet zeker is van haar eigen gevoelens, houdt ze hem liever wat op afstand.

Ze gaat enthousiast in op Tobias' voorstel en negeert Onno's teleurgestelde gezicht.

Als de laatste noten van de band verloren gaan in een enorm applaus en gejuich van het publiek, banen ze zich een weg door de menigte en lopen naar het Waagplein. Daar is het gezellig druk en stromen de terrassen van de vele eetcafés snel vol.

Het wordt een leuke avond. Ondanks hun voornemen om het niet te laat te maken, blijven ze na het eten nog lang zitten met een drankje. De zon is allang verdwenen en langzaam trekt de kou op, maar de terraswarmers houden het aangenaam. Een beetje onderuitgezakt zit Lois mensen te kijken, genietend van de zomerse sfeer. Wat maakt het ook uit dat ze morgen op tijd op moet, dat is ze wel gewend. Dan gaat ze maar een keertje niet in alle vroegte hardlopen.

Ze beseft dat dat een revolutionaire gedachte is, en een beetje verbaasd neemt ze een slok van haar spa blauw. Jaren geleden heeft ze zichzelf een strenge, sobere levensstijl aangemeten van geheelonthouding, veel sporten, vroeg naar bed en uiterst gezond eten. Een regime dat weinig ruimte laat voor spontane pleziertjes, maar dat voor haar goed werkt. De laatste tijd zijn er echter barstjes ontstaan in haar ijzeren discipline, en al stelt dat haar in staat om wat meer van het leven te genieten, het jaagt haar ook angst aan.

De volgende dag, als ze het politiebureau aan het Mallegatsplein binnenloopt, betreurt ze haar avondje uit. Ze zijn veel langer op het Waagplein blijven plakken dan de bedoeling was. Pas om halftwee rolde Lois haar bed in, waardoor ze nu een beetje daas bij de koffieautomaat staat.

Gelukkig belooft het een rustige dag te worden, zonder grote, tijdrovende zaken en overwerk. Alle gelegenheid dus om haar papierwerk op orde te krijgen, de steeds weer terugkerende bureaucratische verplichting waar niemand op zit te wachten. Wat ze ook doet, of het nou de aanhouding van een zakkenroller is of dat ze een moordzaak onderzoekt, van elke handeling moet proces-verbaal worden opgemaakt. Vaak, als het heel druk is, schiet dat erbij in en komt de administratieve rompslomp achteraf.

Met een bekertje koffie in haar hand loopt Lois naar de recherchekamer, waar ze haar collega's groet en een plekje uitzoekt.

'Wil je deze kaart even tekenen?' Nog voor Lois zit, duikt Claudien naast haar op en legt een grote kaart met 'Beterschap!' op haar bureau.

'Wie is er ziek?' vraagt Lois, terwijl ze de kaart omdraait om de beterschapwensen te lezen.

'Nick, hij heeft zijn voet gebroken.'

'Hoe heeft hij dat voor elkaar gekregen?'

'Met squashen. Hij was zo kwaad dat hij verloren had dat hij een schop tegen zijn tas wilde geven. Helaas was de muur dichterbij dan hij dacht.'

Lois bijt op haar lip om een lach te smoren. 'Echt? Ik wist niet eens dat hij aan sport deed.'

'Hij is zelfs behoorlijk fanatiek,' zegt Claudien en ze voegt eraan toe: 'Liep hij met zijn werk maar zo hard. In ieder geval heeft hij eindelijk dat witte voetje gehaald waar hij altijd zo zijn best voor doet.'

Nu lacht Lois openlijk, want hoewel Nick een goede rechercheur is, heeft hij de gewoonte vervelende klussen aan zijn collega's over te laten, om vervolgens zelf goede sier te maken met het resultaat. Van het hele team is Nick haar minst favoriete collega. Ze heeft altijd gedacht dat Claudien, die veel met hem samenwerkt, het goed met hem kon vinden, maar blijkbaar heeft zij ook zo haar ergernissen.

Lois neemt plaats achter haar bureau, krabbelt 'sterkte' op de kaart en start haar computer op. Diep in haar hart hoopt ze dat het nog een flink tijdje zal duren voor Nick weer op de afdeling verschijnt, hoewel dat niet waarschijnlijk is. Met een gebroken voet is het wat lastig om arrestaties te verrichten, maar er zijn nog klussen genoeg waarbij hij zich nuttig kan maken.

Terwijl de ochtend verstrijkt en het steeds warmer wordt, werkt Lois aan haar processen-verbaal. Tegen elven is het niet meer te harden op de afdeling en komt Fred, haar vaste partner, met ventilatoren aanzetten.

'Wie biedt?' zegt hij, terwijl hij er twee omhooghoudt.

'Ja, ik!' reageert Lois meteen.

Iedereen wil wel een ventilator, maar Fred zet er als eerste een bij Lois neer. 'Omdat je zo braaf zit te typen,' zegt hij. 'Schiet het een beetje op?'

'Als ik dit tempo de hele dag volhoud, ben ik er vanavond vanaf. Dus ik ben zeer gemotiveerd.'

'Geen tijd om iets vroeger op te houden?'

Lois kijkt op naar haar collega. 'Hoezo? Heb je iets in gedachten?'

'Nanda vroeg of je vanavond komt eten. Ze maakt Italiaans en wil buiten zitten.'

'O, dat lijkt me heerlijk,' zegt Lois verlangend. Zelf heeft ze geen tuin, niet eens een balkon, en uit ervaring weet ze dat haar huis vanavond veel overeenkomsten zal vertonen met een sauna.

De rest van de dag werkt ze rustig door, dicht bij de ventilator. Pas om een uur of vier denkt ze aan het meisje dat aangifte zou komen doen. Blijkbaar is er iets tussen gekomen. Of ze heeft zich om de een of andere reden bedacht. Vreemd, want Lois meende in haar ogen oprechte angst te herkennen. Als ze niet naar het bureau komt, kan ze haar ook niet helpen.

Om halfvijf sluit Lois haar computer af en kijkt vragend naar Fred, die aan het bureau tegenover haar zit. 'Klaar?'

'Nee, maar er is niets dat niet kan wachten tot morgen. We

gaan een biertje drinken. Ik bedoel, een biertje en een cola light. Hè, dat klinkt toch niet hetzelfde,' zegt Fred terwijl hij zijn stoel naar achteren schuift en opstaat.

Lois lacht. 'Het is even lekker, hoor. Zeker op een warme dag, met een paar ijsblokjes erin.'

'Dat gaan we regelen.' Fred steekt zijn hand op naar collega's en samen verlaten ze de recherchekamer.

Buiten lopen ze tegen een muur van warmte aan.

'Pff,' blaast Fred. 'Ik dacht dat het binnen niet te harden was, maar het is buiten niet veel beter. Rijd je met mij mee of ben je op de fiets?'

'Natuurlijk ben ik op de fiets, voor dat kippeneindje. Je wilt toch niet zeggen dat jij met de auto bent?'

'Jawel. We kunnen hem immers nodig hebben.'

Lois laat een spottend lachje horen. 'Je bent gewoon te lui om te fietsen, Klinkenberg. Ik voorspel je, op deze manier kom je straks niet door de keuring heen.'

'Ik ben anders wel lid geworden van een sportschool,' verdedigt Fred zich. 'En ja, ik ben ook gegaan. Al twee keer.'

'Wat goed! Wat doe je?'

'Spinning,' zegt Fred zelfvoldaan.

'En, lukt het?'

'Waarom zou dat niet lukken? Ik heb conditie genoeg,' zegt Fred een beetje verontwaardigd.

'Voorlopig fiets ik je er nog uit.'

'Ho even, Elzinga, er zit een klein generatiekloofje tussen ons, hè. Wil je daar een beetje rekening mee houden?'

'Nee,' zegt Lois. 'Leeftijd is geen excuus. Op je zestigste kun je nog best fit zijn. En een dikke buik is ook niet nodig.'

'Heb ik een dikke buik?'

'Laat ik het zo zeggen: je bent lekker op weg.'

'Van tact en begrip moet jij niet veel hebben, hè?' bromt Fred. 'Nou, ik zie je straks wel, sportieveling.' Hij stapt in zijn auto en steekt een hand op voor hij het portier dichttrekt.

Met een licht schuldgevoel haalt Lois haar fiets uit het rek. Heeft ze Fred gekwetst? Ze hoopt van niet, maar enige wrevel heeft ze wel bij hem bespeurd. Nou ja, ze bedoelde het goed. Aan een partner die met hem meepraat heeft hij ook niet veel. Fred is een uitstekende rechercheur, maar de laatste tijd is hij niet meer zo streng voor zichzelf. Dat zal wel te maken hebben met zijn wens om met vervroegd pensioen te gaan, wat door de bezuinigingsmaatregelen van de regering niet is doorgegaan, iets waar Lois diep in haar hart blij om is. Vanaf haar eerste dag bij de recherche is Fred haar partner en mentor, en nu ook haar beste vriend. Ze zou niet weten wat ze zonder hem moest.

Genietend van de zon op haar gezicht fietst ze de Kanaalkade op, naar de Friesebrug en dan de Frieseweg op. Daar wonen Fred en Nanda, in een vooroorlogse woning met erker en een diepe tuin. Lois beschouwt Nanda een beetje als een tweede moeder. Ze is lief, warm en hartelijk, jong van geest en modern van uiterlijk. Lois kan het nooit laten om haar eigen moeder, die jaren geleden overleden is, met Nanda te vergelijken. Hoe zou haar moeder in het leven hebben gestaan als haar die ene ramp bespaard was gebleven, als ze niet in een depressie was weggezonken? Het is moeilijk te zeggen. Haar moeder had altijd al een wat tobberige aard, heel anders dan de pittige, optimistische Nanda.

Ze weet dat het geen zin heeft om die twee te vergelijken, of te denken in termen van 'wat als' en 'had ik maar'. Ze heeft geaccepteerd dat de dingen gegaan zijn zoals ze zijn gegaan. Dit is haar leven, en zo is het goed.

4

'Gezellig dat je er bent!' Nanda draagt een paarse rok met een bijpassend T-shirt, en ze heeft haar zonnebril in haar haar. Ze drukt Lois even tegen zich aan en geeft haar daarna op elke wang een kus. 'Tijd niet gezien, hè? Hoe is het met je?'

'Goed.' Lois omhelst Nanda. 'Het is druk geweest. Vooral die laatste zaak heeft erin gehakt.'

'Och ja, dat vermiste meisje. Ik ben zo blij dat dat goed is afgelopen. Kom mee naar buiten, alles staat klaar.' Nanda gaat Lois voor naar de achtertuin, waar Fred al aan een biertje en een bakje cashewnoten zit. Met een veelbetekenende grijns kijkt hij op, en dan kan ze niets anders doen dan teruglachen.

'Hoe is het nu met dat meisje? Heb je haar nog weleens gezien?' informeert Nanda.

Lois strijkt neer op een tuinstoel in de schaduw. 'Ja, vlak nadat ze thuisgekomen was. En toevallig kwam ik gisteren haar moeder tegen bij Zomer op het Plein.'

'O, was je daar?' Fred gooit een handje cashewnoten in zijn mond.

'Voor het eerst, erg hè? Maar het was heel gezellig. Ik was er met Onno.'

'Ah, onze psychiater. Hij houdt nog steeds vol?'

Lois lacht maar een beetje. Als het om haar gevoelsleven gaat, gaan de rolluiken automatisch naar beneden. Nanda, opmerkzaam als altijd, ziet het en vraagt: 'Wil je iets drinken, Lois?'

'Cola light met ijsblokjes wil ze,' zegt Fred.

'Ik heb ook een heel lekkere witte wijn koud liggen,' zegt Nanda zonder veel hoop, en als Lois glimlachend nee schudt, zucht ze diep. 'Wat jammer toch dat je daar niet van houdt. Of eigenlijk is het juist heel goed. Niet drinken, bedoel ik.'

'Ik ga liever een paar jaar eerder dood dan dat ik mijn biertje moet laten staan,' zegt Fred, en om dat te onderstrepen neemt hij een flinke slok. 'Trouwens, zo erg is dat ene glas ook weer niet. En twee ook niet. Waar heb je anders een lever voor?'

'Alles met mate, dan is het geen probleem,' zegt Nanda. 'Maar goed, een cola light. Ik ga het even halen.'

Als zijn vrouw naar binnen is, zet Fred zijn glas op tafel en kijkt hij Lois vragend aan. 'Alles goed?'

Lois, die net de bloeiende tuin zat te bewonderen, kijkt hem verbaasd aan. 'Ja, hoezo?'

'Zomaar. Ik had de indruk dat je ergens over zat te piekeren vandaag. Je was zo stil.'

'Nee hoor, ik heb gewoon gewerkt. Er was wel iets, maar daar piekerde ik niet over. Niet echt.'

'Wat dan?'

'Gisteren, met Zomer op het Plein, werd ik aangesproken door een meisje van een jaar of zestien. Ze vroeg wat je moet doen als je dreigbrieven krijgt. Ik heb haar natuurlijk geadviseerd om aangifte te doen, en we hadden min of meer afgesproken dat ze vandaag langs zou komen,' vertelt Lois. 'Onbewust heb ik toch zitten wachten.'

'Maar ze kwam niet,' concludeert Fred.

'Nee, en dat vind ik jammer. Ik zou haar graag willen helpen.'

'Misschien viel het wel mee, overdreef ze een beetje.'

'Dat denk ik niet. Ze gedroeg zich nerveus, keek steeds om zich heen, alsof ze dacht dat iemand haar in de gaten hield. Ik zag dat ze bang was.'

'Dus je denkt dat ze niet dúrft te komen.'

'Dat denk ik, ja. Of ze onderschat wat we voor haar kunnen doen.'

'Strikt genomen,' zegt Fred met een bedenkelijk gezicht, 'valt dat natuurlijk ook een beetje tegen.'

'Dat vind ik niet, met die dreigbrieven kunnen we best wel wat.'

'Je kunt er een handschriftdeskundige op loslaten, en met heel veel geluk vind je een vingerafdruk. Maar die moet dan wel in het systeem zitten.'

'We kunnen er wat mee,' houdt Lois vol. 'Alleen al door vragen te stellen en in haar leven te duiken. Vaak is het niet meer dan een ruzie met leeftijdsgenoten, of een ex-vriendje dat moeilijk doet. Daar is achter te komen.'

Fred knikt. 'En ze kreeg geen digitale bedreigingen? Alleen brieven?'

'Dat weet ik niet. Dat had ik haar vandaag willen vragen. Digitaal zou prachtig zijn, dan hebben we de dader zo te pakken.'

Nanda komt naar buiten met de drankjes.

'Hoe is het met je, Lois?' vraagt ze belangstellend terwijl ze gaat zitten. 'Ga je nog op vakantie?'

'Misschien.' Lois neemt een slok cola, waarbij de ijsblokjes tegen het glas tinkelen.

'Hoezo, misschien? Je blijft toch niet je hele vakantie thuis?'

'Ik weet het nog niet. Een paar weken geleden heeft Tessa voorgesteld om samen een weekje naar Benidorm te gaan. Dat is niet echt Guido's favoriete bestemming, zei ze.'

'Dan doe je dat toch. Gezellig, samen met je zus.'

‘Benidorm lijkt me ook niet echt Lois’ eerste keus,’ brengt Fred droog in het midden. ‘Toch, Lois?’

‘Niet echt,’ geeft Lois toe. ‘Hele dagen op het strand liggen bakken en dan dat massatoerisme... ik moet er niet aan denken.’

‘Het achterland van Spanje is erg mooi,’ merkt Nanda op. ‘Je hoeft toch niet alleen maar op het strand te liggen?’

‘Als ik met mijn zus ga wel. Tes heeft totaal geen interesse in cultuur. Als ze al van het strand komt, is dat om met een fles rosé op het terras te zitten of om te shoppen.’

‘Lijkt mij ook niet verkeerd.’

‘Hou toch op, je zou je dood vervelen als je een hele week alleen maar op een handdoek moest liggen,’ zegt Fred.

‘Ik niet, jij! Als ik een paar boeken bij me heb, amuseer ik me prima. Jij wilt altijd na een halfuurtje al iets gaan doen, terwijl ik net lekker zit.’ Nanda trekt een gezicht naar Lois.

Lois lacht en zet haar glas op tafel. ‘Ik denk niet dat die vakantie van Tessa en mij doorgaat,’ zegt ze. ‘Ik ga gewoon thuis wat aanrommelen, ik heb nog allerlei klusjes te doen. En er worden over een tijdje weer allerlei marathons gehouden. Daar ga ik lekker voor trainen.’

Hoofdschuddend kijkt Nanda haar aan. ‘Marathons!’ zegt ze afkeurend. ‘Ik zou nog maar eens met Tessa gaan praten.’

Later op de avond, als ze uitgebreid hebben getafeld en koffie hebben gedronken, fietst Lois naar haar huis aan de Baangracht. Het is niet ver, nog geen tien minuten, en al die tijd denkt ze aan Tessa. Ze wilde het niet zeggen tegen Nanda en Fred, maar ze is er zeker van dat de plannen van haar zus om samen naar Benidorm te gaan niet doorgaan. Waarschijnlijk gaat ze helemaal nergens naartoe. Lois kan zich niet voorstellen dat Tessa’s hoofd op dit moment naar vakantie staat.

Ik moet gauw weer naar haar toe, denkt ze. De laatste keer zag ze er niet goed uit.

Ze rijdt de Baangracht op, waar het water roerloos tussen de kaden ligt en het de zeventiende-eeuwse pandjes weerspiegelt in het laatste vleugje daglicht.

Omdat ze geen voor- of achtertuin heeft, zet ze haar fiets gewoontegetrouw in de gang, al zou ze hem ook best voor de deur kunnen laten staan. Dit stukje gracht in het centrum van Alkmaar is zo rustig dat het gevaar voor diefstal niet groot is.

Zoals ze wel gedacht had, is het in huis niet om uit te houden. Lois zet een paar ramen open en laat daarmee frisse lucht binnen, samen met een tiental vliegen. Met veel lawaai zoemen ze om haar hoofd, en met een zucht sluit ze de ramen weer.

Airco wil ze hebben. Als ze morgen tijd heeft, kan ze wel snel zo'n apparaat halen. Maar dan moet ze wel met de auto naar haar werk.

Lois veegt een pluk haar uit haar klamme gezicht en trekt de koelkast open. Ze haalt een rubberen bakje uit het vriesgedeelte en drukt er twee ijsblokjes uit boven een longdrinkglas. Dat vult ze met water en ze drinkt het in één keer leeg. Een blik op de klok vertelt haar dat het even na tienen is, te vroeg om naar bed te gaan, te laat om Tessa te bellen. Hoewel, haar zus gaat nooit vroeg slapen, zeker niet wanneer het zo warm is. Waarschijnlijk zit ze nog buiten, op haar loungeset op het terras van haar riante tuin. Ze kan haar best even bellen.

Voor ze zich bedenkt, pakt ze haar mobieltje en kiest het 06-nummer van haar zus. Tessa neemt meteen op.

'Lois! Wat leuk dat je belt. Of is er iets?' laat ze er ongerust op volgen.

'Nee, niets,' zegt Lois haastig. 'Ik heb vanavond bij Fred en Nanda gegeten, ik ben net thuis.'

'Waarom bel je dan?'

'Ik vroeg me af of je morgen iets te doen hebt. Het is rustig op het werk, ik zou een middagje vrij kunnen nemen. Mijn baas drong er laatst op aan dat ik mijn overuren opneem.'

'Leuk! Zullen we gaan lunchen op het Waagplein? Ik moet toch in de stad zijn.'

'Doen we. Om één uur?'

'Ja, bij dat tentje op de hoek. Gezellig, tot morgen!'

Na dat korte gesprekje zet Lois de tv aan en kijkt naar een politieserie, waarbij ze probeert zich niet druk te maken over de onzinnige acties die moeten doorgaan voor recherchewerk. Zo vermoedt de vrouwelijke rechercheur dat het slachtoffer vermoord is met een honkbalknuppel en gaat ze er, zonder doorzoekingsbevel, naar op zoek in het huis van de verdachte. Als ze het wapen daar niet aantreft, valt haar blik op de voortuin en begint ze in het wilde weg te scheppen, met een schop die daar toevallig lag. En o wonder, na een paar keer haar spade in de aarde te hebben gestoken, stuit ze al op het moordwapen, dat ze hagelnieuw en brandschoon boven de grond haalt. Handschoenen gebruiken vindt ze blijkbaar niet nodig, net zomin als de technische recherche waarschuwen.

Met een grijns zapt Lois naar een ander net. Ging het maar zo gemakkelijk.

Ze gaapt en besluit toch maar vroeg naar bed te gaan. Even een frisse douche en dan onder een dun laken proberen te slapen. Het zal wel een plakkerige nacht worden.

5

Nicolette Dekker fietst op haar gemak naar huis. Het is dinsdag, ze is vroeg uit school, de zon schijnt en ze heeft niet veel huiswerk. En wat belangrijker is, haar stalker heeft al een paar dagen niets van zich laten horen. Ze was bang dat hij zondag, tijdens Zomer op het Plein, haar middag zou verpesten, maar nee. Misschien heeft hij het opgegeven. Ze glimlacht dankbaar.

Voor het eerst sinds lange tijd lukt het haar zich een beetje te ontspannen.

Normaal gesproken brengt ze de dinsdagmiddag door met Fay, haar beste vriendin, maar die heeft erge keelpijn en wilde meteen naar huis.

Misschien ook wel beter. Ze heeft morgen een proefwerk Engels, dus ze moet leren.

Nicolette pakt haar telefoon, zet haar muziek aan en doet oordopjes in. Zacht zingend fietst ze door. De zon schijnt warm op haar blote schouders, ze steekt lachend een hand op naar een bekende. Even later rijdt ze door de straat waar ze woont. Ze gaat achterom, zodat ze haar fiets in de tuin kan zetten.

De steeg is eigenlijk te smal om te fietsen met al die groene en zwarte kliko's, maar ze heeft geen zin om af te stappen. Behendig stuurt ze om de obstakels heen. De man die uit het niets opduikt, ziet ze pas op het laatste moment.

6

Met een kritische blik inspecteert Tessa haar zus. 'Je hebt wallen, weet je dat?'

'Ik voel me prima.' Lois zet haar zonnebril op en zakt wat onderuit in haar stoel.

'Er is wat aan te doen, hoor. Gewoon een lepel in de vriezer leggen en de bolle kant ertegenaan houden. Werkt fantastisch.'

'Bedankt voor de tip. Ik ga het thuis meteen proberen,' zegt Lois, om van het onderwerp af te zijn.

Je zou niet zeggen dat het een gewone werkdag is, de terrassen op het Waagplein zitten overvol. Ze zijn zelfs uitgebreid tot halverwege het plein, en nog is het moeilijk om een vrij tafeltje te vinden. Tessa en zij hadden geluk, er ging net iemand weg toen ze kwamen aanlopen. Haar zus heeft haar pup Scottie, een West Highland white terriër, meegenomen en met een bakje water in de schaduw van de tafel gezet.

Het was niet moeilijk om een middag vrij te krijgen, Ramon gaf al toestemming toen ze nog niet eens uitgesproken was. Na het laatste restje administratie te hebben afgehandeld en een geüniformeerde collega te hebben geassisteerd bij het verhoren van een notoire winkeldief, was het meer dan prettig om het snikhete bureau te verlaten.

Ze slaakt een diepe zucht.

'Waar komt die vandaan?' vraagt Tessa lachend.

'Dat was een zucht van blijdschap. Omdat ik hier zit, en niet op het bureau.'

'Hopelijk is het voor die crimineeltjes ook te heet om in actie te komen,' zegt Tessa. 'Kun jij tenminste een paar dagen vrij nemen. Heb je het niet warm in die broek?'

Lois kijkt van Tessa's zomerjurkje van Miu Miu naar haar eigen witte spijkerbroek, waar ze een zwart, vrij laag uitgesneden T-shirt op draagt. 'Eigenlijk wel, maar ik kan moeilijk in een korte broek of een rokje op mijn werk verschijnen.'

'Je had je thuis kunnen omkleden. Mag je niet in een rok of jurk werken? Rechercheurs mogen toch dragen wat ze willen?'

'Tot op zekere hoogte. Het moet natuurlijk wel praktisch zijn. En niet aanstootgevend.'

'Waarom draagt de recherche eigenlijk geen uniform?' vraagt Tessa. 'Je werkt toch bij de politie?'

'Ja, maar ik heb geen publieke functie. Als je surveilleert of achter de balie staat, moet je herkenbaar zijn als agent. Als rechercheur niet, integendeel. Tijdens een onderzoek is het beter om niet op te vallen.'

'O ja, natuurlijk. Dat klinkt logisch.' Tessa buigt zich naar Scottie, die voortdurend in beweging is en zich heeft verstrikt in zijn riem. 'Wat ben je aan het doen? Zit dan ook eens stil,' zegt ze, terwijl ze de pup bevrijdt uit zijn benarde positie.

'Is het niet veel te warm voor hem?' vraagt Lois.

'Ja, maar ik kan hem niet zo lang alleen thuislaten. Daar is hij nog te klein voor. En hij heeft een bakje water gekregen. Ik maak hem af en toe wel een beetje nat,' zegt Tessa terwijl ze het hondje, dat tegen haar been opspringt, aanhaalt.

'Heeft hij onlangs nog inbrekers gevangen?' vraagt Lois met een lach.

Tessa lacht mee. 'Bijna. Maar nu je het zegt, de laatste tijd is het rustig bij het hek. Ik heb die vent niet meer gezien.'

'Dus je hebt echt iemand zien staan?'

'Ja, dat heb ik je toch verteld. Guido is een keer naar buiten gelopen en toen ging hij er snel vandoor.'

'Vreemd,' zegt Lois. 'Je zou zeggen dat een inbreker wat minder opzichtig te werk gaat.'

'Er zijn de laatste tijd wel een paar heel brutale inbraken gepleegd in de buurt. Onze buren zaten gewoon in de achtertuin terwijl hun huis leeggeroofd werd. De daders waren via de zijkant, waar een terrasdeur openstond, naar binnen geglipt. Die mensen hebben van de hele inbraak niets gemerkt. Guido heeft nu een camera bij het hek laten installeren en sindsdien hebben we die vent niet meer gezien.'

'Heel goed. Als hij nog een keer verschijnt, wil ik graag de beelden zien.'

'Hè hè, ik dacht dat je het nooit zou vragen,' zegt Tessa, en ze rolt theatraal met haar ogen. 'Heb je een zus die bij de recherche werkt, reageert ze totaal niet als je aankondigt dat je in gevaar bent.'

'Dat zal wel meevallen,' zegt Lois. 'Maar het is goed dat jullie die camera hebben opgehangen. Zeker als er inbraken zijn geweest in de buurt.'

Hun bestelling wordt gebracht, voor beiden een salade niçoise. Tessa neemt er een glas chardonnay bij, Lois een spa blauw. Ze proosten en beginnen te eten.

'Heb je er nog over nagedacht?' vraagt Lois na een tijdje voorzichtig.

Tessa haalt haar schouders op.

'Zo te zien wel,' zegt Lois met een blik op het glas wijn naast het bord van haar zus.

'Ik laat het weghalen,' zegt Tessa, en als om die beslissing te onderstrepen neemt ze een flinke slok. 'Dat wilde ik meteen al.'

'Dat weet ik, maar je zei dat je erover na zou denken. Heb je dat gedaan? Ik bedoel, echt góéd nagedacht.'

'Nee. Ik volg mijn gevoel, Lois. En mijn gevoel zegt dat ik geen kind wil. Nu niet, nooit niet.'

'Is dat echt wat je voelt, of denk je dat maar?'

Tessa legt haar vork neer en kijkt haar zus een beetje geergerd aan. 'Wat is het verschil?'

'Dat je misschien niet bij je echte gevoel kunt komen, dat je jezelf iets wijsmaakt.'

Tessa draait met haar ogen. 'Jemig, je kunt wel merken dat je omgaat met een psychiater. Praten jullie de hele tijd zo met elkaar?'

Ondanks alles moet Lois lachen. 'Je weet wel beter. Ik ben helemaal niet van die psychologische, zweverige praat.'

'Precies, daarom vraag ik me af waarom je er nu wel mee aankomt.'

Lois slaakt een diepe zucht. 'Ik weet het niet, misschien omdat ik het niet kan geloven. Ik kén je toch, Tessa. Je was al dagenlang van slag toen je cavia een spuitje kreeg.'

'Toen was ik elf. En ik vind dat wel iets anders.'

'Ja, die cavia kende je, die gaf je eten, knuffelde je en probeerde je kunstjes te leren. Dat kindje in je buik ken je nog niet, het is abstract. Een klompje cellen, zoals je laatst zei. Maar het heeft wel een hartslag, en intussen is het veel meer dan een klompje cellen. Ik heb laatst op internet bekeken hoe de foetus er nu uitziet. Kijk.' Voor Tessa kan protesteren, schuift Lois een uitgeprinte foto voor haar neus.

Tessa kijkt meteen weg. 'Hou op, Lois.'

'Neem het mee en kijk er vanavond een paar minuutjes naar. Meer vraag ik je niet.'

'Wat kun je af en toe toch vervelend zijn. Nee, ik neem het niet mee. Waarom doe je dit? Ik dacht dat we gezellig gingen lunchen.'

'Dat gaan we ook. Ik houd erover op als jij die foto in je tas stopt.'

'Oké, oké, mevrouw de rechercheur. Ik kan me opeens voorstellen hoe een verdachte zich moet voelen als jij tegenover hem zit.'

Lois schiet in de lach. Tessa lacht ook, maar ze bukt zich toch om haar tas te pakken.

'O nee,' zegt ze. 'Heb ik dat?'

Lois kijkt onder het tafeltje en ziet een bruine, kunstig gedraaide hoop liggen. Met een servet voor haar mond smoort ze een lachbui. 'Ik hoop dat je een zakje bij je hebt?'

'Nee, wel papieren zakdoekjes. Zou dat ook gaan? O, gatver.' De ene verwensing na de andere fluisterend, veegt Tessa de boel zoveel mogelijk bij elkaar, maar het kost haar het hele pakje zakdoeken. 'En wat moet ik er nu mee?' vraagt ze vol afkeer.

'Naar de vuilnisbak brengen. Daar op de hoek staat er een.'

'Heb jij niet iets om het in te doen? Een plastic tas of zo?'

'Nee, sorry. Stop het in je handtas.' Lois kan niet meer ophouden met lachen. Het idee dat haar zus die hoop in haar dure Ferragamo-tas moet vervoeren is te grappig.

'Je denkt toch niet dat ik gek ben? Ik laat het gewoon liggen. Als we weggaan zeg ik het wel tegen de bediening, en dan geef ik een fooi.'

'Dat mag dan wel een flinke zijn.' Nog nalachend pakt Lois haar eigen tas, waar een indringende ringtone haar gebiedt op te nemen. Ze kreunt als ze op de display kijkt.

'Wat? Toch geen werk, hè?'

Lois knikt met een lang gezicht en neemt op. Er volgt een kort gesprekje, dan laat ze haar telefoon weer in haar tas glijden.

'Werk,' bevestigt ze. 'Het is helaas niet te warm om iemand te vermoorden. Ik moet weg, Tes.'

Tessa slaakt een zucht van berusting en wappert met haar hand. 'Ga jij maar, ik reken wel af. Misschien komt het wel goed uit. Het begint hier een beetje te stinken.'

7

Op de plaats delict stinkt het ook. In de schaduwrijke steeg hangt de lucht van containers met huisvuil die al dagenlang in de warmte staan. Het bloed op de grond maakt de situatie er niet beter op.

Het adres was niet ver weg, zodat Lois binnen recordtijd op de plaats delict verscheen. Desondanks stonden er al twee wagens van de geüniformeerde dienst, maar dat was logisch. Zij kregen het bericht van de meldkamer als eerste.

Toen Lois van haar fiets stapte, waren haar collega's al bezig de steeg af te zetten met rood-wit gestreept plastic lint. Daarachter verdrongen zich buurtbewoners, tussen wie ze zich door moest wurmen om onder het lint door te kunnen glippen.

Nu staat ze hier, naast hoofdinspecteur Ramon Koenen, en kijkt naar het lichaam dat een paar meter verder op de grond ligt. De forensische recherche is nog bezig en tot die tijd kunnen ze geen stap in de richting van het slachtoffer doen.

Het enige wat Lois ziet is dat het een meisje is, en dat ze op haar zij ligt, haar gezicht bedekt met lang bruin haar. Haar rug vertoont een grote, bloedende wond. Haar fiets ligt half over haar heen.

Er gaat een huivering langs Lois' ruggengraat. Zo jong, schiet het door haar heen. Zo verdomd jong.

Ze heeft iets bekends, met dat lange bruine haar. Het postuur klopt ook. Lois schudt de gedachte die in haar opkomt van zich af. Zoveel meisjes van die leeftijd hebben lang bruin haar.

Ze maakt haar blik los van het slachtoffer en wendt zich tot haar chef. 'Is er al wat bekend?'

Ramon haalt een hand door zijn haar, dat zich steeds meer terugtrekt en doorschoten is met grijs.

'De naam van het slachtoffer: Nicolette Dekker, zestien jaar,' zegt hij. 'Ze is drie kwartier geleden gevonden door een buurtbewoner, neergestoken. Op het gegil van die vrouw kwam de hele buurt aanzetten.'

'Dus de plaats delict is behoorlijk verstoord.'

'Ik ben bang van wel. De vrouw die het slachtoffer heeft gevonden zit in haar huiskamer met een agent en krijgt iets kalmerends. Ga met haar praten, we moeten toch wachten op de forensische jongens voor we bij dat meisje kunnen.'

'Waar zijn haar ouders?'

'Op hun werk. Ze zijn ingelicht, dus ze zullen er zo wel aankomen. Claudien ook, die vangt ze op.'

'Waar woont die buurvrouw?' vraagt Lois.

'In dat huis waar de poort openstaat. Je zult alleen even moeten omlopen.' Ramon houdt het afzetlint voor Lois omhoog en ze glipt eronderdoor.

Met enige moeite werkt ze zich door de groep buurtbewoners heen en gaat rechtsaf, de straat in. Terwijl ze naar het huis loopt van de buurvrouw die Nicolette heeft gevonden, ziet ze Fred zijn auto parkeren. Naast hem zit Claudien. Beiden steken een hand op.

Lois zwaait terug, blij dat het niet haar taak is om de ouders van het vermoorde meisje bij te staan. Dat zal er diep inhakken bij haar collega's. En nu Nick met een gebroken voet thuis zit, zal Fred Claudien wel moeten assisteren.

Vanaf het trottoir kijkt ze door de erkerramen het huis binnen. Hier zou het moeten zijn. In de woonkamer is het uniform van haar collega zichtbaar, en met snelle stappen loopt Lois het tuinpaadje op. Nog voor ze kan aanbellen, wordt er opengedaan. Een jonge agente kijkt haar duidelijk opgelucht aan en doet een stap opzij om haar binnen te laten.

'Mevrouw is compleet overstuur,' zegt ze. 'Ze kende het meisje goed.'

Lois knikt en laat de agente – ze weet niet hoe ze heet, Linda meent ze – voorgaan.

'Mevrouw Beekman, dit is Lois Elzinga van de recherche. Zij zal het van ons overnemen. Wilt u haar nog eens precies vertellen hoe het is gegaan?' vraagt Linda.

Op de oranje beklede bank in de woonkamer kijkt een vrouw met een betraand gezicht op. Lois stapt op haar af en geeft haar een hand.

'Lois Elzinga.'

'Annelies Beekman,' zegt ze met verstikte stem. Ze is een jaar of vijfendertig, draagt haar donkere haar in een paardenstaart en is duidelijk te zwaar. Lois kan zich voorstellen dat ze er normaal gesproken aantrekkelijk uitziet, goed gekleed en zorgvuldig opgemaakt. Nu is haar mascara doorgelopen en zijn haar ogen opgezwollen van het huilen.

'Dat moet een enorme schok voor u geweest zijn,' zegt Lois terwijl ze naast de vrouw gaat zitten.

'Ja, ontzettend. In eerste instantie drong het niet eens tot me door. Ik zag haar liggen en ik liep vlug naar haar toe,' zegt Annelies schor. 'Ik vond het wel vreemd dat ze zo doodstil bleef liggen toen ik riep. Ik dacht dat ze was gevallen en het bewustzijn had verloren. Maar toen ik dichterbij kwam...' Haar stem stokt en ze omklemt haar zakdoek zo stevig dat haar vingers wit worden. 'Die wond, al dat bloed... Volgens mij heb ik gegild, want opeens stonden er andere mensen naast me en daarna brak er chaos en paniek uit.'

'Hebt u de politie gebeld?'

'Nee, dat deed iemand anders. Ik weet niet wie. Ik ben flauwgevallen en naar huis gebracht.' Met ogen waar een mateloos verdriet uit spreekt kijkt Annelies op. 'Hoe moeten haar ouders dit ooit verwerken? Hoe kom je over zo'n verlies heen?' Ze verfrommelt haar zakdoekje en doet krampachtig moeite om zich goed te houden. 'Weten ze het al?'

'Ze zijn ingelicht, ja. Ze zullen er zo wel aankomen.' Lois legt haar hand op die van Annelies. 'Kunt u me iets meer over dat gezin vertellen?'

'De Dekkers zijn hardwerkende mensen. Leona en Job hebben een eigen kledingzaak, ze zijn altijd bezig.'

'Was Nicolette enig kind?'

'Ja.'

'En hoe was de relatie tussen Nicolette en haar ouders?'

'Goed. Het was een hecht gezin.'

'Geen ruzies of spanningen voor zover u weet?'

Argwanend kijkt Annelies haar aan. 'Waar zinspeelt u op? Dat haar ouders haar vermoord hebben?'

'Helemaal niet, ik probeer een indruk te krijgen van dat gezin. Nicolette was natuurlijk nog vol in de puberteit. Was ze niet veel alleen als haar ouders zoveel werkten?'

Met enige tegenzin bevestigt Annelies dat. 'Maar daar werd ze alleen maar zelfstandiger van,' verdedigt ze haar buren meteen. 'En Nicolette leek het niet erg te vinden. Ze had een druk sociaal leven, er kwamen veel vriendinnen met haar mee naar huis. En soms, als ze niet alleen wilde eten, at ze met ons mee. Mijn man en ik hebben geen kinderen, en we vonden het wel gezellig.'

Lois knikt begrijpend. 'Hebt u enig idee wie Nicolette vermoord kan hebben? Was er iemand met wie ze ruzie had?'

Annelies denkt even na en schudt dan langzaam haar hoofd. 'Ik zou het niet weten. Of het moet dat ex-vriendje van haar zijn.'

'Een ex-vriendje? Hoe heet hij?'

'Ricardo. Zijn achternaam weet ik niet. Nicolette had het weleens over hem, maar niet vaak. Als ze bij ons was, was ze gezellig, maar we kwamen nooit veel over haar privéleven te weten. Niet dat we zaten te vissen, natuurlijk. Maar je vraagt weleens ergens naar.'

'Waar vroeg u dan naar?'

'Gewoon, hoe het op school ging. Dat vriendje was niet erg welkom bij haar thuis, dus daar begonnen we niet zo snel over. Om haar niet in verlegenheid te brengen, begrijpt u.'

Lois knikt. 'Waarom waren Nicolettes ouders niet blij met haar vriendje?'

Annelies slaakt een diepe, trillende zucht. 'Moeten we het daar nu echt over hebben? Kunt u niet beter haar moordenaar gaan opsporen?'

Lois antwoordt niet. Vriendelijk maar afwachtend blijft ze Annelies aankijken.

'Die jongen heeft Nicolette echt niet vermoord. Waarom zou hij? Het was al een halfjaar uit en volgens Nicolette had hij alweer een ander,' zegt Annelies ongeduldig.

Lois laat het onderwerp rusten en vraagt naar Nicolettes vriendenkring. Daar weet Annelies niet veel over te vertellen.

'Ze had één hartsvriendin, Fay Molenaar,' zegt ze.

Lois noteert de naam in haar smartphone. 'Hoe laat hebt u Nicolette gevonden?'

'Om kwart over één. Ik wilde een zak huisvuil in de container gooien en toen zag ik haar liggen.'

'Hebt u iets gehoord? Geruzie, gegil? Hebt u haar fiets op straat horen vallen?'

Mismoedig schudt Annelies het hoofd. 'Ik zat binnen met

de airco aan. Ik kan niet zo goed tegen de warmte.'

'Hebt u dan iemand op straat voorbij zien komen?'

'Vast wel, er komen hier voortdurend mensen voorbij. Daar let je toch niet op?'

'Nee, maar het zou kunnen dat iemand u is opgevallen.'

'Nee,' zegt Annelies. 'Er is mij helemaal niets opgevallen. Het spijt me, ik zou willen dat het wel zo was.'

'Denk er nog eens rustig over na.' Lois geeft de vrouw haar kaartje. 'U kunt me altijd bellen als u iets te binnen schiet. Sowieso krijgt u een verzoek om op het bureau uw verhaal nog een keer te doen.'

'Nog een keer? Waar is dat goed voor? Ik heb toch net alles aan u verteld.'

'Ja, maar belangrijke getuigenverklaringen hebben we graag op band staan,' zegt Lois.

'O,' zegt Annelies weinig enthousiast. 'Nou, als het moet...'

'Ik begrijp dat het moeilijk voor u is. Maar misschien herinnert u zich nog meer als u de schok een beetje hebt verwerkt. En als u behoefte hebt aan slachtofferhulp, kunnen we dat voor u regelen,' zegt Lois vriendelijk. 'In ieder geval bedankt tot zover. Ik kom er zelf wel uit, mevrouw Beekman.'

8

Intussen zijn Nicolettes ouders thuisgekomen. Lois ziet hen zitten in hun woonkamer tegenover Fred en Claudien, de armen om elkaar heen geslagen, de hoofden gebogen. Hun immense verdriet staat in schril contrast met de uitbundig zomerse sfeer buiten. Kleine kinderen spelen op straat, pubers fietsen voorbij, zonder jas, lachend en roepend.

Lois denkt aan de sombere steeg achter het blok huizen, waar een heel andere stemming heerst, en ze zucht. Het valt haar niet mee om terug te lopen naar die plek, maar ze zal toch instructies moeten halen.

Ramon is nog in gesprek met Benno Andriesse, de GGD-arts. Achter hen doet de technische recherche zijn werk, gestoken in witte papieren pakken.

'Met deze hitte is dat moeilijk te zeggen,' hoort Lois Benno zeggen. 'Onder deze omstandigheden ontbindt het lichaam sneller. Een lijk koelt een tot anderhalve graad per uur af, maar met temperaturen als vandaag gaat dat langzamer. Ze kan dus langer dood zijn dan de lichaamstemperatuur doet vermoeden.'

Lois gaat bij de twee mannen staan. 'Ze kan onmogelijk heel lang in deze steeg hebben gelegen,' zegt ze. 'Iedereen die hier woont gebruikt hem om achterom te komen. Mevrouw Beekman, die Nicolette heeft gevonden, zei dat ze haar om kwart over één zag liggen.'

Beide mannen kijken haar aan.

'Dan moeten we erachter zien te komen of iemand haar heeft zien komen aanfietsen,' zegt Ramon. 'Als Fred en Claudien straks klaar zijn bij de ouders van het meisje gaan jullie de hele straat af. Iemand moet iets hebben gezien, of het nou het slachtoffer was of de dader.'

'Die laatste moet bloedspetters op zijn of haar kleding hebben gekregen,' zegt Lois. 'Hij zal wel hard weggerend zijn. Dat kan zijn opgevallen.'

Er valt een korte stilte, waarin Lois om zich heen kijkt. 'Dus ze kwam van die kant aanfietsen,' zegt ze, terwijl ze naar rechts wijst, 'en de moordenaar stond haar hier op te wachten. Ze fietste door, wat betekent dat ze zich van geen gevaar bewust was. Of hij verschool zich achter die kliko's en viel haar aan toen ze vlakbij was.'

'Ik denk niet dat ze aan die steekwond is overleden,' zegt Benno. 'Daar is de wond te ondiep voor. De punt van het mes kán een orgaan geraakt hebben, maar ik denk dat ze gestorven is omdat ze tijdens haar val haar nek heeft gebroken. Ik voelde het aan de stand van haar hoofd toen ik haar onderzocht.'

Over zijn schouder kijkt Lois de steeg in. Het hoofd van het slachtoffer ligt inderdaad in een rare knik. Ze denkt aan het meisje dat zondagmiddag voor haar stond, een en al leven, en ze zucht.

'Mogen we naar haar toe?' vraagt ze.

'Nee, ze zijn daar nog wel even bezig. Ik heb Jessica en de anderen opgeroepen om hiernaartoe te komen,' zegt Ramon, en hij kijkt de straat in. 'Jullie beginnen nu onmiddellijk met het buurtonderzoek. Ik wil alles weten, wie er tussen halfeen en halftwee op straat waren, wie er in de steeg is geweest en hoe laat en wie iets heeft gehoord, wat dan ook. Haar fiets is op de grond gekletterd, ze zal hebben gegild, dat moet toch iemand gehoord hebben?'

‘Het is een doordeweekse dag, de meeste mensen zitten op hun werk,’ zegt Lois. ‘Aan de andere kant komen tussen de middag veel kinderen van school om thuis een boterham te eten. Het moet inderdaad druk zijn geweest op straat en in de steeg.’ Ze werpt nog een blik op het lichaam van Nicolette, dat in een vreemde verwrongen houding onder haar fiets ligt. Het liefst zou ze ernaartoe rennen om te kijken of dit het meisje is dat haar zondag heeft aangesproken, en tegelijk stelt ze dat moment liever nog even uit.

Ze kijkt om naar haar collega Jessica, die haastig aan komt lopen. De zon schijnt op haar zwarte haren en wordt gereflecteerd in het ijzerbeslag waarmee haar laarzen versierd zijn. Normaal gesproken zou ze ook nog een zwartleren jasje hebben gedragen, maar daar vindt zelfs Jessica het te warm voor. Vandaag heeft ze gekozen voor een zwarte leren broek met een wit bloesje. Zoals altijd is haar make-up, die naar gothic neigt, perfect aangebracht.

‘Hoi,’ zegt ze tegen niemand in het bijzonder. ‘Wat is er aan de hand? O, ik zie het al. Jezus, hoe oud is dat kind?’

‘Zestien.’ Lois neemt Jessica bij de arm en voert haar naar een rustig plekje in de zonnige straat, waar ze haar inlicht.

‘Dus we beginnen nu meteen met het buurtonderzoek?’ vraagt Jessica. ‘Prima. Hoeveel huizen heb jij al gehad?’

‘Eentje maar. Fred en Claudien zitten nu bij de ouders van het slachtoffer. Wij beginnen hier, op de hoek.’

‘Wie haat zijn buurmeisje nou zo dat hij haar doodsteekt?’ vraagt Jessica zich hardop af terwijl ze het tuinpad op lopen.

‘Het motief hoeft geen haat te zijn.’ Lois drukt op de bel. ‘Nicolette kan iets van iemand gezien of geweten hebben. Iets wat de moordenaar liever voor zichzelf hield.’

De deur gaat open en een blonde jongen van een jaar of zeventien, die een pet en een afgezakte spijkerbroek draagt, kijkt hen nors aan. ‘Mijn ouders zijn er niet,’ zegt hij meteen.

'Dat geeft niet, we willen ook graag even met jou praten,' zegt Lois vriendelijk. 'Ik ben Lois Elzinga van de recherche, en dit is mijn collega Jessica Blanken.'

Er verschijnt iets behoedzaams in de ogen van de jongen. 'Ja?'

'We zijn hier in verband met de dood van je buurmeisje, Nicolette Dekker,' zegt Jessica.

De snelheid waarmee het wantrouwen op het gezicht van de jongen overgaat in geschoktheid kan onmogelijk gespeeld zijn. 'Is... is Nicolette dood?'

'Heb je daar niets van gemerkt?'

'Nee, ik zit al de hele middag te gamen, met de speakers aan. Die staan nogal hard. Ik heb helemaal niets gemerkt,' zegt de jongen hevig ontdaan. Hij doet de deur wat verder open en laat Lois en Jessica binnen.

'Wat is er gebeurd dan? En wanneer?' vraagt hij, terwijl hij hun voorgaat naar een strakke, witte woonkamer met designinrichting.

Lois negeert zijn vragen. 'Hoe heet jij?' informeert ze terwijl ze haar smartphone tevoorschijn haalt.

'Tygo Blom.'

Lois noteert het. 'Kende je Nicolette goed?'

'Niet echt. Ze was mijn buurmeisje, maar we zaten niet bij elkaar op school of zo. We trokken ook niet samen op. Eigenlijk zeiden we elkaar alleen gedag en zo.' Tygo laat zich op een hagelwitte bank met ronde kussens zakken die eruitziet alsof hij er alleen voor de show staat. Geen mens kan een meubelstuk intensief gebruiken en het toch zo wit houden, denkt Lois.

Voor de zekerheid blijft ze zelf staan, en ook Jessica maakt geen aanstalten om te gaan zitten.

'Waarom zijn jullie eigenlijk hier?' informeert Tygo, opeens waakzaam. 'Is ze vermoord of zo?'

'Waarom denk je dat?' zegt Jessica.

'Voor een gewoon ongeluk gaat de politie geen mensen ondervragen. Wat is er precies gebeurd?' Zijn stem heeft een wat schrille klank.

'Dat zijn we aan het onderzoeken,' zegt Lois. 'Ken je iemand die redenen had om Nicolette iets aan te doen?'

Tygo schudt zijn hoofd. 'Niet echt.'

'Niet echt of echt niet?' reageert Jessica bijdehand.

Een beetje geërgerd kijkt Tygo haar aan. 'Maakt dat wat uit?'

'In mijn optiek wel.'

'Wat vonden de mensen in de buurt van haar?' neemt Lois het gesprek weer over. 'Vonden ze haar aardig?'

Tygo kijkt haar aan alsof ze niet goed wijs is. 'Hoe moet ik dat nou weten? Alsof ze dat aan mij zouden vertellen.'

'Dat merk je toch? Ik neem aan dat je ouders contact hebben met hun buren en dat ze ook weleens over elkaars kinderen praten. Heel normaal, lijkt mij.'

'Alsof ik daarnaar ga luisteren. Wat boeit mij dat nou.'

Jessica tikt ongeduldig met haar voet op de grond. 'Niks natuurlijk,' zegt ze. 'Jij bent zo'n afgestompte puber die in zijn eigen wereldje zit te gamen en zich alleen met zichzelf bezighoudt. Toch? Had dat dan meteen gezegd, dan hadden we onze tijd niet aan je verknoeid.'

Met grote ogen kijkt Tygo van Jessica naar Lois. 'Wat mankeert haar?'

'Rechercheur Blanken bedoelt dat je niet erg behulpzaam bent,' zegt Lois. 'Het enige wat we...'

'Dat is precies wat rechercheur Blanken bedoelt, ja,' valt Jessica haar in de rede. 'Er is verdomme een meisje dood. Haar lijk ligt hier achter in de steeg, haar ouders zitten hiernaast de ogen uit hun kop te huilen, maar wat boeit jou dat?'

'Ik heb toch niet gezegd dat dat me niets doet, ik bedoelde

alleen… Ach, laat ook maar.' Demonstratief wendt Tygo zich af en kijkt bokkig uit het raam.

'Laten we even opnieuw beginnen,' stelt Lois voor. 'Dit is de situatie: jij kent deze straat en zijn bewoners en je hebt Nicolette gekend. Niet goed, dat weet ik, maar je weet sowieso meer dan wij. Daarom hebben we jou nodig. We praten natuurlijk met iedereen die hier woont, maar jongeren zien de dingen anders dan volwassenen. Scherper.'

Jessica's zwarte, tot dunne boogjes geëpileerde wenkbrauwen vliegen omhoog, maar ze zegt niets.

Iets minder wrokkig keert Tygo zich naar Lois en als hij begint te praten, kijkt hij alleen naar haar. 'Goed, je zou eens wat onderzoek moeten doen naar die lul van een Westra. Wat een eikel is dat.'

'Waarom is hij een eikel?'

'Omdat het een vies, geil mannetje is dat Nicolette altijd nastaarde. En niet alleen Nicolette, zo keek hij naar elke vrouw. Zelfs naar mijn moeder,' voegt Tygo eraan toe, met de verbazing van een puber die zijn ouders als seksloze wezens beschouwt.

'Waar woont hij?'

'Drie huizen verderop, op nummer 14.'

'We gaan straks even met hem praten. Kun je ons verder nog iets vertellen? Had Nicolette een vriendje bijvoorbeeld?' Lois ziet dat Tygo op het punt staat om te vragen hoe hij dat in vredesnaam moet weten, maar op het laatste moment valt hem kennelijk iets in.

'Ja, ze had een vriendje. Zo'n patser die haar met zo'n overdreven bak kwam ophalen. Zal hij wel niet eerlijk aan gekomen zijn.'

'Waarom denk je dat?'

'Zo zag hij eruit. Als iemand die niet werkt voor zijn geld, maar zich met stinkende zaakjes bezighoudt. Op school lopen ook van die gasten rond, je pikt ze er zo uit. Staan drugs te dealen en meisjes te versieren, en als je ze per ongeluk aankijkt, slaan ze je op je bek.'

'Ja ja,' zegt Lois. 'Weet je hoe die jongen heet?'

'Nee,' antwoordt Tygo ongeïnteresseerd. 'Gelukkig niet. Met dat soort gasten wil ik niets te maken hebben.' En met een blik op Jessica vervolgt hij: 'Ik ben misschien een afgestompte puber, maar met gamen doe ik niemand kwaad.'

9

‘Het mag voortaan best wat subtieler,’ zegt Lois. ‘Je neemt mensen niet bepaald voor je in op deze manier.’ Ze staan weer op straat, nadat ze Tygo hebben verteld dat hij een oproep kan verwachten om zijn verhaal nogmaals te komen vertellen op het bureau.

‘Ik zeg waar het op staat,’ merkt Jessica op. ‘Soms worden ze dan kwaad en gaan ze interessante dingen zeggen.’

‘Meestal zeggen ze helemaal niets meer. Dus houd je toch maar een beetje in.’ Lois drukt op de bel van de buren, maar daar is niemand thuis. Bij het huis daarnaast, van Annelies Beekman, zijn ze al geweest, dus lopen ze naar het adres van de familie Westra.

‘Oscar en Marjet Westra,’ leest Jessica van het naamplaatje. ‘Nou, ik ben benieuwd naar die geile viezerik.’

‘Ik zou Tygo’s verklaring niet te serieus nemen. Je weet hoe pubers zijn. Ze kunnen zo overdrijven,’ zegt Lois.

Ze hoeven niet lang te wachten tot er opengedaan wordt, een vrouwengestalte haast zich naar de deur. Met piekerig blond haar rond een verhit, vermoeid gezicht kijkt ze om de hoek. Achter haar klinkt kindergejammer. ‘Ja?’ zegt ze vragend.

Lois stelt Jessica en zichzelf voor. ‘We zouden u graag een paar vragen willen stellen, mevrouw.’

‘Komt u binnen. Ik ben Marjet. Hou eens op!’ Die laatste

opmerking is bedoeld voor een paar kinderen, die ergens achter haar beginnen te vechten.

Haastig loopt Marjet terug naar de huiskamer en haalt twee ruziënde meisjes uit elkaar. 'Dat gedonder altijd,' moppert ze. 'Ze kunnen geen minuut samen spelen zonder ruzie te maken. Wat is er, Vlinder? Ik maak je barbie zo, ik moet eerst even met deze mevrouwen praten.'

Vlinder, die een jaar of drie is, trekt een gezicht en begint te huilen. 'Bloem heeft hem stukgemaakt. Kijk nou, mama!'

'Zal ik even kijken?' Jessica zakt op haar knieën en steekt haar hand uit. 'Ik had vroeger ook barbies. Hoe heet deze?'

Zonder enige verlegenheid geeft Vlinder haar barbie aan Jessica. 'Ze heeft een moeilijke naam, maar ze is een elfjesbarbie en ze is net nieuw,' zegt ze met een bibberlipje.

'Nou, dat hoofd zetten we er zo weer op, hoor. Huppakee.' Jessica drukt het blonde barbiehoofd terug op de nek van de pop en geeft hem aan Vlinder. Die beloont haar met een stralende lach en rent weg naar het speelhoekje.

Met een vermoeide glimlach veegt Marjet een piek haar voor haar ogen weg. 'Dank je,' zegt ze. 'Die twee maken me af en toe gek. Vooral met dat warme weer.'

Daar kan Lois zich wel wat bij voorstellen, in die bloedhete woonkamer. Waarom zitten die kinderen niet lekker in een opblaasbadje? Ze kijkt om zich heen naar het tapijt van speelgoed op de grond, de overvolle vensterbanken met prullaria en het witgelakte dressoir, dat zo vol staat met foto's dat de lijstjes elkaar verdringen.

'Ik neem aan dat u weet wat er met uw buurmeisje is gebeurd?'

Verstrooid kijkt Marjet haar aan. 'Mijn buurmeisje? Welk?'

'Nicolette Dekker. U kent haar toch wel?'

'Ja ja, zeker. Wat is er met haar gebeurd?' vraagt Marjet gealarmeerd.

Het blijft onvoorstelbaar dat hierachter een compleet forensisch team bezig is, dat het er blauw ziet van de agenten en er mensen zijn die daar niets van gemerkt hebben.

'Nicolette is dood, mevrouw Westra. Haar lichaam is een halfuurtje geleden gevonden, hierachter in de steeg.' Er is geen voorzichtige manier om zulk nieuws te brengen, geen woorden die de schok minder groot maken. Daarom zegt Lois altijd maar gewoon waar het op staat. De reactie van mensen verschilt elke keer. Meestal dringt het bericht niet meteen tot ze door. Bij Marjet Westra wel. Zodra Lois is uitgesproken, trekt ze krijtwit weg en zoekt steun bij de eettafel. Jessica schiet toe om haar te ondersteunen, maar Marjet weert haar af.

'Het gaat wel...'

'Gaat u dan in ieder geval zitten.' Jessica trekt een stoel naar achteren en Marjet laat zich er met een onelegante plof op zakken.

'Hoe... wat... wat is er precies gebeurd?' stamelt ze, opkijkend naar Lois en Jessica.

Ze gaan tegenover haar zitten. 'We stellen u liever eerst een paar vragen,' zegt Lois vriendelijk, en dan begint de hele reeks opnieuw.

Nee, Marjet heeft niets gemerkt van alle commotie, daarvoor was ze te druk bezig met haar kinderen. Ze heeft Nicolette wel voorbij zien fietsen, maar ze weet niet hoe laat dat precies was. Na wat doorvragen komen ze uit op even na enen, want om één uur begon er een kinderprogramma waar Vlinder en Bloem naar wilden kijken. Nicolette was niet lang daarna langsgefietst.

'Wat voor indruk maakte ze op u?' vraagt Jessica. 'Ik bedoel, fietste ze gehaast? Keek ze bezorgd?'

'Daar heb ik niet zo op gelet,' zegt Marjet verontschuldigend. 'Ze keek zoals altijd. En ze fietste ook niet overdreven hard. Gewoon, zoals ze altijd fietst.'

'Kende u haar goed?'

Marjet knikt en sluit even haar ogen. Als ze ze weer opent, ligt er een vochtige glans overheen.

'Ik kan me niet voorstellen dat ze dood is,' zegt ze zacht. 'Nicolette was zo'n levendige meid. Altijd weg of onderweg, veel afspraken, veel vrienden. Wie zou haar nou willen neersteken?'

'Kwam ze weleens bij u over de vloer?'

'Ja, regelmatig, als oppas voor Bloem en Vlinder. Als we ergens naartoe moesten, belden we haar. Ze was erg leuk met kinderen. De tweeling was dol op haar.'

'U bent getrouwd?'

Marjet knikt. 'Mijn man is op zijn werk. Als u hem wilt spreken: hij is vaak pas na zevenen thuis.'

'We zullen contact met hem opnemen.'

Lois vraagt door, over Nicolettes vrienden en vijanden, maar daar kan Marjet weinig over vertellen.

'Ze kwam alleen maar oppassen,' zegt ze. 'Ze vertelde nooit veel over zichzelf. Ik weet wel dat ze een vriendje had, zo'n glibberig type in een veel te grote auto. Rick heette hij, geloof ik. Maar dat is alweer een tijdje uit.'

Ze praten er nog even over door, maar als er verder niets uit komt, stappen Lois en Jessica op. Ze bedanken Marjet voor haar tijd en dan staan ze weer in de warme zon.

'Bloem en Vlinder,' zegt Lois. 'Wat hebben kinderen tegenwoordig toch aparte namen.'

'Toen ik veertien was, wilde ik mijn naam veranderen,' zegt Jessica. 'Ik vond Jessica zo suf en gewoontjes. Ik wilde liever Zilver heten.'

'Zilver?'

'Ja. Mijn ouders vonden het vreselijk, maar ik was vastbesloten. Ik luisterde gewoon niet als ze me met Jessica aanspraken. Net toen ze er een beetje aan gewend waren, had ik er weer genoeg van.'

Lois glimlacht, maar ze kijkt afwezig.

'Wat is er?' vraagt Jessica.

'Marjet Westra verbergt iets,' antwoordt Lois. 'Ze zei dat ze niets had gemerkt van alle commotie in de steeg.'

'Dat kan toch?'

'Jawel,' zegt Lois, 'maar hoe wist ze dan dat Nicolette is neergestoken? Dat hebben wij haar niet verteld.'

Jessica blijft abrupt staan. 'Dat is waar, dat heeft ze gezegd. Zullen we teruggaan, haar ermee confronteren?'

'Nee, wacht daar maar even mee. Ik wil eerst haar man spreken, en daarna Marjet. Dan moet ze niet te veel op haar hoede zijn. Wie weet praat ze nog een keer haar mond voorbij.'

'Het hoeft natuurlijk niets te betekenen. Misschien heeft ze iets opgevangen van de moord en houdt ze zich liever afzijdig.'

'Waarom? Onschuldige mensen houden zich niet afzijdig, die zijn overstuur omdat iemand die ze gekend hebben is vermoord en helpen je graag bij het onderzoek.'

'Niet altijd. Je hebt mensen die onzeker zijn, bang dat ze ergens van worden verdacht. Ook als ze onschuldig zijn.'

Lois denkt even na over Jessica's woorden. Kwam Marjet onzeker en bang op haar over? Eigenlijk niet. Eerder moe en gestrest, maar dat weet Lois aan de warmte en haar ruziënde kinderen. Nu vraagt ze zich af of Marjet misschien vanaf de bovenverdieping iets van de steekpartij heeft gezien. Maar waarom houdt ze dan haar mond?

Ze slaakt een diepe zucht en zegt: 'Kom op, we gaan naar het volgende huis.'

10

Aan het einde van de middag is het buurtonderzoek afgerond en is ook de technische recherche klaar. Nicolettes lichaam is nog niet door haar ouders geïdentificeerd, dat moet in het mortuarium gebeuren, maar omdat zoveel buurtbewoners haar hebben gezien, bestaat er over haar identiteit geen twijfel. Zodra ze thuiskwamen zijn meneer en mevrouw Dekker opgevangen en bijgestaan door Claudien.

Lois is blij dat daar familierechercheurs voor zijn. Niet dat het bekijken van het lichaam iets is waar ze zich op verheugt. Terwijl ze bij het meisje neerknielt en het laken een stukje optilt, moet ze iets overwinnen voor ze naar haar gezicht kan kijken.

Ze wist het al, natuurlijk wist ze het. Toch komt het hard aan om haar nu zo te zien liggen. Zondag nog een en al leven, ongerust over een stalker maar evengoed genietend van het feest, nu koud en bewegingloos. De eerste lijkvlekken beginnen zich af te tekenen, er komt een geur van het lichaam die nog net te verdragen is, maar wel aantoont dat het ontbindingsproces in gang is gezet.

Lois kijkt naar Nicolettes gezicht, voor eeuwig jong, en laat met een zwaar gemoed het laken weer vallen. In plaats van meteen op te staan, blijft ze nog even op haar hurken zitten.

'Gaat het?' Fred komt aanlopen.

Lois knikt en accepteert de hand die hij haar toesteekt.

'Dit is het meisje over wie ik het gisteravond had,' zegt ze.

'Dat meisje dat je aansprak tijdens Zomer op het Plein? Dat aangifte zou komen doen?'

'Had ze dat maar gedaan, dan had ze hier misschien niet gelegen.' Vermoeid wendt Lois zich tot Ramon, die aan is komen lopen. Blijkbaar kan hij aan haar gezicht al zien dat er iets is, want hij kijkt haar vragend aan.

'Ik ken dit meisje,' zegt ze. 'Zondag was ik bij Zomer op het Plein en toen sprak ze me aan. Ze vroeg wat je moet doen als iemand je stalkt. Ik heb haar aangeraden om maandag aangifte te doen.'

'En? Is ze geweest?' vraagt Ramon geïnteresseerd.

'Nee, jammer genoeg niet.'

'En je weet zeker dat dit hetzelfde meisje is?'

'Heel zeker.'

Ramon wrijft over zijn kin, iets wat hij altijd doet als hij nadenkt. 'Is er tijdens het buurtonderzoek iets naar voren gekomen dat stalking bevestigt?'

'Ze schijnt een ex-vriendje te hebben gehad, een nogal patserig type.'

'Heb je gegevens van hem?'

'Alleen zijn voornaam.'

'Claudien en ik hebben meer over hem gehoord van Nicolettes ouders. Het was inderdaad een jongen die zich er niet bij kon neerleggen dat Nicolette de relatie had verbroken,' zegt Fred. 'Een goede kandidaat voor stalking dus.'

'Zoek dat uit,' zegt Ramon. 'Ik wil alles over die jongen weten. Vanavond is de eerste briefing, dan wil ik zoveel mogelijk informatie hebben.'

Terug op het bureau schuift Lois meteen achter haar computer. Fred gaat tegenover haar zitten en praat haar bij over wat

Nicolettes ouders te vertellen hadden. Veel is dat niet. Nicolette was een gezellige meid die volop in het leven stond, druk bezig was met school en veel vrienden en vriendinnen had.

'Voor zover die ouders weten had ze geen problemen,' zegt Fred. 'Van een stalker wisten ze niets af. Ik heb ze er natuurlijk ook niet naar gevraagd omdat ik daar nog niet van op de hoogte was, maar ze hebben er zelf ook niets over gezegd. Wel vertelden ze dat dat ex-vriendje contact bleef opnemen met Nicolette, wat ze vervelend vond, maar ook niet meer dan dat.'

'Dus Nicolette heeft haar ouders niet verteld over de dreigbrieven en de tekst die op haar fiets was gespoten.'

'Nee,' zegt Fred. 'Ik vraag me af waarom niet. Dat soort dingen deel je toch met je ouders.'

'Ze heeft het met haar vrienden besproken. Haar beste vriendin was Fay Molenaar. We moeten haar zo snel mogelijk spreken. Hebben Nicolettes ouders verteld met wie ze veel omging?'

'Ja, Silvan heeft een lijstje namen van Facebook gehaald. Er zijn een paar mensen op afgegaan. Dat ex-vriendje zit trouwens ook op Facebook.'

'Hoe heet hij?'

'Ricardo Gonzáles, zoon van een Nederlandse moeder en een Spaanse vader, tweeëntwintig jaar. Volgens Leona, Nicolettes moeder, antwoordde hij nogal vaag als ze hem vroegen wat hij deed. Hij zei dat hij in auto-onderdelen handelt, maar het leek hen sterk dat hij daar zijn luxueuze levensstijl van kon bekostigen. En mij ook.'

'Dan gaan we hem natrekken.' Lois neemt een slok water uit het flesje dat op haar bureau staat en trekt het toetsenbord naar zich toe.

Eerst zoekt ze in het politieregistratiesysteem, maar daar komt de naam Ricardo Gonzáles niet in voor. Ook het Herkenningsdienstsysteem levert geen resultaat op, maar uiteindelijk vindt ze hem via de gegevens van de Kamer van Koophandel en het Bureau Krediet Registratie in Tiel.

Ricardo Gonzáles handelt inderdaad in auto-onderdelen en is eigenaar van een bedrijfje.

'En wat doe je nog meer, Ricardo?' mompelt Lois. 'Want daar kun je die grote auto niet van betalen.'

'Hier heb ik wat,' zegt Fred. 'Ricardo heeft een oudere broer, Ernesto. Vijfentwintig jaar, heeft meerdere keren vastgezeten voor drugshandel. Wat denk je, zou hij zijn broertje een bijbaantje hebben aangeboden?'

'Dat zou best eens kunnen. Auto-onderdelen verkopen is vast heel leuk, maar snel geld verdienen is nog veel leuker. Ik kan alleen niets vinden over arrestaties of verhoren van die jongen. Tot nu toe is hij uit handen van de politie gebleven.'

'We weten nog niet of hij zijn broer inderdaad achterna is gegaan.'

'Nee, maar als je in een grote bak rondrijdt en het aanlegt met meisjes die te jong voor je zijn, is er wel iets aan de hand,' zegt Lois. 'Ik wil die jongen spreken. Nu meteen.'

11

Ricardo's telefoonnummer en adres zijn snel gevonden via de Gemeentelijke Basisadministratie, maar hij neemt niet op. Lois gaat overleggen met Ramon, die er een paar agenten op uit stuurt om Ricardo op te halen voor verhoor.

Het zindert weer eens op het bureau, merkt Lois. Ze voelt de activiteit gonzen in de gangen en in de recherchekamer. Er wordt een TGO gestart, een Team Grootschalig Onderzoek, waarvoor rechercheurs uit diverse steden worden opgetrommeld.

Vandaag werken ze nog met hun eigen vaste rechercheteam, morgen kunnen ze er weleens flink wat collega's van andere bureaus bij krijgen.

De briefing van die avond is kort; er is nog niet veel bekend. Informatie afkomstig uit het buurtonderzoek wordt uitgewisseld, het onderzoeksplan wordt doorgenomen. Jessica gaat vanavond nog met Nicolettes vriendinnen praten en Silvan licht Nicolettes computer door en trekt haar activiteiten op de verschillende social media na. Lois en Fred verhoren Ricardo González, die intussen naar het bureau is gebracht.

Hij zit op hen te wachten in de verhoorkamer, half onderuitgezakt op zijn stoel, geïrriteerd en verveeld. Het is een knappe jongen, Lois kan niet anders zeggen. Met zijn licht getinte huid, dikke donkere haar en lange gespierde gestalte is hij vast de droom van elk pubermeisje. Toch heeft Nicolette hem aan de kant gezet.

Ze gaat tegenover hem zitten en wacht tot Fred zich ook op zijn stoel heeft laten zakken.

'Om te beginnen,' zegt ze, 'moet ik je erop wijzen dat je niet tot antwoorden verplicht bent als je jezelf daarmee belast. En je hebt recht op een advocaat.'

Ricardo gaat rechtop zitten, vouwt zijn handen samen op het tafelblad en kijkt hen beurtelings aan. 'Mezelf belast? Wat is dat voor shit? Waar gaat dit over?'

'Dit gaat over Nicolette Dekker,' zegt Fred. 'Ze is dood.'

Er valt een stilte waarin Ricardo zijn mond opent, hem weer sluit en dan sprakeloos achteroverleunt. 'Jullie maken een geintje.'

'Nee,' zegt Lois.

Ricardo buigt wat naar voren en kijkt haar aan met een mengeling van woede en spot. 'Jawel. Jullie hebben me voor iets heel anders laten komen en nu proberen jullie me te dissen. Denk je dat ik daarin trap?'

'Ze is dood,' herhaalt Fred. 'En wij willen graag weten waar jij vandaag tussen halfeen en halftwee was.'

Geërgerd verplaatst Ricardo zijn blik naar hem, maar in zijn ogen verschijnt iets van twijfel.

'Hoezo? Is ze toen vermoord of zo?'

'Waar was je?' herhaalt Fred de vraag.

Er valt een stilte. Het bericht dat zijn ex-vriendin dood is, schijnt vertraagd bij Ricardo binnen te druppelen, alsof zijn hersenen hem tot het laatste moment willen beschermen tegen de waarheid. Maar dan is de ommekeer in zijn houding groot. Het lijkt nauwelijks tot hem door te dringen dat hem een vraag is gesteld, hij zit daar maar en staart tussen Lois en Fred door naar de achterliggende muur.

'Is Nicky echt dood?' vraagt hij zacht. Verdwenen is zijn branie, hij klinkt als een klein jongetje.

Lois observeert hem aandachtig. Ze heeft dit vaker gezien,

de woede, het ongeloof, het verdriet. In sommige gevallen waren die gevoelens oprecht, maar als er een Oscar bestond voor acterende misdadigers, zou ze hem heel wat keren hebben uitgereikt. Ricardo slaagt er echter in haar een gevoel van twijfel te bezorgen. Niet dat ze dat laat merken.

'Waar was je?' vraagt ze, uiterlijk onbewogen.

'In Amsterdam. Ik had een klant bij wie ik een paar goeie spoilers en velgen kon ophalen. Een vet mooi partijtje, dus ik ben even op en neer gereden.'

'En hoe laat was je in Amsterdam?'

'Om halfeen of zo. Ik ben rechtstreeks naar die klant gereden, in Geuzenveld, en daarna heb ik de hele handel meegenomen en ben ik teruggereden.'

'Hoe laat was dat?'

'Een uur of een.'

'Nog ergens gegeten of gepind?'

Ricardo schudt zijn hoofd.

'Hoe heet die klant?' vraagt Fred.

'Willem Buisman. Ik heb zijn nummer in mijn telefoon staan. Wil je dat hebben?'

'Heel graag.'

Ricardo haalt zijn mobiele telefoon tevoorschijn, en tegelijk dwarrelt er een bonnetje uit zijn broekzak.

'Dat is ook zo, ik heb getankt op de heenweg. Kijk maar.' Met een triomfantelijk gebaar legt hij de pinbon op tafel.

Fred bekijkt de bon en noteert het telefoonnummer van Willem Buisman.

'Kan ik dan nu gaan?' vraagt Ricardo, en hij komt al half overeind.

'Eén momentje nog.' Met een handgebaar geeft Lois aan dat hij weer moet gaan zitten. 'We willen graag nog wat weten over je relatie met Nicolette.'

'Wat wil je weten? Het is uit. Al een jaar.'

'Had zij het uitgemaakt?'

'Wat doet dat er nou toe? Uit is uit,' zegt Ricardo nors.

'Volgens onze informatie heeft Nicolette jullie relatie beëindigd en kon jij dat moeilijk verkroppen,' zegt Fred.

'Verkroppen, wat is dat nou voor een woord, man. Wat bedoel je daarmee?'

'Dat je je genaaid voelde,' zegt Lois, met haar armen over elkaar geslagen, haar blik strak op Ricardo gericht. 'Zo genaaid dat je haar begon lastig te vallen. Dreigbriefjes in de bus stoppen, "hoer" op haar fiets spuiten, dat soort dingen. Had je er zoveel problemen mee dat ze je had gedumpt?'

Met een uitdagend, bijna arrogant gebaar heft Ricardo zijn kin. 'Waar heb je het over? Je denkt toch niet dat ik nog een seconde aan die bitch heb besteed? Kom op zeg, waar zie je me voor aan?'

'Je kunt natuurlijk elke chick krijgen die je maar wilt,' zegt Lois, zonder haar blik van hem los te maken. 'Maar toch moet het een gevoelige klap voor je ego zijn geweest toen ze je niet meer moest.'

Ricardo's verdriet lijkt opeens verdwenen te zijn. Het heeft plaatsgemaakt voor een emotie die meer te maken heeft met gekwetste trots.

'Nee, ze moest me niet meer,' geeft hij met hese stem toe. 'Van de ene op de andere dag zei ze dat ze me niet meer wilde zien. Dat ik een loser was, dat ik niets van mijn leven maakte. Ze zei dat ze dat eerst niet had gezien, maar nu wel. Terwijl ik alles voor haar deed, alles! Al die bijbaantjes die ik nam, dat deed ik voor haar. Zodat ze thuis weg kon en we samen een woning konden zoeken. Weet je wat ze zei? Dat ze van me hield, maar dat ze geen toekomst zag met mij. Wat een bullshit, man! Als je van iemand houdt, maak je het toch niet uit? En toen kwam ik erachter dat ze een ander had, dat ik was ingeruild voor de een of andere nerd die gymnasium deed. De hoer.'

Zwijgend kijken Lois en Fred hem aan.

'Je kunt gaan,' zegt Fred ten slotte. 'Maar houd je beschikbaar voor meer vragen.'

Als Ricardo is meegenomen door een agent, kijken ze elkaar aan.

'Hij hield van haar en hij haatte haar,' zegt Lois. 'Beide gevoelens waren oprecht.'

'Ja, maar hij heeft haar niet vermoord. Ik neem nog even contact op met die Willem Buisman, maar de pinbon is eigenlijk genoeg. Hij heeft er gewoon de tijd niet voor gehad.'

'En dat kun jij moeilijk verkroppen, hè?' Lois grijnst, geeft haar collega een por in zijn zij en verlaat de verhoorkamer.

In de gang komt ze Jessica tegen.

'Heb je Nicolettes vriendinnen gesproken?' vraagt ze.

'Ja, maar er is niet veel uit gekomen. Misschien dat haar beste vriendin, Fay, ons iets kan vertellen. Ze heeft hoge koorts en lag net te slapen, dus haar ouders wilden haar niet wakker maken,' zegt Jessica. 'Hopelijk is ze morgen aanspreekbaar.'

Kwart voor elf 's avonds en het is nog bloedheet binnen. Als Lois de gang van haar huis binnenstapt, slaat de warmte haar in het gezicht. Het is er benauwd, alsof de hitte bijna alle zuurstof heeft geabsorbeerd.

Lois laat haar ogen door de woonkamer glijden. Ze blijven rusten op het witte dressoir tegenover haar, waar een ingelijste foto staat. Er is geen speciale reden waarom ze daar rechtstreeks naartoe loopt, terwijl ze er op andere dagen aan voorbijgaat. Ze loopt langzaam, bijna met tegenzin.

Met dezelfde traagheid pakt ze hem op en bekijkt hem lange tijd. Het is een kleurenfoto, gemaakt in Zuid-Frankrijk waar ze toen met het gezin op vakantie waren. Ze staan er niet allemaal op, alleen haar moeder en haar jongste zusje. Haar moeder zit op een muurtje in de zon, met Maren op schoot.

Maren, lieve, kleine Maren, het nakomertje, de door iedereen verwende benjamin. Met haar blonde krullen en haar stralende blauwe ogen leek ze op Tessa en haar, maar dan een betere versie. Een mooi, levenslustig kind dat veel vrolijkheid in huis bracht.

Met een zwaar gemoed kijkt Lois naar het lachende gezichtje van haar zusje, veilig bij haar moeder op schoot in haar zomerjurkje. Drie weken na dat fotomoment was er van dat geluk niets meer over.

Jarenlang was elke confrontatie met het verleden zo pijnlijk dat Lois alle familiefoto's op zolder heeft gelegd. Daar liggen ze nog steeds, op deze ene na. Ze kwam hem toevallig tegen toen ze een andere foto uit het lijstje haalde en deze erachter bleek te zitten. Toen heeft ze hem neergezet, en er steeds wat langer naar gekeken. De verwachte mentale klap bleef uit, maar sindsdien loopt ze een groot deel van de dag met een onbestemd gevoel rond. Een triestheid die niet de overhand neemt, maar die zich ook niet laat verjagen.

Dikwijls vraagt ze zich af hoe Maren zou zijn opgegroeid als ze was blijven leven. Zou ze een goede band met haar hebben, ondanks het leeftijdsverschil van zeven jaar? Zouden ze veel gemeen hebben, op elkaar lijken?

Haar herinneringen aan Maren zijn verbleekt, als foto's die te lang in de zon hebben gelegen, maar ze zijn er nog wel. En het zijn er genoeg om het gevoel van verlies in stand te houden.

Nog erger is het gemis van haar moeder. Het is nu dertien jaar geleden dat ze zelfmoord pleegde, maar eigenlijk heeft Lois haar al jaren eerder verloren, op de dag dat Maren stierf.

12

Veerle Lemstra heeft haast. Gisteravond is ze vergeten haar wekker te zetten en vanochtend werd ze een halfuur te laat wakker. Dat gebeurt wel vaker, verstrooid als ze is, maar meestal wordt ze uit zichzelf op tijd wakker. Vandaag had ze nog maar een kwartier om zich aan te kleden en haar tas in te pakken, douchen en ontbijten moest ze overslaan.

Vervelend, zo'n verkeerde start, alsof daarmee alles uit balans raakt.

Veerle werkt op een kinderdagverblijf aan de andere kant van de stad en ze moet een heel eind fietsen. Gelukkig is het droog en staat er niet veel wind, zodat ze zich niet eerst in een regenpak hoeft te wurmen. Om zeven uur gaat het dagverblijf open. Als ze in haar gewone tempo fietst, komt ze wel op tijd. Als ze wat sneller is, kan ze nog een broodje en een kop koffie nemen voor de eerste ouders hun kinderen komen brengen.

Onderweg hoort ze een sms'je binnenkomen. Ondanks haar haast vist ze het toestel uit haar jaszak en werpt een snelle blik op de display. Van Pieter, dat dacht ze al. Een glimlach trekt over haar gezicht. Ze kennen elkaar nog niet zo lang, maar vanaf hun eerste ontmoeting was het raak. Liefde op het eerste gezicht, de vonken spatten ervanaf. Helaas heeft ze nu geen tijd om zijn sms te beantwoorden. Dat doet ze straks wel, op het toilet, de enige plek op haar werk waar ze even rustig kan zitten.

Ze zet haar versnelling een tandje hoger, negeert het rode stoplicht op een rustig kruispunt en fietst zo hard ze kan naar de vlotbrug over het Noord-Hollands Kanaal. Ze steekt de brug over en rijdt rechtdoor het fietspad op. Even later slaat ze links af en maakt vaart voor het fietstunneltje dat opdoemt. Het is niet ver meer naar het kinderdagverblijf. Misschien komt het toch nog goed vandaag.

De man staat tussen het struikgewas, aan het begin van het fietstunneltje. Hij heeft een muts over zijn hoofd getrokken, het mes ligt zwaar en vertrouwd in zijn hand.

Het is stil rond deze tijd, zelfs voor dit tunneltje. Het ligt wat afgelegen, in een vrij landelijke omgeving. De ideale plek dus.

Het valt hem niet mee deze keer. Wat hij mist is de woede die hem normaal gesproken drijft, en de energie die daaruit voortkomt. Maar het moet toch gebeuren, het kan niet anders.

In de verte komt iemand aanfietsen. Gespannen houdt hij zijn adem in. Zijn doelwit komt eraan, nu niet meer nadenken. Hij moet zich concentreren.

Hij wacht tot de fietser zo dicht genaderd is dat hij haar kan zien, dan loopt hij het fietstunneltje alvast in. Het meisje rijdt hem voorbij en hij begint te rennen. Ze hoort het niet, of ze besteedt er geen aandacht aan.

Zonder noemenswaardige inspanning rent hij het fietstunneltje uit, de heuvel op, en hij springt van de stoep af, het fietspad op. Hij haalt het mes tevoorschijn en rent schuin achter het meisje aan.

Net als ze wil omkijken, steekt hij het mes in haar rug en trekt het er meteen weer uit. Ze fietst gewoon door, al begint ze te slingeren. Nog even kijkt hij haar na, ziet hoe ze naar haar rug grijpt en dan met fiets en al omvalt. Hij glimlacht, draait zich om en rent dezelfde weg terug.

13

Lois slaapt slecht die nacht. Na een lauwe douche is ze in bed gekropen, slechts gekleed in een slip en een hemdje, maar het is te benauwd om te kunnen slapen. Herinneringen komen aandrijven en lijken in de warme atmosfeer te blijven hangen. Ze vecht er niet tegen.

Eens in de twee weken ligt ze zonder aanwijsbare reden een nacht wakker. Dat is al jaren zo, vroeger kwam het zelfs veel vaker voor. Tot ze ontdekte dat ze sneller in slaap viel als ze accepteerde dat ze wakker lag. Sindsdien pakt ze in zo'n nacht zowaar nog een paar uurtjes mee.

Maar deze nacht is anders. Door de hitte, door de maand juni, die haar terugvoert naar die andere junimaand, lang geleden, toen er ook een hittegolf heerste en Maren ziek werd. Een zomergriepje, dachten ze.

Ongemerkt is er tijd voorbijgegaan. Dat betekent dat ze toch even in slaap is gevallen. Het ene moment is het halfvier, het volgende moment kwart voor zes. Vreemd genoeg is Lois klaarwakker, alsof aan haar minimale behoefte aan slaap ruimschoots is voldaan.

Ze schuift haar benen over de rand van het bed en loopt naar de badkamer. Als ze dan toch niet meer slaapt, kan ze net zo goed aan het werk gaan.

Ze neemt een douche, droogt zich af en verzamelt, nog altijd in haar ondergoed, haar wasgoed. Ze stopt alles in de machine, die in een hoekje op de overloop staat, en trekt daarna een witte broek, witte sportschoenen en een zwart shirtje aan.

Als ze in de keuken muesli in een kom yoghurt strooit, gaat haar telefoon. 'Met Lois.'

'Lois, met Fred. Er is een steekpartij gemeld.'

'Zo vroeg?'

'Ja. Hoe snel kun je klaar zijn?'

'Ik ben al klaar.'

'Prachtig, dan kom ik je ophalen. Binnen tien minuten ben ik bij je.'

'Oké, tot zo.'

Zo snel ze kan lepelt Lois haar ontbijt naar binnen. Daarna heeft ze nog net tijd om de gordijnen open te doen en een paar grote bromvliegen naar buiten te laten voordat Fred aan de deur staat.

'Wat is er gebeurd?' vraagt Lois terwijl ze met hem meeloopt naar de auto, die hij om de hoek op de Oudegracht heeft geparkeerd.

'Vanochtend om halfzeven is er een jonge vrouw neergestoken in het fietstunneltje aan de Havinghastraat. Geen drukke tunnel en het was nog vroeg. Ze was alleen.'

'Leeft ze nog?'

'Op het moment dat de melding binnenkwam wel, maar ik weet niet hoe de situatie nu is. Ze schijnt in haar rug gestoken te zijn. Dat is ernstig, maar minder erg dan in de hals of borst,' zegt Fred, terwijl hij het portier van zijn auto opent.

Lois knikt. Ze kijkt naar de dageraad die de lucht roze kleurt boven de daken van de historische panden. Het had zo'n mooie dag kunnen worden.

Het bewuste fietstunneltje is afgesloten. Mark en Renate hebben afzetlinten gespannen en zijn druk bezig nieuwsgierige en geïrriteerde voorbijgangers op afstand te houden. In de tunnel is de forensische recherche bezig met het onderzoek.

'Ik kan er toch best even langs!' Een jongeman op een brommer, de motor nog draaiend, maakt aanstalten het lint op te tillen.

'Meneer, dat gaat niet. Wilt u omkeren en een andere route nemen?' Renate houdt hem moeizaam maar beslist tegen. Een stukje verderop heeft haar collega hetzelfde probleem met twee voetgangers die onder het lint door willen glippen.

'Ha, gelukkig, versterking,' zegt Mark als Fred en Lois komen aanlopen.

'Zijn jullie maar met z'n tweeën?' vraagt Lois.

'Nee, er is nog een wagen gekomen, maar die staat aan de andere kant van de tunnel. Ongelooflijk, hoe weinig begrip mensen kunnen opbrengen voor zo'n situatie.' Mark wijst naar de ambulance die verderop staat. 'Het slachtoffer wordt nog behandeld. Ze heeft een flinke steekwond in haar rug, maar ze leeft nog.'

'Dan gaan we met haar praten,' zegt Lois, en ze loopt meteen naar de ambulance toe.

Op de brancard zit een jonge vrouw. Haar halflange bruine haar draagt ze in een staartje, haar pony valt schuin over haar voorhoofd. Ze kijkt op als Lois en Fred voor haar blijven staan.

'Hallo,' zegt Lois vriendelijk terwijl ze haar hand uitsteekt. 'Ik ben Lois Elzinga van de recherche, en dit is mijn collega Fred Klinkenberg. Kunnen we je een paar vragen stellen?' Dan wendt ze zich tot het ambulancepersoneel en vraagt: 'Of zijn jullie nog bezig?'

Een van hen, een vrouw, maakt een gebaar dat ze haar gang kan gaan. 'We hebben haar verbonden. Het is geen diepe wond, maar voor de zekerheid nemen we haar mee naar het ziekenhuis. Er is altijd een kans dat er vitale delen zijn geraakt.'

'We zullen het kort houden.' Fred richt zich tot het meisje. 'Hoe heet je?'

'Veerle Lemstra,' zegt het meisje met zachte, bijna onverstaanbare stem.

'Je zult wel erg geschrokken zijn,' zegt Fred. 'Wat is er precies gebeurd?'

'Ik fietste dat tunneltje in en opeens werd ik gestoken. Ik wist niet wat me overkwam. In eerste instantie had ik het niet eens in de gaten. Ik... ik voelde alleen die vreselijke pijn in mijn rug. Ik probeerde door te fietsen, maar het ging niet meer. Ik voelde die pijn en opeens werd ik duizelig,' antwoordt Veerle.

'Heb je de dader gezien?' vraagt Lois.

Veerle knikt. 'Toen ik het tunneltje in reed, zag ik een man staan. Ik reed hem voorbij en toen wilde ik naar boven fietsen. Dat is best een steil stuk, dus ik verloor vaart en schakelde mijn versnelling terug. En toen voelde ik die pijn.'

'Heb je hem dichterbij horen komen?'

'Nee... Of ja, toch wel. Ik hoorde iemand rennen, maar ik stond er niet zo bij stil. Ik had niet het gevoel dat ik werd achtervolgd, dat kwam gewoon niet bij me op.' Veerle gaat verzitten en er glijdt een trek van pijn over haar gezicht.

'Heeft hij nog wat gezegd?' vraagt Fred.

'Nee, niets. Ik had helemaal niet in de gaten dat hij zo dicht bij me was.' Veerle strijkt haar pony opzij en lacht beverig.

'En wat deed hij nadat hij je gestoken had?'

'Hij rende hard weg, de andere kant op. Dus in de richting waar hij vandaan kwam. Dat vond ik nog zo eng, dat ik hem achter me had. Toen ik doorhad dat er iets mis was, durfde ik nauwelijks af te stappen. Ik was zo bang dat hij terug zou komen. Maar toen viel ik. Ik geloof dat ik even buiten bewustzijn ben geweest. Toen ik bijkwam, stonden er mensen over me heen gebogen en die hebben de politie en de ambulance gebeld.'

'We moeten haar nu echt meenemen,' zegt de ambulancemedewerkster verontschuldigend maar beslist. 'Mevrouw moet nader onderzocht worden.'

'Nog één vraag,' zegt Lois snel. 'Kun je een beschrijving van de dader geven?'

'Ja, hij was vrij lang. Hij droeg een spijkerbroek en een zwart vest met een capuchon, maar die had hij niet op. Hebben jullie daar wat aan?' vraagt Veerle hoopvol.

'Ja, dat is prima,' zegt Lois geruststellend. 'Heb je zijn gezicht gezien?'

Helaas is dat niet het geval. Het enige wat Veerle er nog aan toe kan voegen is dat haar aanvaller halflang bruin haar had en blank was.

'Al met al geen gekke beschrijving,' zegt Fred als de deuren van de ambulance dichtgaan en zij teruglopen naar hun auto.

'Nee, maar te weinig voor een compositietekening. Er hangen hier zeker geen camera's?' Lois blijft staan en kijkt om zich heen.

'Nee, die hangen in geen enkele fietstunnel. Wegbezuinigd door de provincie. Het cameratoezicht concentreert zich voornamelijk op de binnenstad.'

'Dat wordt dan lastig. Hopelijk komt de forensische recherche ergens mee,' zegt Lois.

Fred opent het portier en gaat achter het stuur zitten. 'Twee steekpartijen in twee dagen. Beide slachtoffers zijn jonge vrouwen,' zegt hij.

'Denk je dat er een verband is?'

'Jij niet dan?'

'Nee, ik denk het niet,' zegt Lois. 'De moord op Nicolette

lijkt meer een persoonlijke afrekening. Ze is gestoken in de steeg achter haar huis, terwijl Veerle is aangevallen in een fietstunneltje. Waarom zou hij bij Nicolette zo'n risico hebben genomen? Als er net iemand uit het raam had staan kijken of die steeg in was komen lopen...'

'De plaats van handeling is anders, maar de slachtoffers zijn van dezelfde leeftijd. Ze kregen allebei een messteek toegebracht die niet direct dodelijk is. Als Nicolette niet was gevallen, had ze de aanval waarschijnlijk overleefd.'

'Dat is waar.' Lois zwaait naar Renate en Mark terwijl Fred de auto keert. 'Zijn er de afgelopen tijd nog meer van dit soort steekpartijen geweest?'

'Geen idee,' zegt Fred. 'Dat gaan we nu meteen uitzoeken.'

14

'Nee maar,' zegt Lois, zodra ze de recherchekamer binnenwandelt. 'Nu al weer aan het werk?' Verrast kijkt ze naar haar collega Nick, die achter zijn bureau zit. Zijn gegipste voet rust op een stoel. Fred is doorgelopen naar de kamer van Ramon.

Nick kijkt op van zijn toetsenbord en draait zijn stoel iets, zodat hij Lois kan aankijken.

'Het is gewoon een breuk. Dat moet met rust genezen.'

'Ik hoorde van Claudien dat je niet zo goed tegen je verlies kunt.'

Met een brede grijns kijkt Nick haar aan. 'Dat zou jij toch moeten begrijpen.'

'Ik loop hard. Dat heeft niets met winnen of verliezen te maken.'

'Tenzij je aan een wedstrijd meedoet. Maar dat doe jij nooit, hè?'

'Nee, omdat ik daar geen tijd voor heb. Elke keer als ik me inschrijf, word ik door Ramon opgeroepen omdat er iets aan de hand is. Waarom zit je niet thuis?'

Met een schouderophalen draait Nick zijn stoel terug. 'Thuis verveel ik me te pletter. Ik kan best wat bureauwerk doen.'

'Nou, dat valt me van je mee,' zegt Lois. 'Ik dacht, die zien we voorlopig niet terug.'

'Zo zie je maar, Elzinga, nooit te snel oordelen. Dat leidt tot tunnelvisie, maar daar ben jij natuurlijk wel mee bekend.'

'Inderdaad. Om precies te zijn, ik kom er net vandaan.'

'Waarvandaan?'

'Van een fietstunnel. Een jonge vrouw heeft daar vanochtend een mes in haar rug gekregen.' Lois loopt naar haar werkplek en draait het flesje water open dat daar staat. Ze neemt een paar slokken en trekt een vies gezicht. Lauw.

'Dat hoorde ik, ja. En gisteren ook al zoiets. Ik kan ook geen dag weg zijn hier, hè.' Nick leunt naar achteren en wijst naar zijn beeldscherm. 'Er zijn de afgelopen weken meer van dat soort dingen gebeurd, maar dat waren kroegruzies. Ik heb één ander geval dat vergelijkbaar is.'

Lois loopt naar hem toe en kijkt met hem mee.

'Een vrouw van achtenveertig. Lilian van Dijk, twee maanden geleden in de schouder gestoken toen ze haar boodschappen in de auto wilde zetten,' zegt Nick.

'Waar is die vrouw aangevallen?'

'Op de parkeerplaats van winkelcentrum De Mare. Op een dinsdagochtend, er waren geen getuigen. Ik ben al aan het nagaan of er een verband is tussen de drie neergestoken vrouwen, maar tot nu toe heb ik niets gevonden.' Nick pakt een leeg plastic bekertje, houdt het omhoog en kijkt om naar Lois. 'Ik lust wel een kop thee.'

'Pardon?'

'Zou je een kopje thee voor me willen halen, Lois?'

'Dat klinkt al beter. Ik zal het halen omdat je zulk goed werk hebt verricht. Dat scheelt mij weer tijd.' Lois loopt naar de deur, maar halverwege blijft ze staan en draait zich om. 'Hoe doe je dat eigenlijk, als je niet mag lopen? Ik bedoel, hoe kom je hier?'

'Mijn vriendin heeft me gebracht. Lief hè?'

'Heel lief,' zegt Lois. 'Je moet alleen nog maar afwachten of ze je ook weer ophaalt.'

Terwijl ze de gang in loopt hoort ze Nick lachen, en dat valt haar van hem mee.

Tijdens de ochtendbriefing worden eerst alle feiten rond de moord op Nicolette Dekker op een rij gezet, en daarna die rond de aanval op Veerle Lemstra. De twee zaken worden vergeleken met de eerdere steekpartijen die Nick al noemde, maar ze zijn te verschillend om er iets mee te kunnen.

'Als al deze slachtoffers het werk zijn van één dader, beperkt hij zich niet tot een bepaalde buurt,' zegt Ramon, staand voor een groep van dertig rechercheurs. De aanval op de vrouw bij het winkelcentrum was op dinsdagochtend om halftien. Nicolette Dekker is midden op de dag neergestoken. De dader was toen dus vrij overdag, of hij werkt niet. Op dit moment worden de foto's van de verwondingen van de drie vrouwen met elkaar vergeleken. Dat zou meer duidelijkheid moeten geven over de vraag of we met één dader te maken hebben.'

Ramon praat verder over de resultaten van het onderzoek.

De forensische recherche heeft voetafdrukken gevonden in de groenstrook aan het begin van de tunnel waar Veerle Lemstra is neergestoken. Op een zanderig stukje zijn er vrij veel aangetroffen, waaruit de conclusie kan worden getrokken dat de man heen en weer heeft gelopen. Alsof hij iemand opwachtte. Een van de voetafdrukken is met foto's en gips veiliggesteld.

'Dus de mogelijke dader heeft maat 45 en draagt schoenen van het merk Dsquared2,' zegt Lois tegen Fred als ze na de briefing de gang in lopen. 'Maar daar hebben we alleen wat aan als we hem te pakken krijgen en we zijn schoenen kunnen bekijken. Dus hoe komen we aan een verdachte?'

'We weten veel te weinig,' zegt Fred. 'Die vent zorgt er wel voor dat er geen getuigen zijn en dat er geen camera's in de buurt hangen. Het zou me niet verbazen als hij dat van tevoren controleert.'

'En die parkeerplaats bij het winkelcentrum dan? Daar hangen toch wel camera's?'

'Nee,' zegt Fred. 'Te duur. Niet alleen de camera's zijn kostbaar, de beelden moeten ook bekeken worden. En er moeten mensen op af als er iets aan de hand is. Je kunt niet overal camera's hangen.'

'Dus we moeten wachten tot dat stuk verdriet de binnenstad van Alkmaar opzoekt en met zijn neus voor een camera gaat staan.'

'Ik ben bang van wel. Geen getuigen, geen beelden... De beschrijvingen die de slachtoffers hebben gegeven komen wel overeen, maar zijn te vaag om er iets mee te kunnen doen. Misschien komt er nog wat uit het buurtonderzoek rond Nicolette Dekker. Nog niet alle processen-verbaal zijn verwerkt en ingeleverd, heb ik begrepen.'

'Nee, dat van mij ook niet. Ik wilde nog ergens achteraan, maar daar heb ik de tijd niet voor gehad.'

'Wat dan?' vraagt Fred.

'Tijdens het buurtonderzoek sprak ik Nicolettes buurvrouw, Marjet Westra. Ze deed een eigenaardige verspreking waar ik op terug wilde komen. Ze zei dat ze er niets van had gemerkt dat haar buurmeisje was neergestoken. Terwijl ik haar helemaal niet had verteld wat er met Nicolette was gebeurd.'

Fred blijft staan en draait zich naar Lois toe. 'Dat is interessant.'

'Ja, hè? Het hoeft niets te betekenen te hebben. Misschien heeft ze uit haar raam boven iets gezien, maar waarom zegt ze dat dan niet gewoon?'

'Ik denk dat we maar eens een babbeltje met die dame moeten gaan maken,' zegt Fred.

Jessica passeert hen en Lois versnelt haar pas tot ze naast haar loopt. 'Heb jij die Fay nog gesproken?'

'Ze heeft nog steeds keelontsteking,' zegt Jessica somber. 'Ze kan geen woord uitbrengen.'

'Laat haar dan opschrijven wat ze weet.'

'Dat heb ik ook voorgesteld, maar haar ouders staan erop dat hun dochter rust krijgt.'

Lois fronst haar wenkbrauwen. 'Dat begrijp ik, maar dit is belangrijk.'

'Ik ga morgenochtend nog wel een keer langs,' belooft Jessica. 'Ze heeft medicijnen, dus dan zou het beter met haar moeten gaan.'

15

Marjet Westra is niet thuis, maar haar man wel. Oscar Westra heeft zijn tweelingdochters in de zandbank in de tuin gezet en zit zelf binnen aan de keukentafel. Lois ziet het door het erkerraam, en ze ziet ook dat hij geïrriteerd zijn laptop dichtklapt als Fred aanbelt. Desondanks doet Oscar met een beleefde glimlach open.

'Ja?' zegt hij.

'Meneer Westra? Mijn naam is Fred Klinkenberg van de recherche. Dit is mijn collega, Lois Elzinga. We zouden u graag een paar vragen willen stellen over uw buurmeisje.'

'Ja, natuurlijk, komt u binnen,' zegt Oscar Westra meteen.

'U bent vrij vandaag?' informeert Lois, terwijl ze achter hem aan lopen, de gang en de woonkeuken in.

'Het is mijn thuiswerkdag,' verklaart Oscar. 'Ik begrijp alleen niet waarom u mij wilt spreken. Ik zat gisteren de hele dag op kantoor, ik heb niets meegekregen van die moord. Ik hoorde het 's avonds pas, van mijn vrouw. En de politie heeft haar toch al gesproken?'

'Ja,' zegt Lois. 'Maar we wilden u ook graag even spreken.' Ze kijkt naar buiten, waar de kinderen eensgezind met een gietertje en een emmertje in de weer zijn. Zo kon Maren ook spelen, volledig geconcentreerd op haar bezigheden. Ze ziet haar nog zitten, met dat gebogen smalle ruggetje.

Langzaam keert ze de tweeling de rug toe. 'Hoe goed kende u Nicolette, meneer Westra?' vraagt ze.

Oscar schuift weer achter zijn laptop en gebaart Fred en Lois tegenover hem te gaan zitten. Als ze aan de uitnodiging gehoor hebben gegeven, trommelt Oscar met zijn vingers op de gesloten laptop en zegt: 'Niet heel goed. Ze kwam weleens oppassen op Vlinder en Bloem.'

'Hebt u enig idee wie haar vermoord kan hebben?' vraagt Fred.

Westra schudt zijn hoofd. 'Nee, ik zou het niet weten. Misschien dat halfgare vriendje van haar.'

'Waarom denkt u dat?'

'Hij is de eerste die in me opkomt. Een rare snuiter was dat, ik vertrouwde hem voor geen cent. Ze heeft iets van een halfjaar verkering met hem gehad en toen maakte ze het uit. Slimme meid. Misschien kon hij dat niet goed hebben. Hier in de buurt denkt iedereen dat hij het gedaan heeft.'

'Nicolette was een aantrekkelijk meisje, vindt u niet?' neemt Lois het verhoor over.

Oscar Westra kijkt verstoord. 'Dat zal wel,' zegt hij beleefd. 'Ja, ik denk dat ze wel aantrekkelijk was. Waarom vraagt u dat?'

'Er gaan geruchten dat u zich tot haar aangetrokken voelde.' Lois kijkt hem aan. 'Klopt dat?'

Westra verschiet van kleur. 'Wat is dat voor onzin?' zegt hij. 'Ik heb een vrouw en twee kinderen. Wat zijn dat voor smerige insinuaties?'

'Dus u ontkent dat u belangstelling had voor Nicolette?'

'Ja, natuurlijk ontken ik dat! Ze was een puber, godbetert! Ik ben vijfendertig! Wat denkt u wel niet van me?'

'Ik denk niets, ik vraag het alleen,' zegt Lois onverstoorbaar.

Voor Westra opnieuw tegen haar kan uitvallen, kalmeert

Fred hem. 'Als iemand iets in die richting heeft geopperd, moeten we ernaar vragen. Dat begrijpt u toch wel?'

'Was u weleens alleen met Nicolette?' gaat Lois door.

Die vraag is te veel voor Oscar Westra. Hij haalt diep adem en probeert zijn zelfbeheersing te bewaren, maar verliest de strijd. 'Nee!' schreeuwt hij Lois toe. 'Ik ben nooit alleen geweest met dat kind! Waarom zou ik? Wie heeft u deze onzin ingefluisterd? Dat zou ik weleens willen weten!'

'Waar was u gisteren tussen halfeen en halftwee?' informeert Lois, zonder zich druk te maken om zijn geschreeuw.

'Op mijn werk,' zegt Oscar met een vernietigende blik in haar richting. 'Om precies te zijn in de bedrijfskantine, want het was lunchtijd. Tientallen mensen kunnen bevestigen dat ik daar was, u kunt het natrekken.'

'Dat zullen we zeker doen. Hoe heet het bedrijf waar u werkt?'

Bij wijze van antwoord vist Oscar een visitekaartje uit zijn kontzak en overhandigt het haar.

'Belt u gerust op,' zegt hij.

'We zouden ook graag nog even met uw vrouw willen praten,' zegt Lois. 'Is ze thuis?'

Oscar kijkt haar woedend aan. 'Ziet u haar ergens?'

'Geeft u gewoon antwoord op de vraag, meneer Westra,' zegt Fred op rustige toon.

'Nee, ze is niet thuis. Ze is boodschappen aan het doen.'

'Hebt u er bezwaar tegen als we op haar wachten?'

Westra kijkt van de een naar de ander en zegt dan nijdig: 'Als het moet. Ik ga even bij mijn kinderen kijken.'

Buiten is gehuil opgestegen, het emmertje water is omgevallen en een van de meisjes is drijfnat. Oscar Westra haast zich naar buiten en sust het kind.

'Wat was dat nou?' zegt Fred tegen Lois.

'Een jongen uit de buurt heeft verklaard dat Westra op

Nicolette geilde, zoals hij het uitdrukte. En niet alleen op haar, geen vrouw zou veilig zijn voor Westra.'

'Echt? Daar vind ik hem helemaal het type niet voor.' Freds ogen glijden naar buiten, naar Oscar met zijn iets te dikke buik en zijn stijve kleding.

'Die jongen zei ook niet dat Westra's gevoelens beantwoord werden.'

'Een gefrustreerd kantoormannetje met twee veeleisende kinderen en een vrouw die hij niet meer aantrekkelijk vindt. Tja, het komt vaker voor.'

'Maar waarom zou hij dat meisje willen neersteken?' vraagt Lois. 'Misschien had ze zijn vrouw iets te vertellen. Over wat haar man met haar probeerde uit te spoken, bijvoorbeeld. Of wat hij al met haar uitgespookt had. Misschien heeft híj Nicolettes fiets wel beklad en dreigbrieven in de brievenbus gestopt.'

'Bewijzen, Elzinga, bewijzen. Je draagt theorieën aan die we niet hard kunnen maken.'

'Daar begint rechercheren toch mee? Scenario's bedenken?'

'Ja,' bevestigt Fred. 'Maar wat ondersteunend bewijs is ook wel prettig. Kijk, daar hebben we mevrouw Westra.'

De poort achter in de tuin gaat open en Marjet duwt haar fiets naar binnen, de fietstassen vol boodschappen.

'Mooi zo,' zegt Lois. 'Nu wordt het interessant.'

16

'O, u weer?' Met in elke hand een zware boodschappentas komt Marjet de woonkeuken binnen. In haar ogen is schrik zichtbaar. Voorzichtig zet ze de tassen op de grond.

'We hebben nog een paar vragen voor u,' zegt Lois. 'En uw echtgenoot wilden we ook graag even spreken, dus het komt goed uit dat u allebei thuis bent.'

'Ja,' zegt Marjet met een onzekere blik naar haar echtgenoot. 'Inderdaad. Wat wilde u weten?'

'Gisteren, toen ik hier met mijn andere collega was, was Nicolette net vermoord. In de steeg, hier vlak achter.'

Marjet gaat aan tafel zitten en knikt. Haar bezwete voorhoofd veegt ze af met de rug van haar hand. 'Niet voor te stellen dat ze dood is,' zegt ze zacht. 'Dat arme kind.'

'Het is vreselijk,' bevestigt Lois. 'We doen er alles aan om de moordenaar zo snel mogelijk op te pakken. Daarom is het nodig dat iedereen precies vertelt wat hem of haar is opgevallen, al is het maar iets kleins. Misschien hing er iemand hier in de buurt rond en hebt u diegene gezien. Misschien niet bewust, misschien dacht u er in eerste instantie niet aan toen ik u sprak. Later, als je er rustig over nadenkt, kan zoiets je opeens te binnen schieten.'

Vragend kijkt ze Marjet aan, maar die schudt haar hoofd.

'Ik zou willen dat ik iets gezien had, dat ik jullie kon helpen. Echt, maar ik had het zo druk met de kinderen...' Ze maakt een hulpeloos gebaar met haar handen.

'Ik begrijp het,' zegt Lois. 'Maar we moesten het even vragen. Ik bedoel, de plek waar Nicolette is aangevallen ligt dicht bij uw poort.'

'Ik was binnen,' zegt Marjet. 'Met de kinderen.'

'En u was beneden. Met de deur dicht.'

'Ja,' zegt Marjet.

'Daarom hebt u niets gehoord van alle commotie. U bent niet even naar boven gegaan, u bent niet voor het raam gaan staan om een blik op de steeg te werpen.'

'Nee.'

Er valt een stilte, waarin Lois en Fred Marjet blijven aankijken en zij een nerveuze blik op haar echtgenoot werpt.

'Ik begrijp niet waarom u zo aandringt.' Oscar legt beschermend een hand op de schouder van zijn vrouw. 'Marjet zegt toch dat ze niets heeft gehoord of gezien? Waarom is dat niet genoeg?'

Lois richt haar blik op hem. 'Omdat uw vrouw in ons vorige gesprek iets heel interessants heeft gezegd. Zonder dat we haar op de hoogte hadden gesteld van de manier waarop Nicolette is aangevallen, wist ze te vertellen dat ze was neergestoken. Dat is knap als je de hele tijd beneden bent geweest. Dus mijn vraag is: hoe wist u dat?' Haar ogen gaan terug naar Marjet, die heel bleek is geworden.

'U vergist zich. Dat heb ik helemaal niet gezegd.'

'Jawel,' houdt Lois vol. 'Dat hebt u echt gezegd. Mijn collega was er getuige van.'

Ze houdt zowel Marjet als Oscar in de gaten, die verbaasd naar zijn vrouw kijkt.

'Ik denk... ik denk dat ik dat gewoon dacht. Ik kijk veel krimi's op tv, en de avond ervoor werd er in CSI ook iemand neergestoken. Waarschijnlijk had ik dat nog in mijn hoofd,' zegt Marjet met onvaste stem.

'U bent niet even boven geweest en u hebt niet uit het raam staan kijken wat er gebeurd was?' dringt Fred aan.

'Nee... nee, echt niet. Dan zou ik toch wel naar haar toe gerend zijn?' Met neergeslagen ogen zit Marjet aan tafel.

'Dat lijkt mij ook.' Lois blijft nog een poosje naar Marjet kijken, maar ze blijft met gebogen hoofd zitten.

'Goed,' zegt Fred. 'Dan bedanken we u voor uw tijd.' Hij schuift zijn stoel naar achteren en Lois volgt zijn voorbeeld.

Oscar laat hen uit en na wat beleefde afscheidswoorden laat hij de voordeur in het slot vallen. Fred wil het pad af lopen, maar Lois pakt hem bij de arm.

'Wacht even,' zegt ze, en ze houdt haar oor bij de brievenbus in de voordeur.

In de woonkamer klinken harde stemmen, de ene zwaar en boos, de andere hoog en hysterisch. Helaas kan ze niet horen wat er precies gezegd wordt.

'Die weten er meer van,' zegt ze als ze naast Fred naar de auto loopt. 'Ik zou heel graag willen weten wát.'

Het is druk in de straat, er staan veel auto's. Voor het huis van de ouders van Nicolette staan ook een paar fietsen.

In het voorbijgaan kijkt Lois naar binnen, en ze ziet dat er veel bezoek is.

Op het moment dat ze bij de auto komen, gaat de deur van de woning open en komt er een vrouw van een jaar of veertig naar buiten. Met haar bruine haar en ogen lijkt ze sprekend op Nicolette.

'Hallo,' zegt ze ademloos, alsof ze hard gelopen heeft. 'Ik zag u en ik dacht... misschien is er nieuws?'

Ze heeft zich tot Fred gericht en werpt nu een verontschuldigende, onzekere blik op Lois.

'Lois, dit is Nicolettes moeder, Leona Dekker,' zegt Fred. 'Leona, dit is mijn collega, Lois Elzinga.'

De twee vrouwen schudden elkaar de hand.

'Wat doen jullie hier?' vraagt Leona met een gespannen gezicht.

'We zijn bezig met het buurtonderzoek,' antwoordt Fred. 'We hadden nog niet iedereen gehoord.'

'Dus... er is geen nieuws?'

'Het spijt me.' Fred legt een hand op de schouder van de vrouw. 'Hoe gaat het?'

Daar zou Leona Dekker waarschijnlijk veel op kunnen zeggen, maar ze kiest ervoor alleen haar schouders op te halen.

'Ik zag dat jullie bij Marjet en Oscar naar binnen gingen.' Leona werpt een vluchtige blik op het huis van haar buren. 'Waarom?'

'Zoals ik al zei, hebben we nog niet iedereen gesproken en...' begint Fred, maar Lois valt hem in de rede.

'Mevrouw Dekker, hebt u een paar minuutjes voor ons? Ik zie dat u bezoek hebt, maar er zijn een paar dingen die ik u wil vragen.'

'Ja, natuurlijk. Wilt u dat mijn man er ook bij is?'

'Graag.'

'Komt u maar mee. We gaan wel even in de keuken zitten.' Leona gaat hun voor het tuinpad op, het huis binnen. Als ze de deur van de woonkamer opendoet, komt haar man meteen op haar af. Op fluistertoon licht ze hem in, en dan stapt de man op Lois en Fred af.

'Job Dekker,' zegt hij tegen Lois, en tegen Fred: 'Wij kennen elkaar al.'

Nieuwsgierig nagekeken door het bezoek lopen ze door naar de keuken. Job doet de deur achter hen dicht en zegt slechts: 'Familie. Het is net even druk.'

'Goed dat uw familie gekomen is om u te steunen,' zegt Lois.

'Ze waren verbaasd dat ze Nicolette niet kunnen zien. Het

liefst hadden we haar thuis opgebaard, in haar slaapkamer.'

'Dat kan ik me voorstellen,' zegt Lois. 'Maar dat gaat niet in dit geval.' Omdat Nicolette vermoord is, bedoelt ze, en omdat de patholoog-anatoom nog sectie op haar moet verrichten. Ze kan zich levendig voorstellen hoe moeilijk het voor Leona en Job moet zijn om hun dochter niet bij zich te hebben.

'Meneer en mevrouw Dekker,' zegt ze als ze allemaal om de keukentafel zitten, 'is u de laatste weken iets opgevallen aan Nicolette?'

Leona en Job kijken elkaar aan, schudden dan tegelijk het hoofd.

'Dat vroeg uw collega gisteren ook al,' zegt Job, op licht verwijtende toon. 'Nicolette was gewoon zichzelf.'

'Maar niet de laatste weken,' zegt Leona snel. 'Ze trok zich al een tijdje in zichzelf terug. De puberteit, hè?' Ze slikt moeizaam en haalt een paar keer diep adem.

'Gaat het?' Bezorgd kijkt Job zijn vrouw aan. Na een knikje van haar kant concentreert hij zich weer op Lois en Fred.

'U had niet het idee dat Nicolette ergens mee zat? Dat ze problemen had?' informeert Lois.

'Waarom vraagt u daar zo op door? Weet u iets wat wij niet weten?' Wantrouwig kijkt Job haar aan.

'Nee, maar als er iets was, zou uw dochter u dan in vertrouwen hebben genomen?'

'Ja, natuurlijk. Wij zijn haar ouders. Ze weet dat ze altijd bij ons terecht kan, met wat dan ook,' zegt Job.

Leona knikt, haar vingers ineengestrengeld, de knokkels wit. 'Altijd.'

'En uw buren, wat kunt u over hen vertellen?'

Verbaasd kijkt het echtpaar naar haar.

'Over Marjet en Oscar? Gewoon, Nicolette paste weleens op hun kinderen,' zegt Leona. 'Het zijn heel aardige mensen.'

'Gaat u veel met elkaar om?' vraagt Fred.

'Niet echt,' zegt Job. 'Soms drinken we een wijntje. En we organiseren weleens een buurtbarbecue. We zijn goede buren, maar meer niet.'

'En Nicolette?'

'Die ging mee naar de barbecue. De laatste keer niet, maar dat is logisch. Ze is zestien, ze heeft andere dingen te doen.'

Het valt Lois op dat zowel Job als Leona wisselend in de tegenwoordige tijd en de verleden tijd over hun dochter praat, een verschijnsel dat ze vaker tegenkomt nadat iemand is overleden. Heel begrijpelijk, ze deed dat zelf ook toen haar moeder pas dood was. Alsof je geest nog niet heeft geaccepteerd dat er geen tegenwoordige tijd meer is voor degene die je liefhad.

'Sprak Nicolette weleens over de buren?' informeert Fred.

'Wat is dat met onze buren? Wat hebben zij ermee te maken?' valt Job uit.

'Van de hele straat hebben zij Nicolette het best gekend,' zegt Lois. 'We proberen zoveel mogelijk informatie te verzamelen.'

'Ik stel voor dat u achter dat ex-vriendje van haar aan gaat in plaats van onze buren lastig te vallen,' zegt Job ongeduldig. 'Ik heb die jongen nooit vertrouwd.'

17

'Daar zijn we niet veel mee opgeschoten,' zegt Lois als ze in de snikhete auto stappen. 'Start die motor eens, dan kan de airco aan.'

'Rustig, ik zit net.' Fred doet zijn gordel om en zet de motor aan. Meteen wordt er frisse lucht in hun gezichten geblazen, en Lois slaakt een zucht van verlichting.

'Wat vond je van dat gesprek?' vraagt ze.

'Er kwam weinig nieuws naar boven, maar ik ben het niet met je eens dat we er niets mee zijn opgeschoten. We weten nu dat Nicolettes ouders geen idee hadden dat hun dochter dreigbrieven ontving. Dat ze geen wantrouwen koesteren tegenover hun buurman Oscar en dat ze Nicolettes vriendje niet zagen zitten. Maar dat laatste was me gisteren ook al duidelijk geworden.' Fred kijkt in zijn achteruitkijkspiegel, draait de straat in en rijdt weg.

'Hebben Claudien en jij haar kamer bekeken?'

'Ja, helemaal doorzocht. Nicolette hield geen dagboek bij, helaas, en we hebben niet één dreigbrief gevonden. Het enige wat we in beslag hebben genomen zijn haar computer en haar schoolagenda.'

'Zou ze het verzonnen hebben?'

'Van die dreigbrieven?'

'Ja, om mij te kunnen aanspreken. Ze had kunnen weten dat ze daarmee mijn interesse zou wekken.'

'Je bedoelt dat ze eigenlijk een ander probleem had, maar dat niet durfde te vertellen?'

'Zoiets.'

Fred slaakt een zucht. 'Misschien, maar ik zie niet in hoe we daar achter zouden moeten komen. Tenzij ze een vriendin in vertrouwen heeft genomen. Meisjes van die leeftijd vertellen elkaar toch altijd alles?'

'Jessica is ermee bezig, maar Nicolettes beste vriendin is ziek. Keelontsteking.'

'Nou, dan schrijft ze haar verklaring op.'

'Dat zei ik ook al. Jessica zou erachteraan gaan.'

Terug op het bureau gaat Lois op zoek naar Jessica, maar die is er niet. Hopelijk is ze naar Fay toe.

Ze loopt naar Claudiens werkplek. Claudien heeft het eerste gesprek met Nicolettes ouders gevoerd, samen met Fred, en zij heeft in Nicolettes slaapkamer gestaan. Het spijt Lois nu dat ze dat niet zelf heeft gedaan. Informatie uit de eerste hand is toch veel waardevoller dan het verslag van een collega.

'Is er nog iets uit Nicolettes computer en agenda gekomen?' Lois leunt met één hand op het bureau van haar collega.

Met een licht bezweet gezicht kijkt Claudien naar haar op. Ze heeft haar donkerrode krullen in een staartje gebonden, maar omdat haar haar net iets te kort is, is de helft ontsnapt en hangt het in haar ogen. Ongeduldig veegt ze het weg en leunt naar achteren.

'Niets over bedreigingen of ruzies,' zegt ze. 'Als die er al waren, dan had ze het er niet over op Facebook of andere social media. Haar agenda gebruikte ze alleen om huiswerk in te noteren. En de adressen van haar vriendinnen. Dat is wel handig, die zouden jullie kunnen gaan opzoeken.'

Als familierechercheur steunt Claudien de nabestaanden

en werkt ze niet zo actief aan het onderzoek mee als Lois. Op deze manier kan ze niet per ongeluk informatie doorgeven aan Nicolettes ouders.

'Dat zullen we zeker doen,' zegt Lois.

In de bedrijfskantine eten Lois en Fred een broodje. Dankzij de airco is het er aangenaam koel, wat Lois eraan herinnert dat ze nog steeds geen apparaat voor thuis heeft aangeschaft. Maar wat maakt het uit, ze is er toch nooit.

'Weet je, ik kan me best voorstellen dat Oscar Westra iets voor Nicolette voelde, al was ze veel te jong voor hem, en ook dat hij haar heeft lastiggevallen. Maar om haar in de steeg pal achter zijn huis met een mes te steken, lijkt me niet erg slim.'

'Daar zat ik ook net aan te denken,' zegt Fred, met zijn mond vol brood en kaas. 'En die oppervlakkige steekwond is ook vreemd. Als je iemand wilt vermoorden steek je dieper, en op andere, doeltreffender plaatsen.'

'Het lijkt wel alsof de dader lukraak toegestoken heeft, niet met de opzet te doden, maar uit...' Lois zoekt naar woorden.

'Frustratie,' zegt Fred kauwend.

'Bijvoorbeeld. Frustratie, woede, zoiets.'

'Dat zou betekenen dat alle slachtoffers willekeurig zijn. En dat het geen zin heeft om ons in hen te verdiepen.'

'Dat denk ik ook,' zegt Lois. 'We moeten ons verdiepen in de dader. Wat voor types doen zoiets?'

'Types bij wie een steekje loszit. Grote kans dat zo iemand eerder met justitie in aanraking is geweest.'

'En dat zijn vingerafdrukken in het systeem zitten. Maar daar hebben we op dit moment niets aan. Wat we wel kunnen doen, is uitzoeken of er in het herkenningssysteem mannen zitten die graag af en toe een mes trekken en een of andere frustratie hebben.'

Fred slikt de hap brood en kaas door die hem belette duidelijk te spreken en neemt een slok water. 'Zeg maar wat je wilt doen. Achter het mes aan, of het herkenningssysteem in.'

'Ik ga wel even graven in het HKS. Ik ben erg benieuwd.'

'Ik ook,' zegt Fred, terwijl hij overeind komt. 'Iets zegt me dat die gast hiermee doorgaat als we hem niet heel snel te pakken krijgen.'

De rest van de middag zit Lois achter haar computer, met een flesje water binnen handbereik en een ventilator op haar bureau. Het briesje van die laatste brengt verkoeling, maar blaast ook haar papieren voortdurend weg. Pas als ze ze verzwaard heeft met een pennenbakje, een nietjestang, haar mobiele telefoon en een banaan die in haar tas zat, kan ze ongestoord in haar research duiken.

Het Herkenningsdienstsysteem is een landelijk bestand waarin verdachten van allerlei soorten delicten geregistreerd staan. Het levert geen volledig beeld op – daders die niet gepakt zijn vallen erbuiten, net als criminele activiteiten waarvan geen proces-verbaal is opgemaakt – maar de meeste mensen die met justitie in aanraking zijn gekomen, staan netjes geregistreerd. Niet alleen de aard van het misdrijf wordt vermeld, ook de persoonlijke gegevens van de verdachte.

Als eerste zoekt ze op de termen 'geweldsdelict' en 'mes', maar daar komt zoveel uit dat ze haar zoekopdracht verfijnt naar Alkmaar en omgeving. De dader kan natuurlijk ergens anders vandaan komen, maar ze moet ergens beginnen.

Het aantal kandidaten wordt meteen lekker uitgedund, al zal het evengoed een enorme klus worden om ze allemaal na te lopen. Aandachtig scrolt Lois door de lijst. Leeftijd dan. Volgens Veerle was het een jonge man, dus zoekt ze onder mannen van twintig tot vijfendertig. Het aantal namen wordt kleiner, maar is nog altijd indrukwekkend. Ze voert 'blanke huid' in. Er blijven een stuk of dertig kandidaten over. Nog steeds vrij veel.

Lois pakt haar telefoon en sms't Onno.

Moet je dringend spreken, gaat over werk. Heb je tijd?

Terwijl ze de lijst met messentrekkers uitprint en doorneemt, komt er een sms'je terug.

Vanavond samen eten? Ik kom wel naar Alkmaar, kan er om 19.00 zijn.

Blij met het snelle antwoord typt ze een berichtje terug. *Prima! Om 19.00 in Het Gulden Vlies. Tot dan!*

'Privé-afspraakje aan het maken, Lois?' vraagt Nick, die een eindje verderop zit.

Lois stopt haar telefoon in haar kontzak. 'Jij mag nooit meer raden.'

'Wat ga je doen? Lekker naar het strand? Zou ik niet doen. Het is oostenwind. Oostenwind, kwallenwind. En vanmiddag komt daar nog een kwal bij,' zegt Nick met een grijns.

'O ja? Ga je ook?' zegt Lois terwijl ze opstaat. Ze loopt weg om haar lege flesje bij te vullen met water en grijnst als het achter haar stil blijft.

18

De avond is zijn favoriete deel van de dag. Als de duisternis neerstrijkt en de mensen liever niet meer de straat op gaan, is hij in zijn element. Geen groter plezier dan hun verschrikte blikken achterom wanneer hij een stil straatje in loopt, zijn handen diep in zijn zakken, zijn voetstappen echoënd tussen de muren. Het is beter dat mensen bang voor je zijn dan dat ze je minachten. Als het leven hem iets geleerd heeft, is dat het wel.

In deze wereld is het ieder voor zich, niemand bekommert zich om jouw geluk. Tegelijkertijd lijkt geluk een soort verplichting te zijn. Wie niet gelukkig is, heeft dat aan zichzelf te danken, want waar heb je anders psychotherapie en assertiviteitstrainingen voor? Wie alleenstaand is moet een partner zoeken op een datingsite, depressiviteit wordt de wereld uit geholpen in praatgroepen, en nabestaanden die rouwen om het verlies van een dierbare moeten er na een jaartje weer bovenop zijn, want het leven gaat door. Je hart uitstorten mag, maar niet te lang, want het leven is kort, tijd is kostbaar en niemand heeft zin om lang stil te staan bij de ellende van een ander. Je kunt tenslotte niet het leed van de hele wereld op je schouders nemen. Zelfs niet dat van een enkeling.

Zoals hij het ziet, bestaan er twee parallelle werelden, die van het lichte bestaan en die van het verborgen leed. Wie in de zon loopt heeft geen zin om over te steken naar de schaduwkant van de straat, of het moet voor heel even zijn, om bij de eerste huivering snel terug te keren. Omgekeerd kijken de mensen aan de schaduwzijde verlangend naar de lichte, warme overkant, waar ze zelf ook ooit hebben gelopen, zonder te weten hoe snel de zaken anders kunnen komen te liggen.

Hij weet er alles van. Hij heeft lang genoeg in de duisternis geleefd. Tegenwoordig loopt hij aan de rand ervan, waar net genoeg licht is, maar waar hij altijd stevig moet doorstappen om niet ingehaald te worden door de schaduwen achter hem.

19

Grand café Het Gulden Vlies is Lois' vaste plek om iets te eten. Ze kent de eigenaar, Bastiaan, goed. Als ze iets na zevenen binnenkomt, stapt hij meteen op haar af en zoent haar op beide wangen.

'Hé Lois, hoe gaat het? Je ziet er goed uit!'

'Dank je, Bas, jij ook. Heb je een rustig tafeltje voor twee voor me? Het is een werkgesprek.'

Bastiaan wijst naar een grote ronde tafel in een hoek van het restaurant. 'Daar? Ik kan de tafels eromheen wel vrijhouden. De meeste gasten gaan toch buiten zitten.'

'Graag, dank je,' zegt Lois dankbaar. Ze draait zich om en ziet dan pas Onno zitten, aan het uiteinde van de bar.

'Hé!' zegt ze verrast. 'Ik had je niet gezien.'

'Maar ik jou wel. Hoe gaat het?' Onno komt van zijn kruk en begroet Lois met drie stevige zoenen. 'Ik begrijp dat we daar in de hoek gaan zitten?'

'Ja, dan hoort niemand ons. Dat vind ik wel prettig,' zegt Lois terwijl ze tussen de tafels en stoelen door loopt naar hun plekje. 'Wat fijn dat je zo snel tijd kon vrijmaken.'

'Altijd,' zegt Onno eenvoudig, alsof hij niet zelf een drukke baan als psychiater heeft. 'Wat wil je drinken?'

'Doe maar een spa blauw.' Lois gaat zitten, met haar rug naar de muur toe.

Onno bestelt een spa blauw en een biertje, en als Bastiaan

de drankjes op tafel heeft gezet, met een vriendschappelijke knipoog naar Lois, zegt hij: 'Volgens mij kom je hier vaker.'

'Al jaren,' bevestigt Lois. 'Mijn ouders namen ons hier mee naartoe als we uit eten gingen. Mijn vader was gek op dit restaurant.'

Het gebeurt niet vaak dat ze over haar ouders begint, en ze ziet dat Onno verrast kijkt. Ze heeft al een beetje spijt van haar mededeelzaamheid, bang dat Onno erop door zal gaan, maar hij zegt alleen: 'Het is ook een gezellige tent. Sfeervol.'

Lois knikt en kijkt om zich heen naar de roodbruine houten lambrisering, de roze en blauw beklede stoeltjes, de glas-in-loodruitjes en de open haard met de enorme spiegel erboven.

'Het voelt als een huiskamer,' zegt ze. 'Ik kom hier graag.'

Haar ogen dwalen naar een tafel in het midden, de vaste tafel voor hun gezin, waar haar vader elke keer weer vertelde dat dit de oudste herberg van Alkmaar was, een verhaal dat ze toen al kon dromen. Als historicus was haar vader dol op locaties die uit een ver verleden stamden. Verreweg al haar kennis over de stad en vroegere tijden heeft ze van hem. Ze had liever gezien dat hij haar wat anders had gegeven, zoals vaderlijke zorg.

Lois merkt dat Onno naar haar kijkt, en snel maakt ze haar blik los van de tafel. 'Sorry, ik was even ver weg,' zegt ze verontschuldigend.

'Dat geeft niet. Die nieuwe zaak zal je wel helemaal in beslag nemen.'

'Ja...' Lois probeert zijn blik te ontwijken, maar er is geen ontsnappen aan. 'Maar dat was het niet,' geeft ze met een zucht toe. 'Ik weet niet wat ik de laatste tijd heb, maar ik zit voortdurend met het verleden in mijn hoofd.'

'Een pijnlijk verleden, heb ik van Tessa begrepen.'

'Inderdaad, we hebben geen gemakkelijke jeugd gehad.'

'Is er een speciale reden waarom dat opeens terugkomt?'

Lois aarzelt even en zegt dan: 'Ja, maar daar wil ik het niet over hebben. Ik wilde je ergens anders over spreken.'

'Zullen we eerst de menukaart doornemen?' stelt Onno voor. 'Anders worden we straks gestoord.'

'Goed idee.' Lois buigt zich over de kaart en wijst het eerste gerecht aan dat haar wel wat lijkt. Onno neemt hetzelfde. Zodra ze de kaarten dichtklappen, komt een serveerster de bestelling opnemen en daarna zijn ze weer alleen.

'Vertel,' spoort Onno haar aan.

'Ik zou wat meer willen weten over de manier waarop misdadigers tot hun daden komen.'

'Tja,' zegt Onno en hij neemt een slok bier. 'Om die vraag te beantwoorden heb ik meer informatie nodig. Over wat voor misdadiger heb je het? Een moordenaar?'

'Niet direct,' zegt Lois aarzelend. 'Hoewel een van zijn acties wel tot iemands dood heeft geleid.'

'Laat me raden, het gaat over dat meisje dat gisteren is vermoord.'

'Ja. We zoeken nu uit of een reeks andere incidenten daar wat mee te maken heeft.'

'Je bedoelt dat ze niet de enige is?'

Lois knikt. 'Vanochtend nog.' Dat mag ze wel vertellen, het staat morgen toch in de krant. 'Dat meisje heeft het overleefd, maar het volgende slachtoffer kan weleens minder gelukkig zijn. We móéten erachter komen wie verantwoordelijk is voor die messteken. En waarom.'

'Dus de messteken zijn niet dodelijk.'

'Nee, dat lijkt niet de opzet te zijn. Voor zover ik het nu kan beoordelen, is de dader een jonge man die op willekeurige plekken willekeurige mensen neersteekt.'

'Willekeurig?'

'Nou ja, het zijn allemaal rustige plekken en de slachtoffers zijn tot nu toe allemaal vrouwen, maar er lijkt geen verband tussen hen te bestaan.'

'Dat klinkt als iemand die ernstig in de war is,' zegt Onno. 'Kijk, je hebt twee typen daders. De berekenende crimineel die zijn misdaad zorgvuldig plant, en de verwarde crimineel. Meestal handelt die laatste vanuit een opwelling en doet hij niets om zijn misdaad te verbergen. Hij draagt bijvoorbeeld geen handschoenen en laat het slachtoffer gewoon liggen. Dat soort misdadigers heeft geen controle over zichzelf.'

'Ze zijn psychisch niet in orde.'

'Inderdaad. In de psychiatrie valt het op dat crimineel gedrag altijd samengaat met een gedragsstoornis.'

'Zoals?' vraagt Lois.

'Dat kan van alles zijn. Sterker nog, vaak gaat het om meerdere stoornissen tegelijk die delictgedrag bevorderen. Comorbiditeit, noemen we dat. Mensen die last hebben van verschillende stoornissen raken snel in een sociaal isolement en kunnen daardoor gefrustreerd gedrag vertonen. Veel van hen hebben een laag zelfbeeld of juist een buitensporig hoge eigendunk, maar ze hebben allemaal het gevoel dat ze buiten de samenleving staan. Het is de combinatie van stoornissen die er zo'n gevaarlijke cocktail van maakt.'

'Over wat voor stoornissen hebben we het dan?'

'Verslavingsgevoeligheid, neiging tot depressie, hechtingsstoornissen, borderline, noem maar op,' zegt Onno. 'Veel stoornissen zijn aangeboren. Die hoeven niet altijd tot misdadig gedrag te leiden, maar ze leveren wel een verhoogd risico op. Neem nou ADHD. Niet iedereen die daaraan lijdt wordt crimineel, maar de meeste criminelen hebben wel ADHD. En in combinatie met een gedragsstoornis, een te hoog of te laag zelfbeeld, een hechtingsstoornis of een oppositioneel-opstandige gedragsstoornis, beland je snel op een hellend vlak.'

'Wat is een oppositioneel-opstandige gedragsstoornis?'

'Dat is een ontwikkelingsstoornis. Mensen met deze aandoening hebben als kind last gehad van autoriteitsproblemen en ze beschikten over lage sociale vaardigheden. Het vertoont overeenkomsten met de antisociale gedragsstoornis, al is die laatste ernstiger. En je begrijpt dat als iemand moeite heeft om relaties aan te gaan of depressief is, diegene sneller tot delictgedrag overgaat.'

'Ja...' Peinzend kijkt Lois voor zich uit.

Als hun eten wordt gebracht zwijgen ze even. Dan gaat Onno door: 'Ik geloof niet dat iemand van de ene op de andere dag agressief of crimineel wordt. Als je goed kijkt, zijn er in de kindertijd al aanwijzingen geweest dat hij of zij een antisociale persoonlijkheidsstoornis ontwikkelde.'

'Aan wat voor aanwijzingen denk je dan?'

'Stelen, liegen, slaan, kinderen en dieren pesten, vandalisme, noem maar op. In de puberteit verergert dat gedrag, wordt een kind onhandelbaar. Ik wil niet zeggen dat het een natuurwet is, er zijn veel meer kinderen bij wie dergelijk gedrag afneemt en die zich ontwikkelen tot normale jongeren en volwassenen, maar alle criminelen hebben wel zo'n soort verleden.'

'Dus we moeten uitkijken naar iemand met een stoornis.'

'Daar zou ik wel mee beginnen, ja. Je steekt niet zomaar willekeurige mensen neer.'

Lois denkt na. Volgens het laatste slachtoffer was de dader nog vrij jong. Het zou kunnen dat hij met Jeugdzorg in aanraking is geweest, of dat hij onder behandeling van een psycholoog staat. 'En Jeugdzorg is natuurlijk aan beroepsgeheim gebonden.'

'Ja, maar in bepaalde gevallen is de jeugdreclassering wel verplicht om openheid van zaken te geven aan justitiële autoriteiten, bijvoorbeeld wanneer een cliënt voor de rechtbank verschijnt.'

'Zover is het nog niet, helaas.'

'Dan moet je een andere manier bedenken om aan je informatie te komen.'

'Dank je wel voor je uitleg, Onno. Ik ga morgen met de wijkagenten praten. Die zijn ook goed op de hoogte van probleemgevallen.' Lois leunt naar achteren en ontspant zich, de werkdag zit erop. Ze merkt dat Onno ook blij is dat ze het over iets anders kunnen hebben, en vanaf dat moment zitten ze gezellig te kletsen. Tot er tijdens het dessert een korte stilte valt en Onno haar opeens ernstig aankijkt. 'Goed, de koetjes en kalfjes hebben we gehad. Vertel eens hoe het met je gaat, Lois. Hoe het écht met je gaat.'

20

Eén moment verstijft Lois, dan geeft ze haar verzet op. Misschien is het wel goed om er eens over te praten. De muur die ze om zich heen heeft opgetrokken, brokkelt langzaam af. Dat ze na al die jaren een foto van haar moeder en Maren in huis heeft neergezet, bewijst dat wel. Het is tijd voor de volgende stap, voor ze zelf een opeenstapeling van stoornissen wordt.

'Wil je erover vertellen?' Onno neemt een slokje van de port die bij zijn kaasplankje hoort. 'Het hoeft niet hoor,' voegt hij eraan toe. 'Ik denk alleen dat het goed voor je is om het wel te doen.'

'Ja,' geeft Lois toe. 'Het feit dat ik altijd hiernaartoe ga, naar Het Gulden Vlies, zegt al genoeg. Het is hier gezellig en het eten is prima, maar dat is niet de reden.'

'Dat is je vader,' zegt Onno begripvol.

'En mijn moeder. In mijn ouderlijk huis wonen nu andere mensen, dit is de enige plek waar ik ons als gezin in gedachten kan terugzien. Daar heb ik behoefte aan, al doet het pijn.'

'Je vader maakt nog steeds deel uit van je leven,' zegt Onno. 'Ondanks het feit dat je hem niet meer ziet.'

Lois knikt zwijgend. Onno heeft gelijk. Haar vader hangt als een schaduw om haar heen. Het raadsel van zijn verdwijning blijft haar bezighouden. Hoe heeft hij alles waar hij voor leefde zomaar kunnen achterlaten? Ze begrijpt het niet.

Wellicht zou ze makkelijker met haar vaders vertrek kunnen omgaan als ze wist wat zijn motivatie was.

Jarenlang interesseerde haar dat niet, voelde ze zich te zeer in de steek gelaten om begrip op te brengen, maar er is iets veranderd. Misschien komt het door haar gesprekken met Onno, misschien is er gewoon genoeg tijd overheen gegaan.

'Het is heel normaal dat je hem niet wilde zien,' zegt Onno. 'Je was boos, voelde je in de steek gelaten. Begrijpelijk, want wat je vader heeft gedaan, valt niet goed te praten. Maar je was nog heel jong toen het gebeurde. Te jong om het vanuit zijn perspectief te zien, om te begrijpen waarom hij vertrok.'

'Dat zal ik nooit begrijpen, hoe oud ik ook word. Je laat je kinderen niet in de steek. Je vrouw misschien, al vind ik dat ook niet fraai, maar je kínderen... Toen ik op de politieacademie zat, was ik de beste in alle vechtsporten die we daar kregen. Er zat zoveel woede in me. Niet alleen om mijn vader, ook om mijn moeder. Omdat ze eruit is gestapt terwijl Tessa en ik zo ons best voor haar deden. Eerst liet mijn vader ons in de steek en daarna mijn moeder, terwijl we nog rouwden om Maren.'

Onno laat het kaasplankje voor wat het is en richt al zijn aandacht op Lois. De serveerster die aan komt lopen om te vragen of alles naar wens is, wuift hij weg.

'Maren had hersenvliesontsteking, nietwaar?' zegt hij.

Lois knikt. 'Het leek een onschuldig griepje. Ze had koorts en klaagde over pijn in haar benen. Daarna begon de nekstijfheid. Een klassiek symptoom van hersenvliesontsteking, maar dat wisten mijn ouders niet. Mijn moeder maakte zich wel erg veel zorgen en wilde met haar naar het ziekenhuis, maar mijn vader wilde het nog even aankijken. Hij had het niet zo op dokters en ziekenhuizen. Zelf was hij er ook met geen stok naartoe te krijgen. Toen Maren stuipen kreeg en vervolgens bewusteloos raakte, drong het tot hem door dat het toch wel ernstig was. Ze overleed een uur na aankomst in het ziekenhuis.’ Lois speelt wat met de stukjes kaas op het plankje.

‘Verschrikkelijk,’ zegt Onno zacht. ‘Om zo je kind te moeten verliezen.’

‘Ze had gered kunnen worden. Mijn moeder zat vol zelfverwijt, maar ze was ook razend op mijn vader. Ze hadden beter uit elkaar kunnen gaan, want er ging geen dag voorbij of er was ruzie. Later veranderde dat in ijzige stiltes, waarna mijn moeder ging drinken. Het begon met een paar wijntjes in de namiddag, maar ze trok steeds vroeger een fles open. Op een gegeven moment dronk ze de hele dag door.’

Onno schudt meewarig zijn hoofd. ‘Heeft ze geprobeerd om te stoppen?’

‘Ik heb geen serieuze poging gezien. Tessa en ik probeerden haar wel te laten ophouden door haar drankvoorraad in de gootsteen leeg te gieten, maar als we op school zaten haalde ze gewoon nieuwe flessen.’

‘En je vader?’

‘Geen idee. Voor mijn gevoel deed hij niets anders dan werken. Hij ging steeds vroeger van huis en kwam steeds later thuis. Hij was geschiedenisleraar, maar ook decaan en hij gaf bijlessen. Dus hij had het druk genoeg. Dat kwam hem denk ik wel goed uit.’ Lois stopt een stukje kaas in haar mond. ‘Weet je wat ik zo erg vind? Dat het allemaal niet nodig was. Mijn moeder had mijn vader kunnen vergeven, en hij had haar moeten helpen stoppen met drinken. Maren hadden ze er niet door teruggekregen, maar als gezin hadden we het kunnen redden. Het leek wel alsof ze dat niet wilden, alsof ze het meteen opgaven. Mijn moeder had nog twee dochters die haar nodig hadden. Waarom heeft ze geen hulp gezocht, zich er niet bovenuit getild, voor ons? Weet je hoe het voelt als je je moeder probeert te helpen, als je alles voor haar doet, het huishouden overneemt, voor haar zorgt en haar beschermt, en zij zich zonder een woord van afscheid doodrijdt tegen de wand van een viaduct?'

'Hoe weet je zo zeker dat ze dat expres heeft gedaan?'

'Omdat ze niet graag autoreed. Ze had er een hekel aan, liet mijn vader altijd rijden. Maar op die dag heeft ze 's morgens een fles wodka leeggedronken, is ze in de auto gestapt en bij het dichtstbijzijnde viaduct tegen de muur gereden. Ze had andere mensen wel dood kunnen rijden.' Lois klinkt geëmotioneerd.

'Was ze ergens naar op weg, voor zover je weet?'

'Nee, waar had ze naartoe moeten gaan? Ze kwam amper de deur uit. Alleen om naar Marens graf te gaan, en dan ging ze met de fiets.'

Onno zwijgt even en vraagt dan: 'Ben je boos op haar?'

'Ik weet het niet. Ik ben het wel geweest, maar weet je, haar begrijp ik tenminste. Ze had in therapie kunnen gaan om met haar verlies te leren leven, ze had kunnen stoppen met drinken om voor ons te zorgen. Dat heeft ze niet gedaan, maar ik weet in ieder geval waar haar gedrag vandaan kwam. Ik heb geen kinderen, maar ik kan me voorstellen wat het met je doet als je een kind verliest. Ik begrijp ook, of probeer te begrijpen, dat de kinderen die je nog wel hebt dat verlies niet kunnen compenseren. Mijn moeder heeft nooit een sterke persoonlijkheid gehad, ook niet toen Maren nog leefde. Ze was snel uit het lood geslagen als er iets misging, ook met kleine dingen. Regen op de dag dat we een uitje hadden gepland, een tegenvallende camping als we op vakantie gingen, dat soort dingen trok ze niet. Dus achteraf begrijp ik wel dat toen zich een echt drama presenteerde, ze daar niet tegen opgewassen was. Dus nee, ik ben niet boos op haar. Niet meer.'

'Wat voel je dan als je aan haar denkt? Begrip?'

‘Begrip, ja,’ zegt Lois nadenkend, en zachtjes voegt ze eraan toe: ‘En angst.’

‘Angst?’

‘Om net zo te worden als zij.’

‘Volgens mij ben jij heel anders. Ik heb je moeder natuurlijk niet gekend, maar jij lijkt me niet iemand die de dekens over het hoofd trekt en niet meer tevoorschijn komt.’

‘Dat weet je niet. Misschien doe ik dat ook als ik iets vreselijks meemaak.’

‘Lois, je hébt iets vreselijks meegemaakt. Je bent je zusje kwijtgeraakt en daarna je moeder. Toen Maren stierf, stond je klaar voor je moeder. Toen je vader wegliep, nam je taken op je waar je eigenlijk te jong voor was. Na al die ellende heb je gewoon een opleiding gevolgd en een vak gekozen dat veel van je vraagt, maar waarin je je mannetje staat. Kortom, je bent een sterke persoonlijkheid die tegen moeilijkheden opgewassen is, dat heb je allang bewezen. Je hebt helemaal niet het karakter van je moeder.’

Lois kijkt naar beneden en bestudeert haar handen om tegen de opkomende tranen te vechten. ‘Ik ben hele stukken kwijt van vroeger. Ik weet er bijna niets meer van. Ik moet naar school zijn gegaan, mijn huiswerk hebben gemaakt en af en toe met vriendinnen zijn uit geweest, maar ik kan me er nauwelijks iets van herinneren. Is dat niet vreemd?’

‘Niet echt. Je leefde niet bewust in die tijd. Je was aan het overleven, handelde op de automatische piloot. Dat soort herinneringen sla je niet op.’

‘Af en toe heb ik het gevoel dat dat nog steeds zo is. Dat ik niet echt leef, dat ik alles op de automatische piloot doe.’

‘Dat komt omdat je alles zelf wilt doen. Dat ben je gewend, je weet niet beter. Maar het is geen teken van zwakte om nu en dan hulp te vragen, meisje. Je wordt er niet minder sterk van. Integendeel, het is een teken van kracht om toe te geven dat je sommige dingen niet alleen kunt.'

'Ik weet niet hoe dat moet,' fluistert Lois.

Onno pakt haar hand en omsluit die met zijn beide handen, troostrijk en warm. 'Laat mij je helpen. Alsjeblieft?'

Lois voelt de warmte van zijn handen, de kracht die van zijn greep uitgaat en de positieve uitwerking die dat op haar heeft. 'Dat doe je al,' zegt ze met een glimlachje.

21

Als ze 's avonds laat thuiskomt is Lois helemaal op. Moe gepraat en leeggezogen door emoties die verwerkt leken, maar het niet waren. Toch heeft het gesprek met Onno haar goedgedaan. Op de een of andere manier lijkt iets van de ballast van haar af te zijn gegleden en heeft ze wat meer lucht gekregen.

Ze had gedacht dat de demonen uit het verleden haar uit haar slaap zouden houden, maar zodra ze in bed rolt, is ze vertrokken. De volgende dag staat ze fris weer op, klaar voor een nieuwe werkdag.

'De media hebben er ook lucht van gekregen. Kijk maar, de krant staat er bol van.' Zodra Lois de recherchekamer binnenstapt, gooit Claudien het *Noordhollands Dagblad* op haar bureau.

Staand bladert Lois de krant door. De moord op Nicolette is voorpaginanieuws, de pagina met overlijdensberichten staat vol steunbetuigingen van familie en vrienden en in het streekgedeelte wordt uitgebreid ingegaan op haar dood. Ook aan de aanval op Veerle Lemstra wordt aandacht besteed. Een oplettende journalist ziet een mogelijk verband en komt met een lijstje van eerdere steekpartijen. Het zijn er niet zoveel als Nick er heeft gevonden, maar genoeg om onrust te zaaien.

'Straks durft niemand meer door een fietstunneltje te rijden,' zegt Lois.

'Goed toch? Laat de mensen maar voorzichtig zijn.'

'Maar het gaat niet alleen om fietstunnels. Die gek kan overal toeslaan.'

Claudien komt naast haar staan en samen kijken ze naar de foto van Nicolette, die stralend terugkijkt.

'De schoft,' zegt Lois verbeten. 'We móéten hem vinden, Claudien. Zo snel mogelijk.'

De werkdag begint met een briefing en daarna zet Lois zich aan het schrijven van haar processen-verbaal. Een klusje waar ze een bloedhekel aan heeft, maar het moet gebeuren. Ze is de vorige keer al lekker opgeschoten en halverwege de ochtend is ze klaar. Net als ze koffie wil halen, stapt Ramon de recherchekamer binnen.

'Lois? Er staat iemand bij de receptie die een rechercheur wil spreken over Nicolette Dekker. Ga jij er even naartoe.'

'Oké.' Lois wisselt een blik met Fred, die zijn wenkbrauwen optrekt. Terwijl ze naar beneden loopt, vraagt ze zich af wie de bezoeker kan zijn en wat hij te vertellen heeft. Hopelijk iets wat een doorbraak in de zaak kan betekenen. Om de een of andere reden verwacht ze Tygo te zien, of Oscar Westra, en haar verrassing is groot als ze een tenger blond meisje bij de balie ziet staan.

'Hallo.' Lois steekt een hand uit naar het meisje. 'Ik ben Lois Elzinga. Jij wilde iemand spreken over Nicolette Dekker?'

Het meisje knikt en schudt haar hand. 'Ik ben Fay Molenaar, Nicolettes beste vriendin,' zegt ze hees.

Verrast kijkt Lois haar aan. 'Ik dacht dat je ziek was.'

'Dat ben ik ook, maar ik heb heel sterke antibiotica gekregen van de dokter. Ik wil graag helpen. Ik hoorde van mijn ouders dat jullie me wilden spreken, dus hier ben ik.'

'Fijn, Fay. Ik wil je inderdaad graag spreken. Ga je mee, dan zoeken we een rustig plekje.'

Ze neemt Fay mee naar een van de verhoorkamers, blij dat die er een beetje gezellig uitziet, met vaste vloerbedekking en frisse witte muren. Fay ziet er nerveus uit, en het is belangrijk dat ze zich voldoende op haar gemak voelt om vrijuit te praten.

Terwijl Lois tegenover haar gaat zitten, bekijkt ze het meisje aandachtig.

'Volgens mij heb ik je al eerder gezien,' zegt ze. 'Was je ook bij Zomer op het Plein?'

Fay knikt. 'We waren daar met een vriendengroepje. Ik herkende u en zei tegen Nicolette dat ze naar u toe moest gaan.'

'Dus jij wist van de dreigbrieven die ze kreeg.'

'Ja, daarom ben ik ook gekomen. Nicolette gooide ze altijd weg. Ik zei dat ze dat niet moest doen, dat ze ze moest bewaren en naar de politie brengen, maar dat deed ze niet. Toen heb ik er een uit haar prullenbak gehaald en in mijn agenda gestopt.' Fay bukt zich en rommelt in haar tas. Ze haalt er een schoolagenda uit en pakt een verfrommeld stuk papier dat ze met een paperclip aan de eerste bladzijde heeft vastgemaakt. 'Dit is 'm,' zegt ze en ze schuift de brief over tafel naar Lois toe.

Lois vermijdt de aanraking met het papier. Er staat maar één regel op.

VIEZE HOER, IK KRIJG JE NOG WEL

'Goed dat je dit bewaard hebt, Fay.'

'Ik dacht, misschien zitten er vingerafdrukken op of zoiets.' Vragend kijkt Fay haar aan.

'Dat zou mooi zijn. Heb jij enig idee wie dit briefje naar je vriendin heeft gestuurd?'

'Nicolette en ik dachten dat het Ricardo was, maar we wisten het niet zeker. Het leek mij eigenlijk niets voor hem, want hij was juist gek op haar. Maar Nicolette had het wel uitgemaakt. We konden niemand bedenken die zoiets zou doen.'

'Waren er jongens verliefd op haar? Jongens die ze afwees?'

'Dat wel, maar die zouden zoiets nooit doen. Ze werden niet kwaad, ze bleven het gewoon proberen. Nicolette was ook niet gemeen, ze zei altijd op een vriendelijke manier dat ze niks met hen wilde.'

'Ze klinkt als een aardig meisje.'

'Dat was ze ook. Ik mis haar verschrikkelijk.' Fays lip begint te trillen. 'Ze was mijn beste vriendin, we waren altijd samen. Daarom heb ik aan de dokter gevraagd of hij iets voor me had waardoor die keelontsteking sneller overging. Ik wilde zo graag helpen. Ik heb nu een heel sterke pijnstiller gekregen, zodat ik weer kan praten. Degene die Nicolette heeft vermoord moet gepakt worden.'

Fay begint te huilen en Lois heeft met haar te doen. Zelf heeft ze nooit een beste vriendin gehad, maar ze weet hoe hecht meisjesvriendschappen kunnen zijn.

Ze haalt een bekertje water voor haar, wacht tot ze gekalmeerd is en daarna praten ze nog een tijdje door over Nicolette. Veel bijzonders komt ze niet te weten. Pas als ze samen naar de hal lopen, herinnert Fay zich nog iets.

'Nicolettes fiets was een tijdje geleden ook helemaal ondergespoten,' zegt ze. 'U zou eens moeten vragen op mijn school of ze daar beelden van hebben.'

Verrast kijkt Lois haar aan. 'Is er op jouw school camerabewaking?'

'Ja, omdat er zoveel vernielingen werden aangericht. Niet veel leerlingen weten het, de camera's zijn in het geheim opgehangen, maar ik hoorde twee leraren erover praten. En ze hingen er al toen Nicolettes fiets werd beklad.'

'Weet je nog wanneer dat was?'

Fay haalt haar agenda weer tevoorschijn en legt hem op de balie. Ze bladert erdoorheen en zegt: 'Het was op een dinsdag, 23 april. We zouden samen gaan leren voor een proefwerk wiskunde dat we de volgende dag hadden, daarom weet ik het nog. We hadden gym gehad en dan moeten we altijd naar een ander gebouw. Toen was er nog niets met Nicolettes fiets aan de hand. Na gym fietsten we naar het hoofdgebouw voor Engels. Na die les zagen we het.'

'En in april hingen die camera's er al?'

Met een bevestigend knikje bergt Fay haar agenda weer op.

'Weet je nog waar Nicolettes fiets stond?'

'Ja, in het midden van de eerste rij. Hij is wit, met zo'n rekje voorop waar je een mand of een tas op kunt zetten.'

Lois geeft haar een stevige hand. 'Dank je, Fay,' zegt ze met een hartelijke glimlach. 'Je hebt me enorm geholpen. En beterschap, hè?'

Ze loopt terug naar de rechercheafdeling en zegt tegen Claudien: 'Ik ga ergens achteraan. Ben zo terug. Wil jij deze aan Ramon geven? Het is een van de anonieme brieven die Nicolette heeft ontvangen. Ik heb hem net gekregen van haar vriendin.' Zonder op antwoord te wachten, vertrekt ze.

De school van Nicolette en Fay bevindt zich aan de rand van het centrum, dus ze kan er op de fiets naartoe.

Ondanks de warmte geniet Lois van het ritje. Het is heerlijk om even buiten te zijn. De warme wind strijkt als een föhn langs haar gezicht en door haar haren. Een beetje bezweet komt ze aan bij de school.

Het is net pauze en op het schoolplein wemelt het van leerlingen die op bankjes of gewoon op de grond bij elkaar in de zon zitten. Iets verderop in de straat staat een ijskarretje, waarvan de eigenaar goede zaken doet.

Eigenlijk heeft ze wel zin in een ijsje, maar de drukte is zo groot dat Lois ervoor kiest geen tijd te verspillen. Ze steekt het schoolplein over naar de hoofdingang en stapt met een zucht van verlichting de koele hal in.

In het kantoortje van de conciërge komt meteen iemand overeind. Een wat oudere man stapt naar buiten en kijkt haar vragend aan. 'Kan ik u helpen?'

'Ja, mijn naam is Lois Elzinga, rechercheur.' Lois houdt haar legitimatiebewijs omhoog. 'Ik wil graag de rector spreken.'

'Mag ik vragen waar het om gaat?'

'Het heeft te maken met de dood van een van uw leerlingen, Nicolette Dekker.'

De conciërge knikt met een gezicht alsof hij dat al dacht. 'Ik ga meneer Reimers voor u bellen. Een moment, alstublieft.'

Hij gaat zijn kantoortje weer in en pakt de telefoon. Intussen wandelt Lois wat door de hal heen en weer. Haar eigen middelbareschooltijd ligt al heel wat jaartjes achter haar, maar de geur brengt haar in een flits terug naar die periode, alsof ze in een tijdmachine is gestapt. Al zat ze zelf op een andere school, de sfeer in dit soort gebouwen is overal dezelfde. Vreemd genoeg kan ze zich maar weinig herinneren van die jaren. Ze was een goede leerlinge, uitstekend zelfs, maar school deed ze er een beetje bij. Haar leven speelde zich voornamelijk thuis af. Vriendinnen had ze niet, niet veel althans. De paar meisjes met wie ze omging zag ze alleen op school. Zo'n hechte vriendschap als tussen Fay en Nicolette, die alles met elkaar deelden, heeft zij nooit gekend.

Harde voetstappen klinken op de plavuisvloer en Lois draait zich om. Ze had zich bij de rector een lange, statige man voorgesteld, maar meneer Reimers is van gemiddelde lengte en behoorlijk dik. Hij steekt zijn hand naar haar uit. 'Hans Reimers.'

'Lois Elzinga, van de recherche.' Nogmaals laat ze haar legitimatiebewijs zien.

Hans Reimers werpt er een blik op en stelt voor om naar

zijn kantoor te gaan. 'Daar kunnen we rustig praten,' zegt hij.

Lois volgt hem door een doolhof van gangen, tot hij een deur opent en haar naar binnen laat. 'U komt voor Nicolette Dekker,' zegt hij, terwijl hij haar een stoel bij een ronde tafel wijst. 'Eigenlijk had ik de politie al veel eerder verwacht.'

'Waarom?' vraagt Lois terwijl ze gaat zitten.

'Omdat ze hier op school zat, natuurlijk.' Hans Reimers neemt tegenover haar plaats. 'Wij kennen onze leerlingen goed, mevrouw Elzinga. We hadden u veel informatie kunnen verstrekken.'

'Dat is prachtig,' zegt Lois. 'Wat kunt u me vertellen over Nicolette?'

Wat volgt is een lange opsomming van Nicolettes goede eigenschappen, de uitstekende band die ze had met haar leraren en haar populariteit. Als Reimers eindelijk zijn mond houdt, zegt Lois: 'U hebt haar behoorlijk goed gekend. Dan weet u vast ook wel dat ze werd lastiggevallen en dat hier op school haar fiets met verf is bespoten.'

Reimers trekt zijn wenkbrauwen op. 'Is dat zo?'

'Dat is zo. Natuurlijk hoeft dat niets te maken te hebben met haar dood, maar we moeten het wel onderzoeken. Ik heb begrepen dat u een tijdje geleden camera's heeft laten installeren op het schoolplein?'

'Dat klopt. We hadden veel last van vandalisme en er gingen geruchten dat er na schooltijd drugs werden verhandeld, vandaar.' Reimers heeft zich hersteld van de schok dat hij niet zoveel wist over zijn leerlinge als hij dacht, en hij kijkt Lois vol belangstelling aan. 'U denkt dat de moordenaar gefilmd is?'

'Zoals ik net al zei: dat weten we niet, het hoeft er niets mee te maken te hebben. Maar we willen wel graag weten wie Nicolette het leven zuur maakte.'

'Haar fiets is een keer ondergespoten, zegt u. Dat wisten wij niet, maar het is waarschijnlijk een geintje van een andere leerling geweest. Ik zou er niet te veel aandacht aan besteden. Toch?'

Hij zit duidelijk naar informatie te vissen. Lois kijkt hem vriendelijk aan, niet van plan de man iets wijzer te maken dan hij is.

'Ik zou graag de beelden willen bekijken van dinsdag 23 april. Nicolette had toen Engels, en in dat uur is haar fiets beklad.'

'Ja,' zegt Reimers met een ongemakkelijk gezicht. 'Ja, natuurlijk. Nu meteen?'

'Nee, ik moet dat eerst regelen met de officier van justitie. Er wordt nog contact met u opgenomen.'

Reimers knikt en zucht licht. Lois begrijpt hem wel. Als blijkt dat een van zijn leerlingen Nicolette heeft vermoord, zal dat de naam van de school geen goeddoen.

'Als jullie iets vinden,' zegt de rector bij het afscheid, 'zou u mij dan daarvan op de hoogte willen stellen?'

'Dat kan ik helaas niet doen. Vertrouwelijke informatie, begrijpt u.'

'Natuurlijk, dat begrijp ik. Maar... mocht er iets naar buiten komen... als het in de krant komt...'

'Dat is niet de bedoeling. Maar misschien kom ik bij u terug als er iets belangrijks op de camerabeelden te zien is. Per slot van rekening ken ik uw leerlingen niet.'

'Ik zal u graag helpen,' verzekert Reimers haar. 'Ik verwacht wel dat jullie discreet zijn als een van onze leerlingen erop staat.'

'Wij zijn altijd discreet. Dat is ons werk. Maar als de moordenaar van Nicolette op die beelden staat, wordt dat natuurlijk bekendgemaakt.'

'Ja,' zegt Reimers, 'ja, natuurlijk. Dat begrijp ik. Ik hoop dat u iets ziet waar u wat aan heeft.' Met een slap handje neemt hij afscheid. Zijn hele houding maakt duidelijk dat hij van ganser harte hoopt dat Lois niets aan de camerabeelden zal hebben.

22

'Waar heb jij gezeten?' vraagt Ramon zodra Lois terug is op het bureau.

'Op Nicolettes school. Ik heb haar vriendin Fay Molenaar gesproken,' antwoordt Lois. 'Helaas had zij ook geen idee wie Nicolette heeft vermoord. Ze heeft wel een dreigbrief bewaard die Nicolette heeft gekregen, als het goed is heeft Claudien je die gegeven. En Fay had interessant nieuws: haar school heeft een tijdje geleden camera's geplaatst om het plein te bewaken. Op 23 april is Nicolettes fiets ondergespoten met het woord "hoer". Dus ik ben meteen naar die school gegaan.'

'En?'

'Er zijn waarschijnlijk beelden van.'

'Prachtig. Ik ga een vordering regelen bij de officier van justitie.' Na een goedkeurend knikje verlaat Ramon met grote stappen de recherchekamer.

Lois zoekt haar werkplek op, haalt een appel uit haar tas en terwijl ze die opeet, werkt ze haar administratie bij. Dan krijgt ze een telefoontje dat de beelden van de school binnen zijn. Ze staat meteen op en loopt naar de ruimte waar de afdeling Digitale Recherche zit. Vandaag wordt die bemand door Susan en Silvan.

'Hé,' zegt ze ter begroeting. 'Is het wat, die beelden?'

Susan en Silvan kijken tegelijk om.

'Ze zijn duidelijk genoeg,' antwoordt Silvan. 'Kijk je mee?'

'Graag.'

'Ik kan me zo moeilijk voorstellen dat haar dood iets met die ondergespoten fiets te maken heeft.' Susan duwt haar bril wat hoger op haar neus. 'Het ene lijkt een kwajongensstreek, het andere is van een compleet andere orde.'

'Misschien,' geeft Lois toe. 'Maar het kan met elkaar te maken hebben, dus we moeten het onderzoeken.'

'We gaan eens kijken. Waar staat die fiets? En hoe laat werd hij ondergespoten?' vraagt Susan.

'Volgens Nicolettes vriendin stond de fiets in het midden van de eerste rij. Hij is wit, met zo'n rekje voorop. Nicolette was om tien voor halfdrie uit en zag toen die tekst op haar fiets.'

'Dus we hoeven alleen dat uurtje te bekijken. Dat is mooi.' Susan start het filmpje. Ze vallen midden in de drukte van een leswisseling, maar even later zien ze Nicolette en Fay.

'Daar! Daar komt ze aanfietsen,' zegt Lois. 'En ze zet haar fiets inderdaad in het midden. Het blonde meisje naast haar is Fay, haar vriendin.'

Zwijgend kijken ze toe hoe de meisjes hun fietsen op slot zetten, hun tassen pakken en druk pratend naar de ingang van de school lopen. Lois blijft Nicolette met haar ogen volgen tot ze in het gebouw is verdwenen.

Ze slaakt een zucht en leunt achterover.

'Moeilijk hè, om zoiets te zien,' zegt Susan. 'Zo ben je jong en vol leven, en anderhalve maand later...'

Lois knikt alleen maar. Aandachtig kijkt ze toe hoe Susan het filmpje vooruit spoelt. Ze wil nu meteen weten wie er verantwoordelijk is voor de bedreigingen die Nicolette heeft gekregen. Een ander spoor heeft ze niet.

Silvan haalt twee glazen sap voor hen en een paar broodjes uit de kantine, zodat ze door kunnen werken. Uiteindelijk, om tien voor twee, als het schoolplein er verlaten bij ligt, komt er een lange, blonde jongen aanlopen. Niet vanuit school, maar vanaf de naastgelegen weg. Met zoekende blik loopt hij langs de fietsenrekken en na een tijdje blijft hij staan. Uit zijn rugzak haalt hij een spuitbus tevoorschijn. Hij trekt Nicolettes fiets uit het rek, zodat hij er beter bij kan, en spuit met grote letters iets op het witte frame. Daarna zet hij haar fiets terug.

'Hebbes,' zegt Lois gespannen. 'Kun je het beeld vergroten, zodat we zijn gezicht kunnen zien?'

'Ja, als meneer zich even wil omdraaien.' Susan zoomt in op de rugzak van de jongen.

Hij komt tussen de fietsen vandaan en draait zich om, niet wetend dat hij recht in de camera kijkt. En in Lois' ogen. Ze slaakt een kreet van verrassing.

'Ken je hem?' zegt Susan.

'Ja,' zegt Lois. 'Maar dit had ik niet verwacht.' Vol ongeloof kijkt ze toe hoe Tygo Blom het schoolplein weer verlaat.

Tygo zit op school en Ramon vindt het niet nodig om hem met veel vertoon uit de klas te halen. Als Lois naar zijn huis belt, krijgt ze van zijn moeder te horen dat hij bijna uit is. In de tussentijd doet het rechercheteam zijn huiswerk.

'De forensische recherche heeft net gebeld dat er een halve vingerafdruk op die anonieme brief zit,' zegt Fred. 'De dader is voorzichtig geweest, maar niet voorzichtig genoeg.'

'Aan een halve vingerafdruk hebben we niets in de rechtbank,' merkt Lois op.

'Nee, maar als ondersteunend bewijs is het mooi.'

'Als die vingerafdruk van Tygo is,' zegt Jessica. 'Dat weten we nog niet zeker.'

Aandachtig kijkt Lois naar het beeldscherm van haar computer. 'In het herkenningssysteem kom ik hem niet tegen, dus hij heeft geen strafbare feiten op zijn naam staan. Geen geregistreerde, in ieder geval. Hoe staat het eigenlijk met het alibi van Oscar Westra?'

'Dat heb ik nagetrokken.' Jessica komt op het randje van Lois' bureau zitten en vouwt haar armen, die volhangen met zilveren armbanden, over elkaar. Ze gooit haar donkere paardenstaart naar achteren en trekt een gezicht. 'Hij heeft een alibi, maar dat is niet sterk. Om halfeen is Westra inderdaad gezien in de kantine van het bedrijf waar hij werkt, maar hoe lang hij daar geluncht heeft is niet zeker. Hij kan er een uur hebben gezeten, maar ook tien minuten.'

'Maar om halfeen was hij daar dus.'

'Ja, en zeg dat je inderdaad tien minuten nodig hebt om je broodje gezond op te eten. Dan kán hij snel naar huis zijn gereden om Nicolette in de steeg op te wachten en haar neer te steken.'

'Dan moet hij geweten hebben hoe laat ze thuiskwam.'

'Dat kan toch? Ze kwam vaak genoeg bij hen over de vloer. Misschien heeft hij haar lesrooster in haar agenda bekeken.'

'Maar hij had niet de zekerheid dat ze alleen was. Voor hetzelfde geld was ze met een vriendin naar huis gekomen. En ik blijf het onlogisch vinden dat je iemand neersteekt achter je eigen huis. Niet alleen laad je meteen de verdenking op je, je neemt ook een enorm risico dat iemand je ziet.'

'Tja, ze is daar neergestoken. Dus iemand heeft dat risico genomen,' zegt Jessica nuchter.

Lois knikt en komt overeind. 'Ik ben even bij Silvan en Susan. Kijken of Tygo nog interessante mededelingen heeft gedaan op Facebook.'

Dat blijkt niet zo te zijn. Tygo zit niet eens op Facebook, wat ook opmerkelijk kan worden genoemd.

'Ik dacht dat de hele jeugd zich op Facebook verzamelde,'

zegt Fred. 'Er zijn dus nog uitzonderingen. Niet iedereen zet zijn hele hebben en houden op internet.'

'Dat doet je vast goed,' zegt Lois, die weet hoe groot haar collega's afkeer van social media is. 'Maar in dit geval is het wel jammer.'

Ze zitten met koffie op hun werkplek terwijl een paar collega-rechercheurs op weg zijn naar Tygo's huis om hem op te halen. De officier van justitie is ingelicht en heeft toestemming gegeven om hem aan te houden voor vernieling en stalking.

'Wat denk jij, heeft die jongen Nicolette neergestoken?' vraagt Fred.

Lois haalt haar schouders op. 'Als hij haar heeft bedreigd, kan hij haar ook hebben vermoord. Heeft de officier van justitie ook toestemming gegeven om DNA bij hem af te nemen?'

'Nee, nog niet. Maar zelfs dan duurt het nog weken voor we de uitslag hebben. Zo lang kunnen we die jongen niet vasthouden. We zullen het met het verhoor moeten doen.'

Ze praten nog een tijdje door over de zaak, tot er een sms'je binnenkomt met de mededeling dat Tygo Blom klaarzit in de verhoorkamer. Lois en Fred laten hun koffie staan en gaan naar beneden.

Via het doorkijkraam slaan ze Tygo gade. De jongen zit op het puntje van zijn stoel en ziet er nerveus uit. Hij zit maar te trekken aan zijn T-shirt, waar met grote letters *Vans* op staat, en haalt onophoudelijk zijn hand door zijn haar.

'Zou hij schoenen van Dsquared2 hebben?' Lois' blik glijdt naar Tygo's sneakers, die nog net zichtbaar zijn onder de tafel. 'Adidas,' zegt ze. 'Nou, gaan we beginnen?'

Fred knikt en achter elkaar lopen ze de verhoorkamer binnen. Tygo kijkt op en schuift wat naar achteren op zijn stoel. Hij kijkt hen beiden met een stoere blik aan, maar in zijn ogen ziet Lois angst.

'Waarom ben ik hier?' vraagt hij boos. 'Jullie kunnen me toch niet zomaar thuis ophalen en hier neerzetten?'

Fred negeert de vragen, wijst Tygo op zijn rechten en vraagt hem of hij behoefte heeft aan een advocaat.

'Een advocaat? Waarom in vredesnaam? Ik heb niets gedaan!' zegt de jongen op hoge toon.

'Nou, níéts,' zegt Fred. 'Zo zou ik het niet willen noemen. Weet je wat, voor we een welles-nietesspelletje beginnen, waar we geen tijd voor hebben, laat ik je eerst iets zien.'

Hij draait de laptop die op tafel staat om, zodat Tygo het beeldscherm goed kan zien, en start het bewakingsfilmpje.

23

In eerste instantie weet Tygo zich met zijn houding geen raad. Hij gaat verzitten, schuift heen en weer, haalt weer een hand door zijn haar en werpt tussen het bekijken van de beelden door steelse blikken op Fred en Lois.

'Ja, nou en?' zegt hij als het filmpje is afgelopen.

'Dat ben jij.' Fred knikt naar het beeldscherm, waar Tygo nog op te zien is. 'En wij vragen ons af wat je daar in vredesnaam aan het doen was.'

Tygo zoekt naar een antwoord, maar komt niet verder dan wat gemompel en gestamel.

'Laat maar,' zegt Lois met opgeheven hand. 'We weten best wat je daar aan het doen was. De vraag is waaróm. Zit eens stil.'

Het nerveuze geschuifel van de jongen werkt op haar zenuwen. Gelukkig is hij niet van het soort dat halsstarrig gaat ontkennen. Tygo slaakt een lange, diepe zucht, waarmee alle lucht uit hem lijkt te lopen. Zijn schouders hangen, zijn lange lichaam zakt ineen en er verschijnt een verslagen blik op zijn gezicht.

'Het was niet mijn bedoeling om haar bang te maken,' zegt hij met neergeslagen ogen. 'Dat wil zeggen, wel een beetje. Bang genoeg om uit de buurt van die klojo te blijven.'

'Welke klojo?' vraagt Fred.

'Dat ex-vriendje van haar, Ricardo. Ook al was het uit, hij

kon haar maar niet met rust laten. Ik was bang dat ze hem terug wilde.'

Aandachtig kijkt Lois de jongen aan. 'Waarom was je daar zo bang voor?'

'Omdat het een complete loser is, natuurlijk! Ik begreep niet wat Nicolette met die gast moest, en waarom ze overwoog hem terug te nemen. Ik had wat onderzoek naar Ricardo gedaan en ik was er al snel achter dat hij niet deugde. Dat wist zij ook. Daarom had ze het uitgemaakt.'

'Maar ze bleef gek op hem.'

'Ja, dat kun je je toch niet voorstellen? Ik had bewijs dat hij in drugs handelde en zo'n beetje als loverboy werkte, en toch bleef ze maar over hem praten.'

'Hadden jullie dan contact met elkaar? Je vertelde ons eerder dat je haar amper sprak.' Lois leunt naar achteren en tikt met haar pen op tafel.

'In het begin niet, maar toen ze het had uitgemaakt met die gozer vertelde ze me dat. Ik zei dat ze er goed aan gedaan had en vertelde wat ik van Ricardo wist. En toen...'

'Hoe wist je dat? Waarom deed je onderzoek naar hem?' interrumpeert Fred.

Een beetje ongemakkelijk kijkt Tygo hem aan.

'Je was verliefd op Nicolette,' helpt Lois hem. 'Al een hele tijd. Ook toen ze met Ricardo ging.'

Tygo knikt. 'Ja, maar ze was niet verliefd op mij. Tenminste, dat dacht ik. Toen ze het uitmaakte en mij in vertrouwen nam, dacht ik dat ik een kans maakte. We trokken steeds vaker samen op, als vrienden. Ik dacht, als die crimineel uit haar systeem is, dan wordt ze ook wel gek op mij.'

'En toen wilde ze weer iets met hem beginnen. Dat moet heel frustrerend voor je zijn geweest.'

'Ik probeerde het haar uit het hoofd te praten. Dat lukte niet en toen...' Tygo hapert en er trekt een kleur over zijn gezicht.

Hij schaamt zich er in ieder geval wel voor, denkt Lois. 'En toen besloot je haar anonieme brieven te sturen. En haar fiets te bekladden. En net te doen alsof Ricardo daar achter zat.'

Onverwacht kijkt Tygo haar recht aan, zo wanhopig dat het Lois ondanks alles raakt. 'Ik wist niet wat ik anders moest doen om haar tegen te houden. En het hielp, ze was boos en beschuldigde hem. Natuurlijk ontkende Ricardo, maar Nicolette geloofde hem niet.'

'Dus het bleef uit,' zegt Fred. 'En omdat ze bang was, zocht ze jou steeds vaker op.'

Tygo knikt. Er valt een stilte, waarin Lois en Fred hem blijven aankijken.

'Wat?' zegt Tygo verdedigend. 'Ik zou het haar heus wel verteld hebben, hoor. Ik wilde er net mee ophouden toen... toen ze werd...' Zijn stem breekt en er verschijnen tranen in zijn ogen.

'Ik heb haar niet vermoord,' fluistert hij. 'Dat denken jullie toch niet? Ik was gek op haar!'

Lois gaat daar niet op in. 'Vertel eens, Tygo, heb jij schoenen van het merk Dsquared2?'

Met minachtend opgetrokken wenkbrauwen kijkt de jongen haar aan. 'Nee, hoezo?'

'Welke maat heb je?'

Niet-begrijpend houdt Tygo zijn hoofd schuin. 'Wat heeft dat ermee te maken?'

'Geef nou maar antwoord op de vraag.'

Tygo steekt zijn been de lucht in. 'Drieënveertig. En ik draag alleen Adidas, oké.'

Lois en Fred kijken elkaar aan. Fred stelt nog een paar vragen, maar eigenlijk weten ze allebei dat ze niet verder zullen komen. Na nog een paar minuten beëindigen ze het verhoor.

'Goed Tygo, misschien heb je Nicolette niet vermoord, maar je zult begrijpen dat we je niet kunnen laten gaan,' zegt Fred.

Met bange ogen kijkt Tygo van de een naar de ander. 'Wat gaat er dan gebeuren?'

'We houden je aan wegens laster, vernieling en stalking. Je wordt in verzekering gesteld en over drie dagen aan de rechter-commissaris voorgeleid. Je zult wel een taakstraf krijgen.'

'Ga ik de cel in?' vraagt Tygo met schrille stem. 'Ik wil mijn ouders bellen.'

Terwijl Fred de jongen nogmaals inlicht over zijn rechten en plichten, staat Lois op en verlaat de verhoorkamer. Ze haalt een formulier uit de recherchekamer, dat ze bij terugkomst over tafel naar Tygo schuift.

'We gaan een doorzoeking doen bij je thuis. We kunnen toestemming vragen, maar je kunt ons die ook meteen geven. Dan moet je even tekenen,' zegt ze.

'En als ik niet teken?' zegt Tygo zonder veel hoop.

'Dan krijgen we die toestemming evengoed, het duurt alleen wat langer. Het zou je zaak wel goeddoen als je gewoon meewerkt.'

'Oké dan. Ik heb niets te verbergen.' Tygo trekt het formulier naar zich toe en zet er zijn handtekening op.

Op een knikje van Fred komt er een geüniformeerde collega binnen, die de jongen wegleidt. Zelf blijven ze nog even in de verhoorkamer zitten.

'Geloof je hem?' vraagt Lois.

'Ja, eigenlijk wel. Hij had natuurlijk wel de gelegenheid, maar hij voldoet niet aan de daderbeschrijving, met dat blonde haar. De schoenmaat klopt niet en een motief kan ik ook niet bedenken. Als hij die Ricardo nou had neergestoken, had ik het begrepen, maar dat meisje...'

'Jaloezie kan rare dingen met je doen.'

'Dat is zeker waar, maar ik geloof het niet. Hij gaf ook vrij gemakkelijk toestemming voor een doorzoeking... maar we schrijven hem natuurlijk nog niet af.'

Een beetje somber kijkt Lois voor zich uit. Even had ze de hoop dat de zaak opgelost zou zijn, maar zo gemakkelijk gaat dat natuurlijk weer niet. Ze deelt het gevoel van Fred. Tygo heeft het niet gedaan, ze zitten op een dood spoor.

Met een zucht staat ze op en loopt naar de kamer van haar collega, jeugdagent Huib Verdonk. Huib is lang, kaal en altijd goed gehumeurd. Hij is eenenveertig, houdt van een grapje en kan er ook tegen als er een geintje met hem wordt uitgehaald. Eigenschappen die hij goed kan gebruiken in zijn functie. Zijn taak is in de gaten houden welke jongeren problemen hebben. Om daarachter te komen zoekt hij hen op straat en in buurthuizen op. Ook onderhoudt hij nauw contact met de Raad voor de Kinderbescherming en Bureau Jeugdzorg. Als iemand weet welke jongelui in Alkmaar de afgelopen jaren de fout in zijn gegaan, is hij het wel.

'Hé, Lois! Wat gezellig dat je mijn kamer komt opfleuren met je stralende aanwezigheid,' zegt Huib vrolijk zodra Lois binnenkomt.

'Ja, ik dacht dat je wel wat vrouwelijk gezelschap kon gebruiken in dit mannenhok,' zegt Lois met een glimlach.

'Inderdaad! Dit is de enige afdeling waar geen enkele vrouw werkt. Ik denk dat ik een klacht ga indienen wegens discriminatie. Wij hebben net zo goed recht op vrouwelijke collega's als ieder ander,' zegt Huib met een quasiverontwaardigd gezicht.

'Dat moet je zeker doen.' Omdat alle stoelen in beslag zijn genomen door stapels dossiers laat Lois zich op de vensterbank zakken.

'Sorry voor de bende hier,' zegt Huib, terwijl hij zijn lange armen boven zijn hoofd uitstrekt. 'Vertel eens, wat brengt jou hier?'

'Ik ben op zoek naar een messentrekker. Ik heb een paar getuigenverklaringen naast elkaar gelegd. Die zijn vaag, maar wat duidelijk naar voren komt, is dat de dader jong is. Tussen de twintig en de vijfentwintig, zou ik zeggen.'

'Ja?' zegt Huib bemoedigend.

'Je trekt niet zomaar een mes. Sommige mensen doen dat misschien wel, tijdens een kroegruzie of bij huiselijk geweld, maar dan is daar iets aan voorafgegaan. Onze vriend lijkt het leuk te vinden om willekeurige mensen neer te steken. Niet om ze te doden, daarvoor zijn de wonden te ondiep, maar gewoon om het steken zelf.'

'Een gestoorde persoonlijkheid dus,' zegt Huib.

'Ja, of iemand die getraumatiseerd of ernstig in de war is. Of gewoon ronduit slecht.'

'Dat kan. Je hebt mensen die slecht geboren zijn.'

'Precies, maar volgens een vriend van mij, die psychiater is, uit zich dat al op jonge leeftijd. En de kans is vrij groot dat zo iemand als adolescent al met de politie in aanraking is gekomen.'

'Je wilt dat ik de dossiers napluis of iemand aan die criteria voldoet.' Huib trekt een somber gezicht.

'Is dat een probleem?'

'Kijk eens om je heen. Ik heb stápels dossiers van jongeren die de fout in zijn gegaan. Ik kan er best een zoekprogramma op loslaten, maar ik kan je nu al vertellen dat er een enorme lijst uit tevoorschijn zal komen.'

Lois zucht diep. 'Dat begrijp ik, maar ik moet ergens beginnen. Er loopt een gestoorde jonge vent door Alkmaar die mensen neersteekt en ik wil hem vinden. Alles wat ik heb zijn vage aanwijzingen over zijn uiterlijk en misschien een schoenafdruk. Dat is te weinig, Huib. Ik moet het op een andere manier proberen.'

'Maar of dit de manier is... Alleen in Alkmaar hebben we al negenendertig psychiaters, zevenentwintig psychologen en nog eens vijftig andere zorgverleners. En allemaal hebben ze lijsten vol cliënten.'

'Ik neem aan dat die cliënten niet allemaal blank en begin twintig zijn, en in hun vrije tijd mensen neersteken.'

'Er komen er meer voor in aanmerking dan je denkt.' Huib verschuift een stapeltje dossiers, zodat hij met één arm op zijn bureau kan leunen. 'Kijk niet zo sip, ik ga natuurlijk mijn best voor je doen.'

'Fijn.' Lois blijft zitten, ze is nog niet klaar. 'Als je een paar jaar terugdenkt, zijn er dan jongeren die bij je opkomen? Iemand die de dader zou kunnen zijn?'

'Jazeker, tientallen. Aan een mes is gemakkelijk te komen, dat is het favoriete wapen van heel wat criminelen. En de meesten waren ook redelijk gestoord.'

'Heb je een paar namen voor me? Dan heb ik alvast iets om mee aan de slag te gaan.'

'Ik zoek het op en mail je een lijstje toe. Vanmiddag nog,' belooft Huib.

'Afgesproken.' Lois komt van de vensterbank af. 'Dank je, Huib. Hopelijk levert het wat op.'

24

Johan Bos fluit zijn teckel terug en blijft staan om een sigaar op te steken. Het is zijn vaste ritueel, na het eten een wandeling met Boris onder het genot van een rokertje. Zijn vrouw heeft er een hekel aan dat hij rookt. 'Dat doe je maar buiten. Ik hoef die stank niet in huis,' zegt ze altijd.

En dus rookt hij buiten, kleine moeite.

Vóór hem kijkt Boris om of zijn baasje volgt. 'Ja, ga maar,' zegt Johan en de teckel rent blij het park in.

Veel stelt het niet voor, het Victoriepark, maar het is precies goed voor een ommetje. Alleen als het donker wordt loopt hij hier liever niet. Dan houden zich er allerlei figuren op die zitten te blowen op de bankjes of rottigheid uithalen met voorbijgangers. Een paar van die types kent hij wel, van zijn werk. Maar hij heeft geleerd zijn mond te houden als dat nodig is. Een asociale jongere een op een aanspreken is heel wat anders dan je richten tot een groep.

Vandaag is er echter niets aan de hand. Het is een mooie zomeravond, de zon schijnt nog steeds en valt in gouden vlekken door het groen van de bomen.

Heerlijk om met zulk goed weer terug te komen van vakantie. Drie weken rust en zon in Zuid-Frankrijk hebben hem goedgedaan, hij is helemaal opgeladen. Klaar om zijn werk als gezinsvoogd weer op te pakken en het leven van de kinderen en jongeren met wie hij werkt op de rit te brengen.

Hij wandelt in de richting van Victorientje, het Alkmaarse vrijheidsbeeld, dat al sinds 1873 herinnert aan de overwinning op de Spanjaarden tijdens de Tachtigjarige Oorlog. Ze staat daar met één arm geheven, een bierblikje in de hand. Johan glimlacht, hij kan het grapje wel waarderen. Het is in ieder geval beter dan haar arm eraf hakken, zoals vandalen regelmatig doen. Alsof ze daarmee willen aangeven dat dit hun territorium is, waar ze doen en laten wat ze willen. Johan heeft begrip voor de problemen waar veel jongeren mee kampen, maar die domme vernielzucht maakt hem altijd woedend.

Boris is midden op het pad blijven staan en kijkt hem afwachtend aan. Terwijl hij de sigarenrook inhaleert, kijkt Johan om zich heen of hij een stok kan vinden om mee te gooien. Hij ziet er een op het gras liggen en loopt ernaartoe.

'Kijk, Boris! Pak hem!' Zo ver hij kan slingert hij de stok van zich af.

De teckel blijft stokstijf staan. Een dreigend gegrom komt uit zijn keel.

'Wat is er, jongen? Ga die stok halen. Vooruit!' spoort Johan hem aan.

Weer gromt Boris.

'Heb je een kat gezien? Je gaat er niet vandoor, hoor. Kom hier, ik lijn je even aan.' Johan buigt zich over het hondje heen en maakt de riem aan zijn halsband vast.

Boris begint hard en schel te blaffen. Johan richt zich op en wil over zijn schouder kijken.

Daar krijgt hij de kans niet meer voor. Een onverwachte pijn vlamt door hem heen en beneemt hem de adem. Struikelend loopt hij weg en valt languit op het wandelpad.

25

Die avond is Lois zowaar op tijd thuis. Het beloofde lijstje van Huib is niet gekomen, hij kreeg een spoedklus tussendoor. Als er niets te onderzoeken valt, heeft het weinig zin om op het bureau te blijven rondhangen, dus heeft ze zichzelf een vrije avond gegeven.

Ze haalt een diepvriesmaaltje van bonen in tomatensaus en groenten uit de vriezer en zet het bakje in de magnetron. De verleiding om een pizza vol kaas en salami te eten is groot, maar ze staat het zichzelf niet toe. Ze heeft voedingsstoffen nodig, geen junkfood. Als ze nu toegeeft aan die troep, presteert ze morgen maar voor de helft. En aangezien het slaapgebrek haar van de andere helft van haar energie berooft, zou het ontzettend stom zijn om zichzelf dat aan te doen.

Zittend aan het barretje in de keuken eet ze de bonen op en neemt ze een stapeltje post door. Een deel van haar hersenen blijft echter bezig met werk.

Als haar telefoon gaat, neemt ze afwezig op.

'Lois, met Huib. Sorry dat ik niet meer aan dat lijstje toegekomen ben. Ik zit nu op het bureau en ben ermee bezig. Ik heb een flink aantal namen gevonden.'

'Mooi zo! Ik kom naar je toe!' zegt Lois enthousiast.

'Ik kan ze ook gewoon mailen.'

'Nee, ik kom naar het bureau. Dan kan ik ze meteen natrekken.' Lois schuift het lege diepvriesbakje van zich af en komt van de barkruk af.

'Oké,' zegt Huib. 'Dan zie ik je zo.'

Een kwartiertje later loopt Lois via de achteringang het bureau weer in, waar het net wisseling van de wacht is. Veel agenten gaan naar huis en het is druk bij de kluisjes en in de gangen. Overal klinkt 'Tot morgen' en 'Prettige avond!' terwijl Lois de trap neemt. Ze gaat rechtstreeks naar de kamer van Huib, die haar met opgestoken hand begroet en het zichtbaar warm heeft. Onder zijn oksels tekenen zich grote zweetplekken af.

'Dat was een korte vrije avond voor je,' zegt hij lachend. 'Jij weet ook van geen ophouden, hè?'

'Jij zit hier toch ook nog.' Lois laat zich op een stoel zakken, waar zowaar geen dossiers op liggen, en kijkt haar collega vragend aan. 'Wat heb je voor me?'

Huib overhandigt haar een stapeltje geprinte vellen papier. 'Dit is de score als je alleen op Alkmaar en Heerhugowaard zoekt. Voor de zekerheid heb ik die laatste erbij genomen. Het kan natuurlijk ook gaan om iemand die uit Hoorn, Haarlem, Amsterdam of een andere plaats komt.'

'We beginnen met Alkmaar,' zegt Lois, de papieren doorbladerend. 'Het zijn er heel wat.'

'Ja, dat zei ik toch al. Ik heb het je wat gemakkelijker gemaakt en een vinkje gezet bij de namen die ik als eerste zou natrekken.'

'Je bent geweldig. Ik ga er meteen mee aan de slag.' Lois glimlacht Huib breed toe. Ze loopt naar de recherchekamer, waar het rustig is. Collega's van bureaus in Hoorn, Schagen en Haarlem die aan het rechercheteam zijn toegevoegd, zijn nog aan het werk. Van haar eigen collega's is alleen Fred aanwezig.

'Ik dacht dat jij een vrije avond had,' zegt hij met opgetrokken wenkbrauwen.

'Klopt, maar ik kreeg nieuwe informatie en daar wilde ik

meteen mee aan de slag.' Lois houdt het stapeltje papier omhoog. 'Dit zijn jonge, blanke criminelen die in de afgelopen paar jaar met justitie in aanraking zijn gekomen. Ze houden van messentrekken en ze hebben allemaal een of andere stoornis.'

'Het kan ook iemand zijn die een stoornis heeft, snel een mes trekt, maar niet met justitie in aanraking is geweest,' helpt Fred haar herinneren.

'Dat kan,' bevestigt Lois. 'Maar ik hoop van wel. Dat zou het zoeken heel wat gemakkelijker maken.'

Ze buigt zich over de lijst en begint met de namen die Huib heeft aangevinkt. De diversiteit valt meteen op: Nederlands, Pools, Turks, Spaans, alle culturen door elkaar.

Ze begint te lezen.

Arno Donkelaar, 22 jaar, veroordeeld voor kroegruzie met steekpartij op zijn zeventiende. Eén dodelijk slachtoffer. Bekend bij Bureau Jeugdzorg en GGZ-instellingen. Lijdt aan schizoïde persoonlijkheidsstoornis en softdrugsverslaving.

Brannen Collins, 25 jaar, van Ierse afkomst, veroordeeld voor insluiping en inbraak waarbij bewoner meermalen gestoken werd met mes. Lijdt aan paranoïde persoonlijkheidsstoornis.

Wilco Gardenier, 26 jaar, betrokken geweest bij steekpartij met dodelijke afloop na voetbalwedstrijd, veroordeeld. Bekend bij Raad voor de Kinderbescherming en Bureau Jeugdzorg. Lijdt aan autisme en instabiel zelfbeeld.

Carlos Garcia, 23 jaar, van Latijns-Amerikaanse afkomst, betrokken bij diverse ruzies en steekpartijen. Geen dodelijke slachtoffers. Lijdt aan ADHD en borderline.

Milek Nowalk, 22 jaar, van Roemeense afkomst, veroordeeld voor drugshandel en ruzies met steekpartijen. Lijdt aan antisociale persoonlijkheidsstoornis en depressie.

Danut Moldovan, 27 jaar, van Poolse afkomst, veroordeeld voor inbraken en beroving met mes. Bekend bij bureau HALT, Bureau Jeugdzorg. Lijdt aan narcistische stoornis en ADHD.

En zo gaat het maar door. Er lijkt geen einde aan te komen. Ontmoedigd ondersteunt Lois haar hoofd met haar handen en woelt door haar haar. Het zal weken kosten om al die gasten na te trekken en hun alibi's te controleren. En dan is het ook nog mogelijk dat de dader niet op deze lijst staat.

Desondanks zoekt ze de namen een voor een op in het systeem om meer over de mannen te weten te komen. De meeste delinquenten hebben een indrukwekkend crimineel cv. Ze vraagt zich af hoe ze het gedrag van de jongeman die ze zoekt moet plaatsen. De meeste mannen op de lijst hebben in drugs gehandeld, of een inbraak of overval gepleegd. Daden die een steekpartij tot gevolg hadden. Daar zit het verschil, want bij 'haar' dader lijkt het om het steken zelf te gaan.

Ze laat de grote vergrijpen voor wat ze zijn en begint te zoeken naar jongens met een minder zwaar strafblad. Jongens die in aanraking zijn geweest met de kinderbescherming, die onder toezicht zijn geplaatst van Jeugdzorg en bureau HALT en die lichte vergrijpen op hun naam hebben staan. Dat maakt de lijst een stuk korter. Peinzend bekijkt ze de namen.

Als de dader zo verward en gestoord is als ze denkt, is de kans groot dat de naam die ze zoekt ertussen staat. Ook al is het nog zo'n grote hooiberg waarin ze zoekt, hij zit ertussen.

Daar is ze van overtuigd. Ze gaat ze gewoon allemaal natrekken, te beginnen met hun alibi.

Ze is net druk bezig adressen en telefoonnummers te noteren, als Ramon met grote stappen binnenkomt.

'Melding van de wachtcommandant,' zegt hij kortaf. 'Er is weer iemand neergestoken.'

26

Het slachtoffer is Johan Bos, een vierenvijftigjarige man die zijn hond aan het uitlaten was in het Victoriepark. Dat vertelt zijn vrouw Marja als Lois en Fred haar spreken in het Medisch Centrum Alkmaar.

'Volgens de arts heeft hij een klaplong,' zegt ze met trillende stem. 'Hij wordt nu geopereerd. Hij is twee keer in zijn rug gestoken. Wie doet nu zoiets?'

'Heeft uw man onlangs ruzie gehad?' informeert Fred.

Marja schudt haar hoofd. 'Helemaal niet. We zijn net terug van vakantie, dus hij kán helemaal geen ruzie hebben gehad. Niet kort geleden in ieder geval.'

Ze vragen door, over ruzie in de familie, over vijanden die Johan Bos mogelijk had, maar Marja blijft haar hoofd schudden. Haar echtgenoot is een vriendelijke man die graag bridget. Daar hebben ze een leuke vriendengroep aan overgehouden, waarmee ze regelmatig afspreken.

'Natuurlijk ontstaan er weleens spanningen tijdens het spel,' zegt Marja, 'maar als we daarna een wijntje met elkaar drinken, is dat weer over. Ik kan me niet voorstellen dat een van onze vrienden hem heeft neergestoken om een potje bridge van vier weken geleden.'

Dat kan Lois zich ook niet voorstellen. 'Wat doet uw man voor werk?' vraagt ze.

'Hij werkt bij Bureau Jeugdzorg.'

Lois wisselt een snelle blik met Fred. 'Bij Jeugdzorg?'

'Ja, hij begeleidt probleemgezinnen. Met sommigen van de kinderen en ouders die hij heeft geholpen, heeft hij nog steeds contact. Johan is erg betrokken bij zijn werk, soms iets te.'

'Wat bedoelt u daarmee?' vraagt Fred.

'Wat ik zeg, dat hij soms iets te betrokken is. Hij kan moeilijk afstand nemen. Met een van de jongens die uit huis werd geplaatst, heeft hij zo'n sterke band gekregen dat we hem zelf in huis hebben genomen,' vertelt Marja.

'Hoe heet uw pleegzoon?' vraagt Lois.

'Milan. Milan Huizinga. Hij is nu het huis uit, hoor. Het is al lang geleden dat hij bij ons kwam.'

Lois pakt haar telefoon en controleert de lijst, die Huib haar ook per mail heeft gestuurd. Met een enkele blik geeft ze aan dat Fred het gesprek alleen voort moet zetten.

Met een half oor hoort ze hem vragen naar de leeftijd van Milan, negenentwintig, en naar hun onderlinge verstandhouding. Dan verdiept ze zich in de lijst met namen. Milan Huizinga staat er niet op.

Ze stopt haar telefoon weg en schudt kort haar hoofd tegen Fred. 'Kunt u wat meer over Milan vertellen?' vraagt ze.

'Hij werd mishandeld door zijn vader. Lichamelijk en psychisch. Zijn moeder deed helemaal niets voor hem, kon de situatie niet aan. Toen Milan twaalf was, stierf zijn vader onverwacht. De mishandelingen hielden daarmee op, maar zijn moeder verwaarloosde hem. Toen de kinderbescherming daar lucht van kreeg, werd hij uit huis geplaatst. Aanvankelijk kwam hij in allerlei verschillende pleeggezinnen terecht, maar het ging nergens goed. Johan voerde regelmatig gesprekken met hem, hij begreep de jongen, begreep waarom hij niet kon aarden in die pleeggezinnen. Vaak had Milan moeite met zijn pleegvaders. Hij accepteerde hun gezag niet;

als ze maar even hun stem verhieven, werd Milan agressief. Johan en ik hebben er lang over gesproken, want het is niet niets, maar uiteindelijk waren we het erover eens dat Milan bij ons moest komen. We hebben zelf geen kinderen, dat scheelt. Ik vond het een prettig idee dat ik op die manier toch wat moederlijke zorg kon bieden.'

'En hoe ging het?' vraagt Lois.

'Goed, al trok hij vooral naar mij. Hij heeft altijd problemen gehouden met mannelijke autoriteit, zelfs met Johan. Maar hij ging in ieder geval weer naar school, vond een baantje als afwasser in een restaurant en probeerde iets van zijn leven te maken.'

'Waar is hij nu? Weet hij dat zijn pleegvader in het ziekenhuis ligt?'

Marja knikt.

'Waarom is hij dan niet hier?'

'Milan is aan het werk. Hij is kok en had het vanavond erg druk. Ik heb hem gebeld en gezegd dat hij niet hoefde te komen, dat Johans toestand stabiel is.'

Verbaasd wisselen Lois en Fred een blik.

'Voor zoiets ernstigs kan hij toch wel vrij krijgen?' zegt Fred.

'Moeilijk,' zegt Marja op verdedigende toon. 'Je kunt toch niet zomaar weglopen als het restaurant vol zit? En Johan is in goede handen.'

Lois krabt op haar hoofd en kijkt de kleine vrouw fronsend aan. 'Mevrouw Bos, uw man is neergestoken. De dokters zijn nog met hem bezig, zei u net zelf. Ik denk dat het geen overbodige luxe is dat Milan naar het ziekenhuis komt.'

Marja Bos wendt haar hoofd af, met een grimas op haar gezicht. 'Ik kan het u net zo goed vertellen, u komt er toch wel achter. Johan en Milan hebben geen contact meer. Milan en ik spreken meestal ergens in de stad of bij hem thuis af. Hij heeft al heel lang geen voet meer bij ons over de drempel gezet.'

'Dat moet moeilijk voor u zijn, na alles wat u voor uw pleegzoon heeft gedaan,' zegt Fred.

'Dat is het ook. Maar we wisten waar we aan begonnen, ook dat het moeilijk zou worden. Je neemt toch een kind met een geschiedenis in huis. Natuurlijk hoop je dat je een goede band krijgt, maar dat hoeft niet zo te zijn. Het gebeurt wel vaker dat pleegkinderen later, als ze volwassen worden, afstand nemen van hun verleden. En dus ook van hun pleegouders. Dat hoort bij het losmakingsproces.'

Lois knikt om aan te geven dat ze het begrijpt, al doet ze dat niet helemaal. Als je als pleegouders een kind een basis weet te geven, zou je zeggen dat er juist een band is ontstaan. Het komt haar vreemd voor dat er daarna nauwelijks nog contact is.

'Hebben jullie meer pleegkinderen in huis gehad?' vraagt ze.

'Geen pleegkinderen, maar we hebben wel crisisopvang gedaan. Alleen als het niet anders kon.' Marja staart voor zich uit alsof ze recht het verleden in kijkt.

'Johan is een uitstekende gezinsvoogd,' zegt ze zacht. 'Hoeveel kinderen hij al niet uit de ellende heeft gehaald. Hij heeft heel wat meegemaakt, en er zaten gevallen bij die erger waren dan dat van Milan.' Met vochtige ogen kijkt ze Lois aan. 'Ik begrijp waarom u dat vraagt, maar ik kan me niet voorstellen dat een van die kinderen mijn man zou hebben neergestoken. Ze zijn hem juist dankbaar.' Ze schudt haar hoofd en laat haar schouders hangen, zodat ze op een vermoeid vogeltje lijkt.

'Ik zou toch graag de namen van die kinderen willen hebben,' zegt Lois.

Marja knikt vaag, maar zegt verder niets.

'Mevrouw Bos?' dringt Lois aan.

Vermoeid wendt Marja haar hoofd af. 'Moet dat echt nu?'

'Graag.'

Met een zucht gaat Marja van start. 'Goed, als eerste kwam de kleine Naomi Ruitenbeek bij ons. Ze was nog maar zes. En daarna Roel Zonneveld, maar die was er maar kort.' Ze somt nog een aantal namen op, die Lois meteen in haar telefoon zet. 'Maar zoals ik al zei, die kunnen er niets mee te maken hebben,' besluit ze met nadruk.

Fred neemt het gesprek over. 'We zouden graag even met Milan willen praten. Waar kunnen we hem vinden, mevrouw Bos?'

'In restaurant De Rode Toren.' Marja veert op. 'Gaan jullie naar hem toe? Hij is aan het werk, hij heeft het druk.'

'Het is al laat, zo druk zal hij het niet meer hebben. Het is belangrijk dat we hem zo snel mogelijk spreken.'

'Denken jullie soms dat Milan mijn man heeft neergestoken? Dat is absurd. Bovendien heeft hij de hele avond gewerkt.' Onrustig schieten Marja's ogen van Lois naar Fred.

'We denken nog niets, we doen onderzoek,' zegt Lois vriendelijk. 'Milan wordt nergens van beschuldigd. We gaan alleen met hem praten.'

27

'Dit zit me niet lekker, Lois,' zegt Fred als ze het ziekenhuis verlaten. 'Jeugdzorg, een neergestoken hulpverlener, een pleegzoon die het contact heeft verbroken. Volgens mij zijn we warm.'

'Mevrouw Bos heeft gelijk: als Milan de hele avond in de keuken heeft gestaan, kan hij het niet gedaan hebben.' Lois zoekt op haar telefoon De Rode Toren op. 'Ik ken dat restaurant helemaal niet.'

'Nee, jij komt alleen in Het Gulden Vlies. Ik ken het wel, het is een vrij nieuwe tent. Zit in de Schelphoek.'

'O, in die buurt. Daar kom ik nooit. Zou de keuken nog open zijn?'

'Nog even, denk ik. We moeten opschieten.'

Via de Nieuwlandersingel rijden ze om de binnenstad van Alkmaar heen, naar de Schelphoek in het oosten van de stad. Ondanks het late tijdstip is het allesbehalve rustig op straat. Op de singel varen bootjes, mensen zitten op klapstoeltjes te vissen of te kletsen, uit achtertuinen waaiert de rook van barbecues.

Op de terrassen van de restaurants in de Schelphoek is het druk. Obers lopen af en aan met dienbladen vol gerechten en drankjes. Hier en daar worden de eerste kaarsen in windlichten ontstoken om de invallende schemering te verdrijven.

'Gezellig hier,' zegt Lois waarderend. 'Dat zo'n relatief

kleine stad als Alkmaar zoveel goedlopende restaurants kan hebben.'

'Alkmaarders zijn lekkerbekken,' zegt Fred. 'Nanda en ik hebben hier ook weleens gegeten. De Rode Toren is een prima tent.'

'Dus Milan is goed terechtgekomen. Dat is mooi,' merkt Lois op. 'Hopelijk heeft hij zijn leven echt een andere richting gegeven en hoeven we hem straks niet mee te nemen.'

Dat lijkt niet nodig te zijn. Milans baas, Lennart de Goede, bezweert hun dat zijn kok het pand die avond geen minuut heeft verlaten. 'Nog niet eens om een sigaretje te roken,' zegt hij. 'Hij is om vier uur begonnen en ik heb die lelijke snuit van hem voortdurend om me heen gehad.' Hij grijnst breed. 'Wat is er eigenlijk aan de hand? Heeft hij iets geflikt?'

'U bent op de hoogte van Milans verleden?' informeert Lois voorzichtig.

'Ja, natuurlijk. Daarom heb ik hem die baan gegeven, om hem een kans te bieden. Zelf was ik vroeger ook niet zo'n lieverdje en god mag weten waar ik geëindigd zou zijn als ik het thuis niet zo goed had gehad. Trouwens, die jongen is een topkok. Dat had ik algauw door toen hij hier als afwasser binnenkwam. Binnen de kortste keren stond hij achter de pannen, en toen is hij naast zijn werk een horecaopleiding gaan volgen. Maar waar komen jullie nou voor?'

'Milans pleegvader is vanavond neergestoken,' zegt Fred. 'Daar willen we het graag even met hem over hebben.'

'Echt waar?' Lennart de Goedes mond valt open. 'Weet hij dat wel? Ja? Daar heeft hij zijn bek niet over opengedaan. Ik zal hem halen, dan neem ik het werk wel van hem over.'

Hij verdwijnt tussen de klapdeuren die naar de keuken leiden, en niet lang daarna komt er een tengere jongeman met sluik bruin haar naar buiten. Terwijl hij zijn handen afdroogt aan zijn buis kijkt hij Lois en Fred vanonder zijn lange pony aan. 'Ja?' zegt hij slechts.

'Milan Huizinga? Ik ben Lois Elzinga van de recherche, dit is mijn collega Fred Klinkenberg. We willen je graag spreken over je pleegvader.' Lois houdt haar legitimatiebewijs omhoog, Fred doet hetzelfde.

'Doe weg die dingen,' zegt Milan gejaagd. 'Wat moeten de gasten wel niet denken?' Zijn blik schiet heen en weer door de zaak, op zoek naar een geschikt plekje om te praten. Uiteindelijk neemt hij hen mee naar een rustig hoekje van het terras.

'Dus Johan Bos is je pleegvader,' opent Lois het gesprek. 'We hebben begrepen dat je niet zo'n goede verstandhouding met hem hebt.'

'Van wie heb je dat?' vraagt Milan op norse toon.

'Van je pleegmoeder. We spraken haar net in het ziekenhuis,' zegt Fred.

'O...' Milans gezicht verzacht. 'Hoe is het met haar? Ze is zich zeker rot geschrokken? Mijn pleegmoeder is nogal snel uit haar doen,' voegt hij er als verklaring aan toe.

'Moest je dan niet even naar haar toe?' vraagt Lois.

Milan maakt een gebaar naar het restaurant, waar de meeste tafels nog bezet zijn. 'Je ziet het, het was druk. Ik kon onmogelijk weg. Bovendien zei Marja dat het niet nodig was, dat hij een oppervlakkige steekwond had.'

'Je pleegvader wordt op dit moment geopereerd aan een klaplong,' zegt Lois.

Daar schrikt Milan zichtbaar van. 'Dat heeft ze niet gezegd.'

'Was je anders wel naar het ziekenhuis gegaan?' vraagt Fred.

'Even misschien. Voor haar.'

'Niet voor je pleegvader?'

'We hebben al een hele tijd geen contact meer.'

'Dat hadden we begrepen. Wat was er aan de hand?'

'Ik denk dat het aan mij lag, dat ik genoeg had van al die hulpverlening. Op een gegeven moment ben je dat gepsychologiseer zat en wil je zelf je leven gaan leiden.'

'Kon je dat niet?'

'Niet met hem in de buurt. Normaal gesproken word je tot je achttiende begeleid, maar Johan bleef zich maar met me bemoeien, ik werd er gek van. Die zachte geitenwollensokkenstem van hem... "Wat denk je nu, Milan? Wat voel je nu, Milan?" Ik had voor mijn achttiende al weg willen gaan.'

'Waarom deed je dat niet?' informeert Fred.

'Omdat Johan toch amper thuis was. Als hij weg was, hadden Marja en ik het heel gezellig. Bij haar had ik voor het eerst het gevoel dat ik ergens thuishoorde. Johan nam ik op de koop toe.'

'Ken je iemand die een reden heeft om je pleegvader neer te steken?' vraagt Lois.

'Nee. Het was een ouwe zeveraar, maar om hem nou neer te steken...'

'Ik neem aan dat er genoeg mensen zijn die kunnen getuigen dat je rond zes uur hier was?' zegt Fred.

Milan knikt.

'We zouden je morgen graag nog even op het bureau willen spreken.'

'Best,' stemt Milan in. 'Maar dat wordt een kort gesprek. Ik heb verder niets te vertellen.'

'Het Victoriepark,' zegt Lois als ze weer in de auto zitten, 'daar is zeker ook geen camerabewaking?'

'Nee,' antwoordt Fred. 'Het valt net buiten het centrum. Al is het wel het soort park waar een paar camera's horen te hangen. Maar ja, dit hè.' Hij wrijft zijn duim en wijsvinger over elkaar om aan te geven dat het een geldkwestie is.

Het Victoriepark is een afgelegen stukje groen waar meer

wordt vernield en geblowd dan gewandeld of gepicknickt. Op het bureau komen regelmatig meldingen binnen van overlast en de zoveelste vernieling van Victorientje.

'Wat gaan we nu doen?' vraagt Lois.

'Naar huis. Het is bijna twaalf uur, ik vind het mooi geweest. Morgen gaan we met Milan praten, hopelijk levert dat wat namen op. Hij kent vast heel wat jongeren die bij Jeugdzorg hebben gelopen. Iets zegt mij dat we het in die hoek moeten zoeken.'

'Maar de andere slachtoffers dan, die hebben niets met Jeugdzorg te maken. Veerle Lemstra, Lilian van Dijk, Nicolette Dekker, ik kan geen verband ontdekken.'

'Er kunnen gevallen tussen zitten die op zichzelf staan. Ik denk dat het goed is om nog eens met Lilian en Veerle te gaan praten, met de kennis die we nu hebben. We leggen hun de namen op jouw lijst voor, vragen of ze ooit iets met Jeugdzorg te maken hebben gehad, we vragen door. Als we goed zitten, moet er iets uitkomen.'

'Dus dat wordt vroeg opstaan morgen.' Lois gaapt achter haar hand. 'Ik wil die slachtoffers zelf spreken, en Milan ook.'

De rest van de autorit verloopt in stilte, en na tien minuten draait Fred de Oudegracht op. 'U bent weer thuis, mevrouw,' zegt hij.

'Vriendelijk dank. Ik zie je morgen.' Lois stapt uit.

'Slaap lekker, meissie. En ga niet liggen malen.'

'Ik zal het proberen.' Ze slaat de hoek om naar de Baangracht, die er stil en spaarzaam verlicht bij ligt. Lois houdt abrupt haar pas in. Staat er nou iemand voor haar deur? Op dit uur?

Ze draait zich om, maar achter haar trekt Fred net op en rijdt weg. Als het geluid van zijn auto is weggestorven, wordt het doodstil om haar heen. Lois begint te lopen, met rustige, nadrukkelijke passen. Haar hakken klikken waarschuwend. De lange, magere figuur die voor haar deur staat kijkt om en slentert weg.

'Hé!' roept Lois.

De man negeert haar en loopt door. Lois versnelt haar pas, de man doet hetzelfde. Aan het einde van het korte grachtje gaat hij het trapje op dat naar de donkere plantsoenen langs de stadssingel leidt. Geen goede plek om een confrontatie aan te gaan.

Lois neemt de eerste treden van het trapje, maar keert dan terug. Waar zou ze die man voor moeten aanhouden? Omdat hij voor haar deur stond?

Toch heeft ze er geen goed gevoel bij. Voordat ze de sleutel in het slot steekt, kijkt ze een paar keer goed om zich heen. Dan gaat ze naar binnen en draait de deur op het nachtslot.

28

Het eerste wat Lois de volgende ochtend doet als ze op het bureau komt, is de namen natrekken van de jongeren die bij Johan en Marja Bos hebben gewoond. Veel bijzonders komt er niet uit. De kinderen van toen zijn nu jongvolwassenen en geen van hen heeft een strafblad. In afwachting van Milans komst zoekt ze ook wat gegevens over hem. Ze verwacht er niet veel van, en is verrast als zijn naam naar voren komt in een moordzaak.

Ze zoekt verder en print alles uit wat ze vindt. Tegen de tijd dat Fred binnenkomt, heeft ze een flink pak papier op tafel liggen.

'Milans vader is vermoord,' zegt ze.

'Ook goedemorgen.' Onverstoorbaar als altijd neemt Fred eerst een bekertje water uit de koeler en loopt dan pas naar haar toe. 'Vermoord, zei je?'

'De hersens ingeslagen in zijn eigen woning.'

'Echt waar? En was onze vriend verdachte?'

Lois bladert in de papieren, al weet ze precies wat erin staat. 'Aanvankelijk wel, maar hij verdween algauw uit beeld. Hij was nog maar twaalf.'

'Een kind van twaalf kan rake klappen uitdelen. Zeker als iemand er niet op bedacht is.'

'Hij zat op school toen het gebeurde,' zegt Lois. 'Toen hij thuiskwam, trof hij zijn vader dood aan. Hij heeft meteen alarm geslagen, had geen bloedspatten op zijn kleding. Niets wees erop dat hij de dader zou zijn.'

'Het is wel de tweede moord, of poging daartoe, waarmee hij in verband gebracht kan worden,' zegt Fred fronsend.

'Beide keren had hij een alibi.'

'Waren er andere verdachten?'

'Genoeg. Koen Huizinga was niet bepaald het type dat snel vrienden maakte. Maar er zijn geen arrestaties verricht en de moord is nooit opgelost.'

Fred staat midden in de recherchekamer met het bekertje water in zijn hand en kijkt peinzend voor zich uit.

'Het zal wel toeval zijn,' zegt hij. 'Maar van dit soort toevalligheden krijg ik altijd jeuk.'

Tegen halfelf meldt Milan zich bij de balie en Lois gaat hem meteen halen. Op zijn hoede zit hij even later tegenover hen, met zijn armen op tafel.

'Ik heb gisteravond alles al verteld,' zegt hij vermoeid. 'Mijn pleegvader is een eikel, maar een messteek... Ik heb geen idee wie dat gedaan heeft en waarom.'

'Echt niet?' zegt Lois.

'Nee, echt niet.'

'Gisteren zei je dat er heel wat jongens waren die niet zo dol waren op je pleegvader. Noem eens een paar namen.'

'Ik bedoelde dat hij veel met probleemgevallen werkte. Dan heb je weleens een conflict.'

'Had hij conflicten met de jongeren die hij in huis had voor crisisopvang?'

'Vast wel, maar dat was voor mijn tijd. Maar dan nog, waarom zou iemand hem na al die jaren nog een mes in de rug willen steken? Als er een conflict was, zou diegene dat toch meteen gedaan hebben? Trouwens, hij kan best andere vijanden hebben. Op de bridgeclub is hij ook niet echt populair. Hij lijkt wel heel sociaal, maar hij kan niet tegen zijn verlies.'

'Ik heb vanochtend je pleegmoeder gebeld en zij heeft ons een aantal namen gegeven van jongens met wie je vroeger omging,' zegt Fred met een blik op een lijstje dat voor hem ligt. 'Jongens die net als jij bij Jeugdzorg liepen.'

'Ja, dus?'

'Die gaan we natrekken. Maar het zou helpen als jij vertelt wat je weet.'

'Ik weet niks, man. Dat zeg ik toch net. En als ik iets wist, zou ik het niet vertellen. Ik ben geen matennaaier.'

'Je pleegvader is neergestoken en ligt op de intensive care,' zegt Fred geërgerd. 'Ik weet dat je hem niet mag, maar dit heeft hij ook niet verdiend.'

Onverschillig haalt Milan zijn schouders op.

'Misschien kan je pleegvader je niets schelen,' zegt Lois, 'maar er zijn ook andere slachtoffers gevallen. Misschien komen er nog wel een paar bij. Als je ons een handje helpt, kunnen we dat voorkomen.'

Zonder een spier te vertrekken kijkt Milan haar aan. Secondelang houden hun ogen elkaar vast, tot er iets van emotie over zijn gezicht trekt. Lois wacht af. Milan kijkt van haar weg en al die tijd zeggen Lois en Fred niets. Soms is stilte een beter pressiemiddel om iemand aan het praten te krijgen dan een eindeloze reeks vragen.

Net als Lois het gevoel krijgt dat het deze keer niet gaat lukken, draait Milan zijn gezicht naar haar toe. 'Luister,' zegt hij. 'Ik had geen vrienden, oké. Er waren wel jongens met wie ik rondhing, maar ik vertelde niks over mezelf en dat deden zij ook niet.'

'Waarom niet?'

'Waarom niet? Omdat we er geen behoefte aan hadden om over onszelf te praten. Omdat onze jeugd niet zulke leuke herinneringen naar boven bracht.' Met een verbeten gezicht kijkt Milan naar de snijwonden aan zijn vingers. 'Mijn vader sloeg de *shit out of me* toen ik klein was. En nog lang daarna ook. Niemand deed er een flikker aan. Terwijl het toch heel wat mensen moet zijn opgevallen dat ik altijd met blauwe plekken of in het gips rondliep.'

'Je vader is geen natuurlijke dood gestorven.' Fred tikt met zijn vinger op het dossier dat voor hem ligt.

'Ik dacht wel dat jullie daarover zouden beginnen,' zegt Milan vermoeid. 'Nee, inderdaad, mijn vader is geen natuurlijke dood gestorven. Iemand heeft hem een klap op zijn kop gegeven.'

'Heb jij dat gedaan?'

'Nee, natuurlijk niet. Ik was twaalf.'

'Dan kun je best iemand een klap op zijn kop geven,' merkt Lois op.

'Dat had ik ook wel willen doen, maar ik heb het niet gedaan,' zegt Milan met nadruk.

'Enig idee wie dan wel?'

'Nee. Toen ik thuiskwam lag hij languit in de woonkamer, in een plas bloed. Er was niemand te zien. Mijn moeder was bij haar zus in Amersfoort. Ik heb één blik op mijn vader geworpen en ben toen schreeuwend de straat op gerend. Een voorbijganger ving me op en belde de politie.'

'Er waren geen sporen van braak, dus je vader heeft de dader zelf binnengelaten.'

Milan schudt zijn hoofd. 'De achterdeur stond open. Iedereen kon zo naar binnen wandelen.'

Lois knikt een paar keer terwijl ze het dossier doorbladert. 'Hoeveel mensen wisten dat je vader jou sloeg?'

'Geen idee. Mijn moeder was bang voor hem en dekte hem tegenover de buren en familie. Ik was gewoon een wild kind dat steeds wat opliep tijdens het spelen.'

'Maar je bent toch bij Jeugdzorg terechtgekomen.'

'Pas toen ik twaalf was. Toen was ik mijn hele kindertijd al geslagen. Ik denk dat niemand wist wat zich bij ons thuis afspeelde. Ik vertelde niets. Waarom weet ik niet, maar ik hield mijn mond.'

Lois knikt begripvol. Van haar collega's bij Jeugdzaken heeft ze gehoord dat dat vaker voorkomt bij mishandelde kinderen. Trouw tot op het bot aan ouders die hun loyaliteit niet waard zijn.

Er valt een stilte die ze niet van plan is te verbreken, hoe lang hij ook duurt. Ze staren allemaal voor zich uit, naar de muur of naar het tafelblad. Toch hangt er geen spanning. Het is alsof ze alle drie met hun gedachten ergens anders zijn.

'Was dat het?' vraagt Milan uiteindelijk. 'Ik moet zo naar mijn werk.'

29

Het is lunchtijd, maar veel tijd om te eten krijgen Lois en Fred niet. Terwijl ze een broodje gezond naar binnen werken, bespreken ze het verhoor van Milan.

'Een vreemde vogel,' vindt Fred. 'Hij houdt iets achter, ik zie het aan hem.'

'Zou hij weten wie we moeten hebben?'

'Het zou me niet verbazen.' Zodra hij de laatste hap van zijn broodje heeft genomen, staat Fred op. Lois neemt nog snel een slok thee en volgt haar collega de gang in en de trap af.

'Tijd voor actie,' zegt Fred.

'Heb je de adressen van de slachtoffers?' vraagt Lois terwijl ze de buitendeur openduwt.

'Ja, en de lijst met mogelijke verdachten. Misschien dat iemand een van die jongens herkent.' Met grote stappen loopt Fred naar de auto. Binnen is het bloedheet.

'Houdt dit nog een keer op?' kreunt Lois terwijl ze gaat zitten. 'Ik hou van de zomer, maar elke dag meer dan dertig graden is te erg als je moet werken.'

'Van mij hoeft het ook niet.' Fred veegt met de mouw van zijn overhemd een laagje zweet van zijn bovenlip. 'Goed, het eerste adres. Waar gaan we naartoe?'

'Veerle Lemstra,' zegt Lois. 'Ik ben benieuwd hoe het met haar is. Vondelstraat 49, rijden maar.'

Fred voert het adres in in de navigatie en ze rijden weg.

'Erg hè, voor die jongen. Wat bezielt ouders om hun kinderen zo te slaan?' Lois kijkt door het zijraampje naar buiten en slaakt een zucht.

'Tja, we hebben niet allemaal de zegen van een gelukkige jeugd.' Ze rijden een tijdje in stilte voort, dan zegt Fred: 'Je weet dat ik informatie over je vader heb, hè?'

'Ja.'

'Ben je daar niet nieuwsgierig naar?'

'Ja, maar wat heb ik eraan? Mijn vader is weggegaan toen ik veertien was en nu ben ik eenendertig. Al die tijd heb ik niets van hem gehoord. Stel dat hij hertrouwd is en een nieuw gezin heeft. Wil ik dat wel weten?'

'En als hij geen nieuw gezin heeft?'

Lois kijkt van opzij naar hem. 'Is dat zo?'

'Jij wilde geen informatie,' zegt Fred schouderophalend.

'Dit mag je me wel vertellen.'

'Oké, hij woont alleen.'

Het is alsof Lois een tik in haar gezicht krijgt. Als dit kleine brokje informatie haar al zo'n schok bezorgt, hoe moet het dan als ze meer details te weten komt? Ze zou zich niet kunnen inhouden om naar haar vader op zoek te gaan. En dat zou betekenen dat ze hem heeft vergeven en contact wil. Zover is ze nog lang niet.

Om haar gedachten te verzetten bestudeert Lois de lijst met mogelijke verdachten nog maar eens. Een van hen komt haar bekend voor. Ze bekijkt de foto aandachtig, maar heeft geen idee waar of wanneer ze hem is tegengekomen.

'Ik ken hem,' zegt ze, terwijl ze op het fotootje tikt. 'Maar waarvan?'

Fred werpt een blik op het papier in haar hand. 'Wilco Gardenier? Is het soms een oude bekende van ons?'

'Nee, dat niet. En toch komt hij me heel bekend voor. Vreemd.' Lois blijft erover peinzen, maar ze komt er niet uit.

Pas als Fred de Vondelstraat in rijdt en de navigatie hun vertelt dat ze hun bestemming hebben bereikt, laat ze het los.

Veerle Lemstra woont in een klein maar gezellig appartement, dat ze met lichte kleuren heeft ingericht. Op de grond ligt een wit kleed, de meubels zijn eveneens wit en steken mooi af tegen de lichtgrijs geverfde muren.

'Leuk huis,' zegt Lois waarderend als Veerle hen binnenlaat.

'Dank je. Ik woon hier nu een jaar.' Veerle gebaart naar de bank. Haar bewegingen hebben iets moeizaams.

'Hoe gaat het met je?' vraagt Lois bezorgd. 'Die wond zal wel pijn doen.'

'Heel erg,' bevestigt Veerle terwijl ze zich voorzichtig op de bank laat zakken. 'Hij is vrij diep en geneest langzaam. Voorlopig kan ik nog niet aan het werk. Ik werk op een kinderdagverblijf,' voegt ze eraan toe.

'Heb je Slachtofferhulp ingeschakeld?'

Veerle knikt. 'Maar evengoed durf ik bijna de deur niet uit. Ik loop voortdurend over mijn schouder te kijken,' zegt ze met een nerveus lachje. 'Ik slaap ook slecht.'

'Dat begrijp ik. Het is niet niks als zoiets je overkomt,' zegt Lois meelevend. 'Veerle, we willen graag nog even met je praten. We hebben een aantal mogelijke verdachten op het oog die we aan je willen voorleggen. Zegt de naam Milan Huizinga je iets?'

Veerle denkt na en schudt langzaam haar hoofd. 'Nee. Zou dat moeten?'

'We controleren het alleen. En Wilco Gardenier?' Het is een schot voor de boeg, maar ook die naam roept geen herkenning bij Veerle op.

'Heb je ooit iets te maken gehad met Bureau Jeugdzorg? Privé of voor je werk?' vraagt Fred.

'Nee, nooit.'

'Ken je iemand die begeleid is door Jeugdzorg? Iemand van vroeger misschien?'

'Het spijt me.' Veerle maakt een machteloos gebaar. 'Ik weet niet waar jullie naartoe willen. Ik heb niets met Jeugdzorg te maken. Hoezo?'

'Als je iets te binnen schiet, ook al is het maar iets kleins, bel ons dan.' Fred legt zijn kaartje op tafel.

'Dat zal ik doen,' belooft Veerle, maar het klinkt niet hoopgevend.

'Lilian van Dijk,' zegt Fred als ze weer in de auto zitten. Hij houdt het lijstje vlak voor zijn ogen om het adres te kunnen lezen en voert de straat in. 'De Valkenierstraat in 't Rak. Dat is niet ver van het winkelcentrum waar ze is neergestoken.'

Ze rijden dwars door Alkmaar naar de andere kant van de stad. 't Rak is een mooi wijkje aan een park, met vrijstaande huizen met puntdaken.

'Leuke buurt,' zegt Lois terwijl ze uitstapt. Ze zou zelf niet buiten het stadscentrum willen wonen, maar deze omgeving bevalt haar wel.

Fred is al op weg naar de voordeur. 'Ik hoop dat ze thuis is,' zegt hij met zijn vinger op de deurbel.

Het duurt even voor er geluid klinkt in het huis, dan komt er iemand naar de voordeur lopen. Een blonde vrouw van eind veertig doet open, zongebruind, gekleed in een witte rok en een blauw topje. Vragend kijkt ze om het hoekje van de deur.

'Mevrouw Van Dijk? Ik ben Fred Klinkenberg van de recherche, dit is mijn collega Lois Elzinga. Wij zouden graag met u willen praten als het schikt,' zegt Fred.

'O,' zegt Lilian verschrikt. 'Is er iets gebeurd? Toch niet met mijn kinderen?'

'Nee,' stelt Lois haar snel gerust. 'We zijn hier in verband met de steekpartij van een tijdje geleden.'

'Is daar nieuws over?' Lilian doet de deur wat verder open. 'Komt u maar mee naar achteren, ik zat net in de tuin. Wilt u iets drinken? Ik heb een kan limonade met ijsblokjes.'

Ze willen allebei graag iets drinken. Lilian neemt de kan mee de tuin in, en wijst naar een paar stoelen met dikke kussens. 'Gaat u zitten. Ik haal even de glazen.'

Als ze terugkomt en zich geïnstalleerd heeft, kijkt ze Lois en Fred beurtelings afwachtend aan.

Fred wil meteen van wal steken, maar Lois is hem voor. 'Hoe gaat het met u?' vraagt ze. 'Het moet heel pijnlijk zijn, zo'n steekwond.'

'Ja,' beaamt Lilian. 'Ik heb er nog weken last van gehad. De punt van het mes had mijn long geraakt, dus ik ben een tijdlang uit de running geweest. Gelukkig gaat het nu weer beter.'

'Maar u werkt nog niet?' vraagt Fred.

'Ik ben huisvrouw. Ik zorg voor mijn drie zonen, het huis, de tuin en zo.' Ze wappert met haar hand. 'De eerste tijd heb ik wel een hulp moeten nemen, maar nu doe ik alles weer zelf.'

'De tuin is prachtig.' Met een kennersblik kijkt Fred naar de bloemperken en het gemaaide gazon. 'Complimenten.'

Lilian van Dijk lacht stralend.

Lois buigt zich naar haar toe. 'Mevrouw Van Dijk, kunt u een beschrijving geven van de dader?'

Meer dan een vluchtige blik heeft Lilian niet voor haar over. 'Nee, ik heb niemand gezien. Ik was bezig mijn boodschappen in de auto te zetten en stond over de kofferbak gebogen. Ik hoorde voetstappen achter me en het volgende moment voelde ik een helse pijn. Toen ben ik in elkaar gezakt.'

'U hebt de dader niet zien wegrennen?'

'Nee, ik lag op de grond met mijn ogen dicht, zoveel pijn had ik. Ik kreeg bijna geen lucht. En er was niemand in de buurt om me te helpen. Ik kon nog net mijn telefoon uit mijn tas halen en 112 bellen. Praten ging al niet meer, ik kreunde maar wat. Maar ze hebben me toch vrij snel gevonden.'

'Gelukkig maar,' zegt Lois. 'Ik ga u wat namen voorlezen. Wilt u het zeggen als u er een van kent?'

Terwijl ze de namen begint op te sommen, voelt ze Freds afkeurende blik. Ze weet dat het niet mag, dat ze de privacy schendt van personen van wie nog niet is vastgesteld dat ze bij de misdaad zijn betrokken, maar het enige wat ze voor zich ziet is het levenloze lichaam van Nicolette Dekker.

'Lois,' zegt Fred, terwijl ze de namen blijft opnoemen, en hij kucht achter zijn hand.

'... en Wilco Gardenier,' besluit Lois.

'Ja, die naam ken ik,' zegt Lilian opeens.

Lois schuift naar voren op haar stoel.

'Waar kent u hem van?' Ook Fred is meteen alert.

'De naam komt me bekend voor, maar ik weet even niet waarvan.' Lilian fronst haar tot smalle boogjes geëpileerde wenkbrauwen. 'Hè, wat vervelend nou.' Opeens zet ze grote ogen op. 'Heeft Wilco het soms gedaan?'

'Dat hoeft niet,' haast Lois zich te zeggen. 'Maar het zou wel fijn zijn als u zich kon herinneren waar u hem van kent.'

'Ik zou het graag willen, maar ik heb geen idee. Het moet iemand van vroeger zijn. Kunt u iets meer over hem vertellen?'

'We hoopten dat u dat kon.'

Aandachtig richt Lilian haar blik op de blauwe lucht, maar na een lange stilte schudt ze haar hoofd. 'Ik weet het niet. Misschien schiet het me later te binnen.'

‘Iemand van vroeger?’ moedigt Fred aan.

‘Ik ben achtenveertig,’ helpt Lilian hem herinneren. ‘Als ik alle namen en gezichten moest onthouden van mensen die ik ooit heb ontmoet, zou ik dol worden.’

‘Wat deed u voor u kinderen kreeg? Hebt u ooit gewerkt?’

‘Ja, ik was kapster. Daar ben ik mee gestopt toen de oudste werd geboren.’

‘Hebt u ooit iets te maken gehad met Bureau Jeugdzorg?’ vraagt Lois.

‘Jeugdzorg? Nee, hoezo? Mijn jongens deden het prima, ik heb nooit hulp nodig gehad bij hun opvoeding,’ zegt Lilian met iets verontwaardigds in haar stem.

Ontmoedigd leunt Lois naar achteren. Net als ze willen opstaan, zegt de vrouw opeens: ‘Ach, natuurlijk. Nu weet ik het weer. Wilco woonde vroeger naast ons. Hij was mijn buurjongetje.’

30

Verrast wisselen Lois en Fred een blik, dan kijken ze weer naar Lilian. Ze is duidelijk benieuwd waarom de politie geïnteresseerd is in haar vroegere buurjongetje.

'Ik was het even kwijt,' zegt ze, 'maar ik kan me Wilco nog goed herinneren. Een mager, nerveus joch. Een druktemaker, kon om niets door het lint gaan. Zijn ouders hadden heel wat met hem te stellen.'

'Gingen jullie met elkaar om?' Lois moet zich beheersen om het gesprek rustig te vervolgen.

'Ja, natuurlijk. We waren buren. Niet dat we bij elkaar over de vloer kwamen, we spraken elkaar over de schutting.' Lilian aarzelt even. 'Dat waren niet altijd leuke gesprekken, als ik eerlijk ben. Ik denk dat ze me wel vervelend gevonden hebben, want ik moest ze voortdurend aanspreken op het gedrag van hun zoon.'

'Hoezo?' vraagt Fred.

'Omdat het een irritant joch was. Altijd lawaai maken. Zat ik net lekker buiten te lezen, ging hij in hun tuin rondjes rennen en schreeuwen. Als ik dan vroeg of hij wat zachter kon doen, schreeuwde hij nog harder. Of hij gooide ballen tegen de muur. De hele tijd dat gebonk, ik werd er gek van.' Ze zwijgt even, denkt na. 'Zijn moeder kwam een keer bij me langs om uit te leggen dat Wilco autistisch was en ADHD had. Dat verklaarde veel, maar veranderde niets aan de situatie. Ik bleef last van hem hebben. Hij kon er dan wel niets aan doen, maar ik zat ermee.'

'Bent u om hem verhuisd?' vraagt Lois.

'Mede om hem. De buurt stond me sowieso niet aan.'

'Hebt u nooit de indruk gekregen dat er in dat gezin iets aan de hand was?'

'Zoals?' Lilian kijkt haar niet-begrijpend aan.

'Hoe gingen de ouders van Wilco met hun zoon om?'

'Hardhandig,' zegt Lilian. 'Bedoelt u dat? Ze pakten hem flink aan en dat was ook wel nodig.'

'Wat verstaat u onder hard aanpakken?'

'Gewoon, door elkaar schudden, een schop onder zijn kont geven. Heeft mijn man ook weleens gedaan bij onze jongens en daar zijn ze niet slechter van geworden.'

'Er is een verschil tussen een corrigerende tik en mishandeling,' zegt Fred geduldig. 'U had niet het idee dat het bij Wilco thuis uit de hand liep?'

'Nee, eigenlijk niet. Er werd wel veel geschreeuwd, maar dat kon ik me voorstellen. Ik bedoel, je zou maar zo'n kind hebben.'

Lois en Fred zeggen niets, kijken elkaar zelfs niet aan.

'Was hij enig kind?' vraagt Lois.

'Nee, hij had een ouder zusje.'

'Wat kunt u over haar vertellen?'

'Dat was een schat van een meisje. Rustig, lief, precies zoals je je een dochter voorstelt. Wel een beetje schuw. Ze leek altijd te schrikken als ik haar aansprak. Een lief kind, maar wel een beetje typisch. Maar ja, dat hele gezin was vreemd.' Kordaat klapt Lilian in haar handen, alsof ze daarmee het gesprek wil beëindigen.

Lois gaat gewoon door. 'Bent u Wilco na uw verhuizing nog weleens tegengekomen?'

'Nee,' zegt Lilian gedecideerd. 'Ik heb hem nooit meer gezien.' Het onuitgesproken 'gelukkig niet' is duidelijk hoorbaar achter die zin. 'Denkt u dat Wilco mij heeft neergestoken? Dat slaat nergens op. De laatste keer dat ik hem zag was hij acht!'

'We zeggen niet dat hij het is geweest, we onderzoeken het alleen.' Fred haalt een kaartje uit de zak van zijn overhemd. 'Mocht u zich nog iets herinneren, wilt u dan contact met ons opnemen?'

'Waarom deed je dat in vredesnaam, al die namen opnoemen?' zegt Fred geërgerd als ze buiten staan. 'Dat kan toch niet?'

'Maar het leverde wel wat op.'

'En hoe ga je dat verantwoorden?'

'Daar bedenken we wel wat op.'

'We? Hou mij erbuiten, ik heb die namen niet opgenoemd. Sterker nog, ik probeerde je tegen te houden, maar je luisterde niet.'

'Om eerlijk te zijn, Fred, interesseert de privacy van die gasten me geen reet. Weet je wat mij interesseert? Wie Nicolette Dekker heeft vermoord, wie Veerle Lemstra en de anderen met een mes heeft gestoken. Dáár ligt mijn prioriteit, niet bij een zootje criminelen. Want criminelen zijn het, anders stonden ze niet op mijn lijst.'

Nijdig stapt ze op de auto af en rukt het portier open.

'Ik zal maar doen alsof ik dat niet heb gehoord,' zegt Fred, al even nijdig, terwijl hij instapt. Even hangt er een gespannen sfeer tussen hen, maar ze hebben te veel werk om te ruziën. Lois bestudeert de gegevens op haar lijst.

'Wilco Gardenier, zesentwintig jaar, betrokken geweest bij een steekpartij met dodelijke afloop na een voetbalwedstrijd. Bekend bij de Raad voor de Kinderbescherming en Bureau Jeugdzorg. Lijdt aan autisme en instabiel zelfbeeld,' leest ze hardop voor, en ze kijkt opzij naar Fred. 'Als hij bekend is bij justitie, moeten we zijn vingerafdrukken hebben. Misschien kunnen we hem linken aan de plaats delict.'

'We hebben geen moordwapen, dus ook geen vingerafdrukken.' Fred belt het bureau om het adres van Wilco Gardenier op te vragen. 'Oké, ik heb het,' zegt hij. 'We gaan eropaf.'

'Waar woont hij?' vraagt Lois.

'In de Maasstraat. Weet je waar dat is?'

'In de Oudorperpolder.'

Ze zijn niet ver van die wijk vandaan, en binnen tien minuten parkeren ze in de Maasstraat. Die staat vol met hoge grijze flats.

'Hopelijk is onze vriend Wilco thuis.' Fred loopt naar de centrale hal en Lois volgt hem.

'Praten we hier met hem of nemen we hem mee naar het bureau?'

'We nemen hem mee. Dan kunnen we zijn verklaring meteen optekenen en DNA van hem afnemen.'

De centrale hal is afgesloten, maar er komt net een bewoner naar buiten die de deur voor hen openhoudt. Ze zoeken Wilco's naam op de muur met postvakjes en Fred drukt op de bel. Niemand meldt zich. Na een paar keer bellen en een paar minuten wachten, kijken ze elkaar aan.

'Helaas,' zegt Fred. 'Het zou ook te mooi zijn. Nou ja, dan gaan we terug naar het bureau en trekken we die jongen daar verder na.'

Onderweg moet Lois opeens denken aan de informatie die Fred over haar vader heeft. Wat zou dat kunnen zijn? Als hij in het politiebestand staat, is haar vader in aanraking geweest met justitie. Dat kan iets ernstigs zijn, maar ook een niet-betaalde parkeerbon.

Ze zucht. Had ze maar niets gevraagd, nu is ze er toch mee bezig.

Terwijl Fred de auto achter het bureau parkeert, zegt ze: 'Weet je wat, geef me die map over mijn vader maar. Dan zie ik wel wanneer ik ernaar kijk.'

'Goed. Wat jij wilt.' Fred kijkt opzij. 'Ik denk dat je er verstandig aan doet, Lois. Je kunt niet je hele leven weglopen voor dit soort dingen. Er komt een tijd dat je de confrontatie moet aangaan. Niet zozeer voor je vader, maar voor jezelf. Om al dat oude zeer achter je te laten.'

'Sinds wanneer ben jij psycholoog? Ik heb gezegd dat ik die map wil hebben, niet dat ik er onmiddellijk in ga kijken.'

'Ik beschouw het als een stap in de goede richting. Een hele grote stap.'

'Misschien gooi ik hem wel weg.'

'Nee,' zegt Fred stellig. 'Dat doe je niet.'

31

Voorlopig heeft Lois niet eens tijd om de informatie over haar vader te bekijken. Het dossier van Wilco Gardenier eist haar volledige aandacht op.

De jongen heeft een problematische jeugd gehad. Als kind is hij vanwege mishandeling door beide ouders uit huis geplaatst en in een kindertehuis terechtgekomen. Op zijn zestiende heeft hij in een woedeaanval iemand neergestoken na een ruzie in de kroeg. De wond was niet diep en de kinderrechter gaf hem een taakstraf. Twee jaar later ging hij weer de fout in en werd hij veroordeeld wegens inbraak. Nadat hij zijn gevangenisstraf had uitgezeten, hield hij zich een tijdje rustig, maar na zijn twintigste is hij nog een paar keer de fout in gegaan. Tegenwoordig werkt hij bij de huisvuilverbranding in Alkmaar en lijkt hij een wat stabieler leven te leiden.

Lois staart naar de foto van Wilco op haar computerscherm. 'Waarom komt die jongen me zo bekend voor?' vraagt ze zich hardop af. 'Ik dacht dat ik een goed geheugen had, maar ik kan er niet op komen.'

'Misschien ben je hem een keer tegengekomen. In de kroeg of op straat,' zegt Claudien, die tegenover haar zit.

'Dat moet wel. Ik heb hem in ieder geval niet tegenover me gehad op het bureau, dat zou geregistreerd staan.' Vermoeid leunt Lois naar achteren. Ze rommelt wat in haar tas en haalt er een half geplette banaan uit. Met een vies gezicht kijkt ze ernaar en gooit hem in de prullenbak.

Daarna pakt ze de telefoon van haar bureau. Na een kort gesprek weet ze dat Wilco Gardenier inderdaad in dienst was bij de huisvuilcentrale, maar dat hij onlangs zijn baan is kwijtgeraakt. En dus belt Lois het UWV, waar Wilco ingeschreven staat, maar waar ze hem nog niet aan een nieuwe betrekking hebben kunnen helpen.

Silvan, van de afdeling Digitale Recherche, komt vertellen dat Wilco niet te vinden is op social media, zelfs niet op Facebook.

'Mensen die iets te verbergen hebben, zijn daar uiterst voorzichtig mee,' zegt hij. 'Ze weten natuurlijk best dat we daar als eerste naar kijken.'

'Hij kan zo voorzichtig zijn als hij wil, vroeg of laat krijgen we hem te pakken,' zegt Ramon, met zijn handen in zijn zij. 'We hebben een goed signalement van die jongen. En dat huis van hem gaat onder observatie.'

'Kijk nou eens,' zegt Lois, haar ogen nog steeds strak gericht op het beeldscherm van haar computer. 'Raad eens hoe Wilco's zus heet?' Ze kijkt naar Jessica, die erbij is komen staan.

'Marjet Gardenier,' zegt ze. 'Dus?'

'Sinds haar huwelijk heet ze Westra. Marjet Westra. Je hebt een barbie gerepareerd van een van haar dochtertjes.'

Een trek van herkenning glijdt over Jessica's gezicht. 'Vlinder en Bloem.'

Lois knikt. 'Vandaar dat Wilco me bekend voorkwam. Ik heb een foto van hem zien staan op het dressoir in de woonkamer.' Ze kijkt op naar haar baas. 'We hebben Marjet Gardenier dinsdag gehoord in verband met de dood van Nicolette Dekker.'

Het hele team komt erbij staan, blij met deze onverwachte doorbraak.

'Haal die vrouw op,' zegt Ramon. 'Onmiddellijk.'

Een klein uur later zit Marjet tegenover Lois en Fred in de verhoorkamer. De ruimte achter het doorkijkraam is niet groot, maar Lois weet dat een groot deel van het rechercheteam zich daar heeft opgesteld om het gesprek te volgen. Ze voelt de spanning door het glas heen, ze merkt het aan haar licht verhoogde hartslag en de gretigheid waarmee ze aan het verhoor wil beginnen. Ze haalt een paar keer diep adem, dwingt zichzelf rustig te blijven en laat de opening aan Fred over. Onverstoorbaar als altijd zet hij de opnameapparatuur aan en kijkt op.

'U begrijpt vast wel waarom we u hiernaartoe hebben laten komen, mevrouw Westra,' zegt hij. 'We zijn op zoek naar uw broer, Wilco. Ik heb van mijn collega's die u opgehaald hebben begrepen dat u niet weet waar hij uithangt.'

'Nee, inderdaad.' Onrustig speelt Marjet met de rits van haar tas. 'Als hij niet thuis is, zou ik het niet weten.'

'Bij vrienden of familie?' oppert Fred.

'We hebben niet zoveel familie. In ieder geval niemand met wie we regelmatig contact hebben. En zijn vrienden ken ik niet.'

'Niet een?' zegt Lois met opgetrokken wenkbrauwen.

'Wilco heeft niet veel vrienden. Hij is nogal een einzelgänger, altijd al geweest.'

'Hij gaat toch weleens uit? Of zit hij altijd alleen thuis?'

'Vaak wel,' zegt Marjet. 'Af en toe gaat hij naar de kroeg, maar of hij dan met iemand afspreekt weet ik niet.'

'Welke kroeg?' informeert Fred.

Opnieuw moet Marjet het antwoord schuldig blijven. Hulpeloos haalt ze haar schouders op. 'Ik zou het u echt wel vertellen, maar ik heb geen idee. Volgens mij heeft hij geen voorkeur voor een bepaalde kroeg, gaat hij dan weer hier- en dan weer daarheen.'

Fred leunt naar achteren en kijkt Marjet aan. 'Vertelt u

eens iets over uw broer. We hebben wel wat informatie over hem, maar ik zou graag uit uw mond willen horen wat voor jongen, of man, hij is.'

'U zegt het goed, hoor.' Marjet glimlacht mismoedig. 'Eigenlijk is Wilco nog maar een jongen, al is hij zesentwintig. Hij heeft een lichte vorm van autisme, waardoor hij de wereld om hem heen niet helemaal begrijpt. Tegenwoordig gaat het best goed met hem, maar vroeger heeft hij het erg moeilijk gehad.'

'Als kind, bedoel je?' vraagt Lois, die wat makkelijker tutoyeert dan haar collega.

Marjet knikt. 'We hebben geen makkelijke jeugd gehad. Mijn vader had geen idee hoe hij met Wilco moest omgaan. Autisme, dat zei hem helemaal niets. In zijn ogen was Wilco een brutale, onhandelbare lastpak, en dat zou hij er wel uit slaan.' Marjet zwijgt, gaat dan met zachte stem verder. 'Ik stond ertussen. Mijn moeder greep nooit in, die werd ook gek van Wilco en sloeg hem ook, dus ik was zijn buffer. Hoe vaak ik niet tussen mijn broertje en mijn ouders in gesprongen ben weet ik niet meer, maar daardoor heb ik heel wat klappen opgevangen die niet voor mij bedoeld waren.' Ze zwijgt weer en knippert met haar ogen, waar een waas over ligt. 'Het was moeilijk,' gaat ze door. 'Wilco is twee jaar jonger dan ik, mijn kleine broertje, maar ik was zelf ook nog klein. Ik probeerde hem te beschermen, maar dat kon ik niet. Als hij weer eens een pak slaag had gekregen, kroop hij 's nachts bij mij in bed en sliep hij in mijn armen. Pas toen ik wat ouder was, een jaar of veertien, besefte ik dat ik hulp kon inroepen. Ik zag op tv iets over de kindertelefoon en die heb ik in een opwelling gebeld. Uiteindelijk zijn Wilco en ik uit huis geplaatst. Wilco kwam in een kindertehuis terecht, ik in een pleeggezin.' Ze veegt een traan uit haar ooghoek. 'Daar heb ik het wel goed gehad, hoor. Wilco minder, maar het was onmogelijk om hem in een gewoon gezin te plaatsen. Hij vertoonde agressief gedrag naar andere kinderen. Het ging ook een tijdje helemaal mis met hem. Criminaliteit, vechten, dat soort dingen. Maar goed, hij heeft alle begeleiding gekregen die maar mogelijk was en de laatste jaren gaat het steeds beter met hem.'

'In welk tehuis heeft je broer gezeten?' Over tafel schuift Lois een doos tissues naar Marjet toe, waar ze er dankbaar een uit haalt.

'In een tehuis van Parlan,' zegt ze. 'Daar is hij heel goed opgevangen.'

'Heeft hij er vrienden gemaakt?'

Marjet schudt het hoofd. 'Als hij met een van hen contact was blijven houden, zou ik dat geweten hebben. Wilco was eigenlijk altijd alleen. Als hij gezelschap wilde, kwam hij naar mij.'

Fred knikt om aan te geven dat hij het begrijpt. 'Lilian van Dijk. Dat was jullie buurvrouw, toch?'

Verbaasd knikt Marjet. 'Toen we klein waren. Basisschoolleeftijd, zeg maar.'

'Later niet meer?'

'Nee, toen verhuisde ze.'

'Hadden jullie goed contact met haar?'

'Niet echt. Mijn ouders gingen nauwelijks met de buren om. We kregen weleens snoep van Lilian, maar verder kan ik me niet veel van haar herinneren.'

Fred schakelt over op een ander onderwerp.

'Toen uw broer zeventien was, is er een akkefietje geweest met een steekpartij,' zegt hij met zijn blik op zijn papieren gericht.

'Dat was een misverstand,' zegt Marjet meteen. 'Wilco werd uitgelokt en toen werd het vechten. Er is niet veel nodig om Wilco over de rooie te krijgen. Sommige mensen hebben daar lol in,' voegt ze er bitter aan toe.

'Dat is waar,' zegt Lois met een begripvol knikje. 'Zeker als ze nog wat drank in iemand gieten, dat zien we wel vaker. Wordt Wilco snel agressief?'

Marjet bet haar ogen en laat haar hand met het zakdoekje erin op tafel rusten. 'Alleen als je hem jent of ophitst. Dan gaat hij door het lint. Maar ik zie niet in wat dat te maken heeft met Lilian.'

Lois eigenlijk ook niet. Het is om moedeloos van te worden. Wat ze ook ontdekken, het is nooit genoeg om een doorbraak te creëren.

'Had je zelf weleens ruzie met je broer?' vraagt ze.

'Zover laat ik het nooit komen. Ik heb wel pittige discussies met hem gevoerd, maar daar werd hij alleen onrustig van, niet agressief.'

'Wat voor discussies?'

'De laatste ging over zijn werk. Hij had eindelijk, na jaren werkloos te zijn geweest, een baan gevonden bij de huisvuilcentrale hier in Alkmaar, en toen werd hij ontslagen. Ik belde zijn baas op om te vragen of er iets gebeurd was, en toen bleek Wilco regelmatig te laat te komen. Toen was ik wel kwaad op hem, ja.'

Fred kucht achter zijn hand en recht zijn rug. 'Mevrouw Westra, wanneer hebt u uw broer voor het laatst gezien?' vraagt hij op zakelijke toon.

Nadenkend kijkt Marjet voor zich uit. 'Ik weet het niet precies. Vorige week of zo.'

'Niet deze week nog? Dinsdag bijvoorbeeld?'

'Nee, dinsdag ben ik de hele dag alleen thuis geweest met Vlinder en Bloem. Mijn kinderen,' voegt ze eraan toe als Fred haar verbaasd aankijkt.

'Weet u dat zeker?' dringt Fred aan.

'Ja, natuurlijk. Dat is maar een paar dagen geleden, dat

weet ik echt nog wel. En ik weet waarom u dat vraagt. U denkt dat Wilco Nicolette heeft neergestoken, toch?'

Zowel Lois als Fred kijkt terug zonder iets te zeggen. Na een tiental seconden zegt Fred: 'Zou hij daar een reden voor hebben gehad?'

'Nee, natuurlijk niet. Hij kende Nicolette niet eens. Trouwens, hij was op dat moment niet in de buurt.'

'Waar was hij dan?' vraagt Lois meteen.

Marjets blik krijgt iets behoedzaams. 'Thuis,' zegt ze. 'We hadden net gebeld en hij zei dat hij thuis een dvd aan het kijken was.'

'Belde hij met een vaste telefoon?'

Marjets mond verstrakt. 'Nee, met zijn mobieltje.'

'Dus hij kan overal vandaan gebeld hebben.'

'Waarom zou hij mij bellen en zeggen dat hij thuis zat, terwijl dat niet zo was?' reageert Marjet fel.

Weer kijken Lois en Fred haar alleen maar aan. Marjet plant haar ellebogen op tafel, en haar boosheid maakt plaats voor vertwijfeling.

'Hij kende Nicolette niet eens,' herhaalt ze. 'Waarom zou hij haar willen neersteken?'

'Ze heeft gelijk,' zegt Lois als Marjet het politiebureau heeft verlaten. 'Waarom, dat is de grote vraag. Waarom zou Wilco Gardenier na achttien jaar zijn buurvrouw neersteken? Hetzelfde geldt voor Nicolette Dekker. Het is niet logisch.'

'Wraak,' oppert Claudien. 'Misschien heeft die buurvrouw hem iets geflikt.'

Ze staan bij elkaar in de recherchekamer, met een team van vijftien man sterk. De rest is op pad, naar de huisvuilcentrale en naar de kroegen op het Waagplein en de Platstenenbrug, om vragen te stellen over Wilco. Jessica is met Stichting Parlan aan het bellen om erachter te komen wie er in dezelfde tijd als Wilco in het tehuis hebben gezeten.

'Hij was acht,' helpt Lois Claudien herinneren. 'Wat kan Lilian gedaan hebben dat hij het na achttien jaar nodig vindt om een mes in haar rug te steken?'

'Misschien is hij haar onlangs tegengekomen. Is er toen iets gebeurd.'

'En Nicolette?' vraagt Lois.

'Geen idee.'

Jessica voegt zich bij de groep. 'Parlan wil geen informatie geven. Ze zeggen dat ze geheimhoudingsplicht hebben. Dat dacht ik al, maar het was te proberen.'

Ramon mompelt een verwensing. 'Die jongen kan intussen overal zitten. Bij de buren, bij iemand uit de kroeg of ver buiten Alkmaar.'

'Of hij zit gewoon thuis en deed niet open toen wij aanbelden,' merkt Lois op.

'De observatiepost heeft geen teken van leven bespeurd in zijn huis, maar dat zegt inderdaad niets. Als het vanavond donker wordt en hij doet het licht aan, dan weten we genoeg,' zegt Ramon.

'En intussen steekt hij vanavond weer iemand neer,' zegt Nick vanaf zijn stoel. Zijn gebroken voet rust op een andere stoel, het gips ziet zwart van de namen in merkstift. 'Kunnen we daar niet gewoon naar binnen gaan? We hebben genoeg.'

'We hebben helemaal niets,' houdt Ramon hem voor. 'Alleen maar veronderstellingen. De officier van justitie ziet me aankomen. Nee mensen, we gaan verder met het verzamelen van bewijzen. Ik laat een aandachtsvestiging uitgaan, we zetten Burgernet in en houden Gardeniers huis in de gaten, en dat van zijn zus ook meteen. We krijgen hem wel te pakken.'

32

Op de hoek van de straat slaat hij de politiewagen gade, maar hij loopt nonchalant door, met zijn handen diep in zijn zakken.

Ze zijn hem op het spoor. Hoe is dat in vredesnaam mogelijk? Hij weet zeker dat hij niets belastends heeft achtergelaten. Zijn slachtoffers heeft hij niet aangeraakt, het mes meegenomen. Dus waarom staan ze nu voor zijn woning te posten? Ook al doen ze het nog zo onopvallend, hij had het meteen in de gaten. Eerst kwamen ze aan de deur – toen heeft hij zich in de badkamer verstopt – en toen ze weggingen, keek hij vanuit het raampje hoe ze in hun auto stapten. Nu staat er een andere auto voor de deur, maar hij weet best dat het de politie is.

Dat hij niet meer naar huis kan, maakt hem zenuwachtig. Zijn huis is zijn wereld, zijn enige zekerheid. Hij laat er nooit iemand toe. Het is de plek waar hij zich veilig voelt en zichzelf kan zijn. Straks gaan ze nog naar binnen, en dan? Paniek welt in hem op.

Hij heeft altijd geweten dat hij anders was. Er was altijd dat vage besef aan de rand van zijn bewustzijn.

Later is hem ronduit verteld wat hij al vermoedde. Hoeveel psychiaters met hem hebben gesproken weet hij niet meer, het waren er te veel. Allemaal noemden ze dat ene lastige woord dat zijn persoonlijkheid kenmerkte, en waar ze met hem aan wilden werken.

De praatsessies, de puzzeltjes en spelletjes die ze aan hem voorlegden leken te werken. Stukje bij beetje kreeg hij zijn leven weer op orde, hij vond zelfs een baan.

Hij weet niet waarom alles opeens weer fout is gegaan. Het verdriet waar hij zo lang aan heeft geprobeerd te ontkomen, heeft hem onverwacht ingehaald en verpest nu zijn leven alsnog.

Er is maar één ding dat helpt, en dat is terugslaan.

33

Iedereen werkt over die avond. De eerste uren is Lois druk bezig haar papierwerk op orde te krijgen, daarna neemt ze met Jessica de wacht over van de agenten die in een onopvallende auto in de Maasstraat zitten. Onderweg ernaartoe halen ze eten bij de Chinees, dat ze tijdens de observatie opeten. Binnen de kortste keren stinkt de auto naar rijst, saus en loempia's.

Terwijl ze eten, houden ze onafgebroken Wilco's raam en de deur van de centrale hal in de gaten.

'Wat een verknipte jeugd al niet met iemand kan doen,' zegt Lois nadat ze een hap nasi heeft genomen. 'Als Wilco met zijn autisme en instabiel zelfbeeld goed was opgevangen door zijn ouders, was het nooit zover gekomen.'

'Nou...' zegt Jessica met een twijfelend gezicht.

'Minder snel in ieder geval. Zo'n stoornis is genetisch bepaald, maar je omgeving bepaalt hoe erg het wordt.'

'Zou best kunnen. Ik weet het niet.'

Ze eten een tijdje in stilte, het enige geluid is het gekraak van kroepoek.

'Ik moet steeds denken aan wat Marjet Westra zei toen we haar dinsdag spraken,' zegt Lois. 'Toen ze beweerde dat ze niets had gezien, maar wel wist dat er iemand neergestoken was.'

'Ja, daar zit ik ook net aan te denken. Ze lijkt me wel het

type dat ver kan gaan om haar broer te beschermen.'

'Volgens mij wist ze dat hij op dat moment in de buurt was. Misschien was hij op weg naar haar toe, of was hij net vertrokken.'

'Maar een moord! Zou ze daar echt over zwijgen? Terwijl ze zelf ook twee dochters heeft?'

'Ze heeft haar broer altijd beschermd. Zoiets wordt een tweede natuur.' Lois wendt haar gezicht af en kijkt door het zijraampje naar buiten. Zij kan het weten, ze heeft zelf ook altijd haar best gedaan om Tessa uit de wind te houden.

Het is alsof Jessica haar gedachten kan lezen. 'Hoe deed jij dat vroeger?' vraagt ze. 'Zo leuk heb je het zelf ook niet gehad. Hoeveel invloed heeft dat gehad op je leven?'

Lois denkt aan de map met informatie over haar vader die Fred haar heeft gegeven, en die onder in haar bureaula ligt. Ze haalt haar schouders op. 'Het gaat er niet om hoe je jeugd is geweest, maar hoe je daarna verder gaat.' Soepeltjes verandert ze van onderwerp. 'En jij? Heb jij een fijne jeugd gehad?'

Jessica strijkt haar lange zwarte haar naar achteren. 'Ja hoor. Thuis had ik het prima. Alleen op school wat minder. Een groot deel van de middelbare school ben ik ontzettend gepest.'

'O ja?' Verrast kijkt Lois opzij.

'Ik was de eerste drie jaar een heel ander type. Minder weerbaar, onzeker, een pleaser. Als je niet voor jezelf kunt opkomen, grijpen ze je.' Jessica likt wat satésaus van haar vinger en stopt het lege bakje terug in de plastic draagtas. 'Het ging beter toen ik aansluiting vond bij een groepje alternatievelingen. Ik vond ze altijd doodeng met hun zware make-up en zwarte outfits, maar ik ontdekte dat ze juist heel aardig waren. In ieder geval accepteerden ze me zoals ik was. Ik hoefde me ook helemaal niet aan hun kledingstijl aan te passen, maar dat gebeurde toch. Mijn haarkleur had ik al mee, dat scheelde. Het enige wat ik hoefde te doen was mijn haar kort knippen, in een woest model brengen en er wat paarse verf doorheen gooien.' Jessica grijst. 'Mijn ouders kregen een hartverzakking toen ik zo thuiskwam. Ze vonden het vreselijk, maar ze waren wel blij dat ik niet meer gepest werd. Dus veel commentaar kreeg ik niet. Ze verdedigden me zelfs tegenover buren en familie, zeiden dat ik juist heel hip was.' Ze lacht.

'Maar nu word je niet meer gepest,' zegt Lois.

'Ik ben steeds wat minder gothic geworden. Het is niet echt handig als je een baan zoekt. Op de politieacademie werd ik er ook al op afgerekend. Als je jong bent, mag je een tijdje anders zijn, maar daarna word je weer in een keurslijf gedwongen. Daar heb ik weleens moeite mee.'

Lois kijkt haar collega lang en aandachtig aan. 'Toch is er iets veranderd aan je. Ik mis iets.'

Op het moment dat ze het ziet, zegt Jessica het. 'Mijn piercings. Ik heb ze er allemaal uit gehaald. Uit mijn wenkbrauwen, mijn oren, mijn neus. Op verzoek van Ramon.'

'Vond je dat moeilijk?'

Jessica haalt haar schouders op. 'Valt wel mee. Als ik rechercheur wil worden, moet het wel. We hebben onderhandeld: mijn oogmake-up mag ik zo houden, zelfs mijn zwarte lippenstift, maar de aanplaknagels en piercings moesten weg.'

'Gefeliciteerd,' zegt Lois. 'Weer een stapje dichter bij je droombaan.'

'Nou, droombaan... Ik had me iets anders voorgesteld dan de hele avond naar een flatgebouw staren.'

'Over een uurtje is het donker,' zegt Lois. 'Dan kun je buiten rondlopen. Als je je zwarte lippenstift opdoet, heb je een schutkleur.'

Ze schieten beiden in de lach.

Om twaalf uur worden ze afgelost. Lois heeft haar fiets meegenomen naar de Maasstraat. Ze zwaait naar Jessica en rijdt over de Nieuwe Schermerweg terug naar de stad.

Het is lekker buiten, zo in de avondkoelte. Lois gaat de Friesebrug over, zoeft over de verlaten Kanaalkade en rijdt via de Gedempte Nieuwesloot de oude binnenstad in. Dan is het niet ver meer naar de Baangracht. In een kalm tempo rijdt ze het kleine grachtje op en houdt halt voor haar voordeur. Terwijl ze afstapt en naar haar huissleutel zoekt, kijkt ze een paar keer naar links en naar rechts. Niemand te zien.

Met haar fiets aan de hand steekt ze de sleutel in het slot. De dode kat die voor haar deur ligt, ziet ze pas als ze naar binnen wil gaan.

Verschrikt doet Lois een pas naar achteren. Ze werpt een snelle blik om zich heen en hurkt dan bij de kat neer. Nu pas ziet ze dat het dier een mes in zijn zij heeft, met een briefje eraan. Zonder het aan te raken leest Lois het.

DE VOLGENDE KEER BEN JIJ AAN DE BEURT

34

Van slapen komt niet veel die nacht. Met de deur stevig op slot wacht Lois tot haar collega's en de jongens van de technische dienst zijn gearriveerd. Die stellen het briefje en het mes veilig, terwijl Fred en Ramon met Lois praten.

'Gisteren zag ik al iemand voor de deur staan,' vertelt ze. 'Toen ik eraan kwam, ging hij ervandoor.'

'Waarom heb je dat niet gezegd? Ik heb je gisteravond nota bene zelf afgezet,' zegt Fred korzelig.

'Omdat je toen al weg was. En omdat die vent meteen wegliep. Trouwens, wie zegt dat het dezelfde man was als degene die die kat hier heeft neergelegd?'

'Kun je een beschrijving van hem geven?' vraagt Ramon.

'Niet echt. Het was donker en er is geen straatverlichting pal voor mijn huis. Hij had een lang, vrij mager postuur en hij liep flink door toen hij mij zag. Hij maakte een jonge indruk.'

'Is er, buiten het onderzoek, nog iets anders wat hier betrekking op kan hebben? Iets uit je privéleven?'

'Welk privéleven?' zegt Lois droog, maar als haar chef een wenkbrauw optrekt, zegt ze: 'Nee, ik kan niets bedenken.'

'Het lijkt mij ook waarschijnlijker dat het met je werk te maken heeft,' zegt Ramon. 'Met het lopende onderzoek of met een eerdere zaak. Al ontgaat me de zin van deze actie.'

'Het gaat inderdaad ver,' beaamt Lois. 'Ik heb genoeg

mensen verhoord en achter de tralies gezet, maar ik zou niet weten wie zoiets zou doen. Volgens mij is het die messentrekker.'

Fred knikt. 'Dat denk ik ook. Het moet een vrij labiele persoon zijn. Iemand die vanuit een impuls handelt en niet rationeel denkt. Zo'n type zou best eens in het wilde weg mensen kunnen neersteken.'

'Ga met de wijkagenten praten,' zegt Ramon. 'Zij weten wat er in de wijken speelt en wie ze in de gaten moeten houden. Ik zal op intranet een vraagstelling plaatsen, dat gaat sneller. Lois, red jij het wel? Wil je soms liever ergens anders slapen vannacht?'

'Nee, dat hoeft niet. Die halvegare heeft zijn punt gemaakt. Ik denk niet dat hij het waagt om mijn huis binnen te dringen.'

'Dat weet je niet. Ga met mij mee, je kunt in de logeerkamer slapen. Nanda heeft daar altijd een opgemaakt bed klaarstaan,' dringt Fred aan.

Resoluut schudt Lois haar hoofd. 'Ik laat me niet mijn huis uit jagen, kom nou. Als iedereen nu klaar is, ga ik lekker slapen en zie ik jou morgenochtend.'

'Ik kom je halen,' zegt Fred. 'Waag het niet een stap buiten de deur te zetten zonder mij. Ik breng je persoonlijk naar het bureau.'

'Goed hoor. Als jij dat prettig vindt, vind ik het best. Welterusten allemaal.' Lois staat op van haar bank, Ramon en Fred volgen haar voorbeeld.

Zodra iedereen vertrokken is, leunt Lois met haar rug tegen de voordeur en staart het smalle gangetje in. Het is opeens wel erg stil in huis. Niet dat ze bang is, niet echt, maar ze heeft wel spijt dat ze haar dienstwapen op het bureau heeft achtergelaten.

Ze opent de meterkast en haalt er een honkbalknuppel uit.

Met haar hand er stevig omheen geklemd loopt ze naar boven en legt de knuppel naast haar bed.

Nog voor de wekker gaat wordt Lois wakker van haar mobiele telefoon. Ze neemt meteen op.

'Lois,' mompelt ze slaapdronken.

'Met Fred. Er is vannacht weer iemand neergestoken. Een jonge vrouw. Ze fietste nog laat op straat en is in haar zij gestoken. Er zijn organen geraakt, haar toestand is kritiek.'

'Wel verdomme!' Met één sprong is Lois haar bed uit. 'Hoe laat is dat gebeurd?'

'Om kwart over twaalf. Niet lang nadat jij die kat vond dus.'

'Wie is naar de plaats delict gegaan? Waarom heeft niemand me gewaarschuwd?'

'Omdat je er uitgeput uitzag. Ik ben gegaan, met Ramon.'

Lois slaakt een diepe zucht. 'Ik ga me aankleden. Kom je me halen?'

'Ik ben al onderweg.'

Zo snel ze kan schiet Lois in de kleren die ze gisteren op de grond heeft laten vallen, te moe om ze op te ruimen. Ze pakt alleen een schoon wit T-shirt. In de badkamer gooit ze een plens water in haar gezicht en haalt haar vingers door haar haar, en dan gaat beneden de bel al.

Fred staat voor haar met een pakje brood in zijn hand. 'Heeft Nanda voor je gemaakt. Eet maar meteen op, we krijgen het druk vandaag.'

Lois vangt het pakje en maakt het open. 'Jij hebt de liefste vrouw van de wereld, weet je dat wel?'

'Ik weet het. Als zij niet voor me zorgde, zou ik alleen maar junkfood eten. Of helemaal niets.'

Ze stappen in Freds auto en na wat achteruitrijden en keren op de smalle gracht rijden ze naar het bureau.

'Moeten we niet naar het ziekenhuis?' vraagt Lois onderweg met volle mond.

Fred schudt zijn hoofd. 'Het slachtoffer, Sanne Bosman, is nog niet aanspreekbaar. Ze heeft veel bloed verloren. Het is dat ze zelf met haar mobieltje 112 belde, anders was ze doodgebloed.'

'Waar lag ze dan?'

'Aan de Nieuwlandersingel, in het gras. Op zich geen afgelegen plek, maar het was al laat.'

'De Nieuwlandersingel, dat is vlak bij mijn huis.'

'Het is ook gebeurd vlak nadat je bent thuisgekomen.'

Er valt een stilte, waarin langzaam het verband tot Lois doordringt. 'Hij was eerst bij mij, heeft die kat voor mijn deur gelegd en is ervandoor gegaan. Vervolgens sloeg hij op de vlucht, belandde op de Nieuwlandersingel en stak dat meisje neer.'

'Ze heeft kort, blond haar. Oppervlakkig gezien heeft ze wel iets van jou.'

'Dat moet toeval zijn. Waarom zou hij haar aanvallen als het hem eigenlijk om mij te doen is?'

'Misschien was hij niet van plan jou neer te steken, wilde hij alleen een waarschuwing geven. En daarna reageerde hij zich af op dat meisje.'

'Dan moet hij twee messen bij zich gehad hebben, want het andere mes stak uit die kat. Vreemd.'

'Ik denk dat hij er wel meer bij zich heeft als hij op pad gaat.'

Een lichte huivering glijdt over Lois' rug. 'Zijn er vingerafdrukken gevonden?'

'Nee, de dader moet handschoenen hebben gedragen.'

'Is Wilco al gesignaleerd?'

'Nog niet. Het licht in zijn huis is ook niet aan geweest.'

'Dus hij zwerft ergens rond. We moeten hem pakken, Fred. Dit duurt al te lang.'

'Dat ben ik met je eens. En nu helemaal.' Fred knikt naar

het politiebureau, dat langs de Kanaalkade oprijst. Voor de deur is het een chaos van mediabusjes, journalisten en cameramensen. 'Morgen staat het nieuws groot op de voorpagina's. En wij hebben nog steeds geen idee wie we zoeken.'

Ze rijden achterom, waar het toegangshek zich opent en zich beschermend weer achter hen sluit. Een paar journalisten schreeuwen hun vragen toe, maar Lois en Fred gaan vlug naar binnen.

Ramon is in alle staten. 'Iedereen zit vanaf nu boven op deze zaak! De commissaris verwacht antwoorden en nu zit de pers er ook nog bovenop. Iedereen aan het werk, vooruit!' roept hij getergd.

'Komt er een persconferentie?' informeert Fred.

'Nog niet, maar Elsa gaat straks wel een verklaring afleggen. Het zou fijn zijn als we iets concreets hadden. Lois, Fred, jullie gaan nu meteen naar het MCA.'

Lois knikt en loopt met haar collega de recherchekamer uit.

'Vind je het erg om alleen te gaan?' vraagt ze als ze de gang op lopen. 'Ik wil eigenlijk nog even met Milan gaan praten.'

Verbaasd kijkt Fred opzij. 'Waarom?'

'Omdat hij iets achterhoudt. Dat zei je zelf al. Ik heb het gevoel dat ik meer uit hem kan krijgen als ik hem alleen spreek, in een vriendschappelijke sfeer, niet op het bureau.'

'Oké,' stemt Fred in. 'Als kok zal hij 's morgens wel thuis zijn, al ligt hij waarschijnlijk nog in bed. Ik hoop dat hij nog vriendjes met je wil worden als je hem wakker belt.'

35

Ze hoeft niet ver te fietsen. Het bureau is aan de Kanaalkade, dezelfde kade als waar Milan woont. Op Lois' aanbellen wordt eerst niet gereageerd, maar na lang aanhouden gaat de deur open. Met een slaperig gezicht, zijn haar alle kanten op piekend, staat Milan voor haar. Hij draagt alleen een boxershort en een T-shirt en gaapt bij wijze van begroeting.

'Sorry,' zegt hij. 'Ik sliep nog.'

'Dan moet ik sorry zeggen,' zegt Lois met een glimlach. 'Ik wilde even met je praten, maar ik kom blijkbaar op een verkeerd moment.'

'Geeft niet, ik ben niet zo'n uitslaper.' Hij kijkt omlaag naar zijn blote benen. 'Als je het niet erg vindt, neem ik eerst een douche. Dan spreken we elkaar zo.'

'Is goed. Kan ik binnen wachten?'

'Liever niet, het is een enorme puinbak. En ik heb ook geen koffie of zo in huis. Zullen we over een kwartiertje afspreken op het Waagplein? Bij Mojo's?'

Lois knikt. 'Tot zo.'

Ze neemt haar dienstfiets mee en zet hem tegen het Waaggebouw. Op het moment dat ze hem met een klik op slot zet, schakelt er iets in haar hoofd. Opeens is ze elf en staat ze op dezelfde plek met haar ouders en haar zusjes. Tessa en zij met hun eigen grote kinderfiets, Maren achterop bij hun vader. Ze weet niet meer wat ze gingen doen, misschien nieuwe kleren kopen in de stad of het kaasmuseum bezoeken, want haar vader was dol op historische uitjes. Maar de herinnering aan hoe ze hier bezig waren met hun fietsen is zo glashelder dat er in een flits twintig jaar wegvalt.

Lois richt zich op, haar sleuteltje in de hand, en kijkt uit over het Waagplein. Een gevoel van intense verlatenheid overvalt haar. Roerloos blijft ze staan, terwijl de schimmen van haar familie om haar heen bewegen, praten, lachen, plannetjes maken. Ze hoort haar vader met haar moeder praten, ziet zichzelf ruziën met Tessa, en het heldere stemmetje van Maren klinkt overal doorheen.

Hoe je jeugd eruitzag is niet van belang, het gaat erom wat je met de rest van je leven doet, heeft ze tegen Jessica gezegd.

Dat is ook zo, maar ze heeft er niet bij gezegd dat het verleden wel verbleekt, maar altijd zichtbaar blijft. En dat je alle pijn en verlies achter je aan blijft slepen.

In afwachting van Milans komst zit ze aan een tafeltje in Mojo's, een van de vele grand cafés aan het Waagplein. De inrichting is modern, strak, met zwart meubilair en gezellige hoekjes met bankjes.

Lois bestelt koffie en een broodje. Terwijl ze op haar telefoon haar e-mail checkt, houdt ze met één oog het Waagplein in de gaten. Even later ziet ze Milan aan komen lopen, met nat haar, gekleed in een spijkerbroek en een wit T-shirt met print.

Aandachtig bekijkt ze hem. Hij ziet er jonger uit dan negenentwintig, veel jonger. Als je had gezegd dat ze tien jaar schelen in plaats van twee, had ze het geloofd.

Ze steekt een hand op als hij binnenkomt, en hij loopt naar haar tafeltje en trekt een stoel naar achteren.

'Je hebt al koffie, zie ik. Ik doe met je mee.' Hij zwaait naar de serveerster en wijst op Lois' bestelling. Het meisje knikt.

'Leuk, een bakkie koffie drinken met een rechercheur. Of is dit een verhoor?' zegt hij met een ontwapenende grijns.

'Als het een verhoor was, zat je nu op het bureau.'

'Dus we drinken gewoon gezellig koffie,' stelt Milan vast.

'Inderdaad. En intussen praten we nog even door.'

'Als het maar niet over mijn pleegvader gaat. Daar heb ik nu alles wel over gezegd.'

'Ik wil alleen even weten wat het laatste nieuws is,' zegt Lois. Het ziekenhuis houdt hen op de hoogte van Johans toestand, maar familie wordt eerder ingelicht.

'Hij leeft nog,' zegt Milan droog. 'Zijn toestand is stabiel, maar hij ligt nog wel op de intensive care. Misschien mag hij er vandaag vanaf.'

'Mooi. Heel mooi. Dan kunnen we hem wat vragen stellen.'

'Hij heeft niets gezien. Mijn pleegmoeder heeft het hem al gevraagd. Hij liep met de hond en opeens voelde hij een scherpe pijn tussen zijn schouderbladen. Hij is neergevallen en hoorde iemand wegrennen. Hij heeft niemand gezien.'

'Jammer.' Lois is niet van plan genoegen te nemen met deze korte verklaring, ze zal toch echt Johan zelf moeten spreken, maar ze gaat er niet verder op in. Ze heeft andere vragen in gedachten. 'Ken jij Wilco Gardenier?' vraagt ze op de man af.

Milan wacht met antwoord geven tot de serveerster zijn koffie en Lois' broodje heeft neergezet.

'Nee,' zegt hij als ze weg is. 'Is hij een verdachte?'

'Dat weet ik nog niet. Zijn naam kwam naar voren tijdens het onderzoek. We zouden hem graag willen spreken, maar we weten niet waar hij zit.' Terwijl ze praat, houdt Lois Milans reactie scherp in de gaten.

'Ik ken hem niet.' Hij kijkt haar niet aan, heeft meer aandacht voor een snijwond aan zijn vinger.

'Uitgeschoten met je mes?' vraagt Lois.

'Beroepsrisico. De messen waar ik mee werk zijn vlijmscherp.' Onbewogen toont Milan haar de vingers van zijn andere hand, waarop littekentjes en twee net genezen snijwonden zichtbaar zijn.

'Je baas is erg tevreden over je. Mooi, zoals hij je een kans gegeven heeft.'

'Heel mooi.'

'Dus niet iedereen heeft je laten zitten.'

'Nu niet, vroeger wel.'

'Dat moet vreselijk zijn, als er niemand is op wie je kunt rekenen.' Lois neemt een slokje van haar koffie en kijkt Milan aan. Ze hoopt dat hij uit zichzelf zal gaan vertellen, maar dat doet hij niet. Hij knikt alleen maar.

'Ik ben niet mishandeld, maar ik begrijp hoe je je voelt,' zegt Lois. 'Ik kon ook niet op mijn ouders rekenen. Voor een kind is dat heel ingrijpend.'

Het valt Lois niet mee om tegen Milan over zichzelf te beginnen. Ze mag hem, maar hij blijft een verdachte in een moordzaak, en als rechercheur is het verstandig je privéleven buiten het onderzoek te houden. Het is de bedoeling dat zij informatie krijgt, niet dat ze die geeft. Maar soms is het de enige manier om een gesprek op gang te brengen.

Milan werpt een snelle blik op haar, laat dan zijn blik naar het raam dwalen. Lange tijd kijkt hij naar het Waagplein, waar de terrassen vollopen.

'Dat weet ik,' zegt hij na een hele poos. 'Jij heet toch Elzinga?'

'Ja, hoezo?'

'Ik heb jouw vader gekend,' zegt Milan. 'Mart Elzinga. Hij gaf geschiedenisles toen ik in de brugklas zat.'

Verrast staart Lois de jongeman tegenover haar aan. Het komt natuurlijk wel vaker voor dat ze mensen ontmoet die les hebben gehad van haar vader, maar nooit tijdens een verhoor, wat dit in zekere zin toch is.

'Echt?' zegt ze. 'Wat een toeval.'

'Ik herinner me jou ook nog,' gaat Milan door. 'Je zat een klas hoger. Ik wist dat je Elzinga's dochter was, dat wist iedereen.'

'Ja, dat zal wel.'

'Vond je het niet vervelend dat je vader op jouw middelbare school werkte?'

'Niet echt. Ik had een goede band met hem en ik heb nooit les van hem gehad. Dat scheelt.'

'Hij is verdwenen, hè? Op een dag kregen we een andere leraar en we hebben jouw vader nooit meer teruggezien. Hoe zat dat?'

Lois' hartslag versnelt. Ze probeert rustig te blijven, maar het kost haar moeite. 'Dat zou ik zelf ook graag willen weten. Op een dag is hij gewoon weggegaan. Er lag een briefje op tafel: "Ik ben weg." Hij had wat kleding meegenomen, zijn portemonnee en nog wat andere dingen, en vervolgens hebben we nooit meer wat van hem gehoord.'

Verbluft kijkt Milan haar aan. 'Heeft hij nooit meer contact met jullie opgenomen? Geen belletje, geen kaartje?'

'Nee. De politie deed er niets aan, want hij was duidelijk uit vrije wil vertrokken. Toen mijn moeder overleed, was dat wel lastig met ons ouderlijk huis. Tessa en ik hebben geprobeerd het te verkopen. Dat ging niet, dus we verhuren het.'

Stoppen nu, ze vertelt veel meer dan nodig is. Dit gesprek zou over hem moeten gaan, niet over haar. Maar Milans ogen zijn warm en belangstellend. Hij buigt zich over tafel naar haar toe, geïnteresseerd in elke bijzonderheid. Als ze eerlijk is, doet dat haar goed, net zoals de gesprekken met Onno haar altijd goeddoen.

'Wat vreemd.' Milan schudt zijn hoofd. 'Was er iets gebeurd?'

'Er was zoveel gebeurd.' Lois lacht kort. 'Maar dat speelde al jaren. Ik vind dat geen excuus om je vrouw en dochters zonder een woord, behalve dat ene briefje, in de steek te laten.'

'Ben je boos op hem?'

Daar moet Lois even over nadenken. Ja, ze is boos op hem. En ze mist hem. Ze weet zelf niet welke van de twee de overhand heeft.

'Ik ben jarenlang boos op hem geweest,' zegt ze uiteindelijk. 'Razend zelfs, ik wilde niets meer met hem te maken hebben. De laatste tijd verandert dat een beetje. Ik ben nog steeds boos, maar ik zou hem wel graag willen spreken. Al is het maar om erachter te komen wat hem bezielde.'

'Waarom ga je hem dan niet zoeken? Of is hij dood?'

'Nee, hij is niet dood. Mijn collega heeft gegevens over hem, maar die heb ik nog niet bekeken. Ik vertik het om achter hem aan te gaan, zo nieuwsgierig ben ik ook weer niet. Laat hem zelf maar komen,' zegt Lois.

Over de tafel heen legt Milan even zijn hand op haar arm. 'We hebben meer met elkaar gemeen dan ik dacht,' zegt hij.

Er is een aparte sfeer ontstaan. Een vertrouwelijkheid die Lois bereid was te veinzen, maar die ze nu echt voelt. Milan voelt het eveneens. Dat merkt ze aan de manier waarop hij zit, licht naar haar toe gebogen, vol aandacht.

Als hij weer achterover leunt en van haar wegkijkt, is ze even bang dat hij afstand neemt, maar dan begint hij zelf te praten. Over hoe het was voor hem als kind. Hoe hij zijn vader heeft gehaat en zijn moeder geminacht, omdat ze haar zoon niet tegen haar man durfde te beschermen.

'Ik zie haar nooit meer,' zegt hij, spelend met een suikerzakje. 'Ze heeft me helemaal niets gegeven in mijn kindertijd. Geen bescherming, geen structuur, geen liefde. Sommige mensen zijn gewoon niet geschikt om kinderen te krijgen. Maar als je klein bent weet je dat niet, dan denk je dat het een normale situatie is. Pas toen ik ouder werd en bij vriendjes thuiskwam, ontdekte ik dat het ook anders kon. Hun moeders gaven hun een aai over hun hoofd als ze binnenkwamen, vroegen hoe het op school was en of ze iets wilden drinken. Mijn moeder keek amper op.'

'Werkte ze?' vraagt Lois.

'Ze was huisvrouw, al maakte ze er weinig werk van. Eigenlijk zat ze de hele dag maar een beetje soaps te kijken en sigaretten te roken. Het kwam regelmatig voor dat ik mijn vuile kleren weer uit de wasmand pakte omdat ik niets had om aan te trekken. En als ik tussen de middag thuiskwam om te eten, gaf ze me geen boterham maar een zakje chips.'

'Dus je werd door je vader lichamelijk mishandeld en door je moeder geestelijk verwaarloosd.'

'Ja. Zelf begreep ze daar niets van. Ze had geen idee waarom ik bij haar werd weggehaald na de dood van mijn vader.'

'Hoe kwam je eigenlijk bij Jeugdzorg terecht? Heb je zelf aan de bel getrokken?'

Milan schudt zijn hoofd. 'Dat kwam niet eens in me op. Gek eigenlijk, hè? Je weet dat je thuissituatie niet klopt, en toch doe je er niets aan.'

'Omdat het de enige zekerheid is die je hebt. En het blijven je ouders, hoe beroerd ze ook voor je zorgen.'

'Precies. Je hebt echt iemand anders nodig om je eruit te halen.' Milan zwijgt even, gooit het suikerzakje op tafel. 'Uiteindelijk begonnen mijn blauwe plekken op te vallen en heeft een leraar Jeugdzorg gewaarschuwd.'

'In hoeveel pleeggezinnen heb je vervolgens gezeten?'

'In twee, binnen een jaar tijd. Het lag niet aan die mensen, hoor. Ik denk dat ik onhandelbaar was. Pas toen ik bij Johan en Marja kwam ging het wat beter. Tegen die tijd had ik een beetje verwerkt wat me allemaal was overkomen. Want het was een heftige periode.'

Lois knikt. 'Zeker voor een jongen van twaalf. Je pleegmoeder vertelde dat het bij hen ook niet zo soepel ging.'

De stilte die valt is lang en zwaar. Zo zwaar dat Lois hem niet durft te verbreken. Milan zit met gebogen hoofd tegenover haar en kijkt niet één keer op. Ze voelt zijn strijd, beseft dat hij zijn verhaal nog niet helemaal heeft verteld.

Als hij opkijkt, ligt er een wereld van verborgen leed in zijn ogen. Lois moet de neiging onderdrukken om zijn hand vast te pakken. In plaats daarvan omklemt ze haar koffiekopje en knikt ze hem bemoedigend toe.

'Mijn pleegvader was een klootzak,' zegt Milan schor. 'Ik weet dat ik mezelf nu verdacht maak, maar ik kan hier niet langer mijn mond over houden. Onze nobele hulpverlener heeft me van het begin af aan misbruikt. En ik denk niet dat ik zijn enige slachtoffer ben.'

36

Er is maar één persoon naar wie hij toe kan. Tenminste, als de politie daar niet ook is. Hij kan haar beter even opbellen.

Wilco zoekt in de diepe zakken van zijn legerbroek naar zijn telefoon. Om hem heen ligt het zomerse park, groen en warm. Niemand let op hem. Fietsers rijden over de rode fietspaden, moeders met kleine kinderen zitten bij de speelplaats, een stel dronkaards hangt rond bij een bankje. Waar zouden die 's nachts slapen? Zelf heeft hij de nacht bij een vriend doorgebracht en vandaag heeft hij de hele ochtend rondgezworven. Nu heeft hij geen idee meer wat hij moet doen.

Met trillende hand zoekt hij het nummer van zijn zus op en belt haar. 'Met mij,' zegt hij als hij haar stem hoort.

'Wilco, waar zit je!' Het is fijn om haar ongeruste stem te horen.

'In het park. Kan ik naar je toe komen?'

'Nee, beter van niet.' Marjets stem klinkt vertwijfeld. 'Ons huis wordt in de gaten gehouden. Ik zie de hele tijd een auto staan met twee mannen erin. Verderop in de straat, maar toch. Ik denk dat het de politie is.'

'Ze zoeken me,' zegt hij nerveus. 'Je verraadt me toch niet, hè?'

'Je moet jezelf aangeven. Dit kan toch zo niet langer?'

'Nee!' zegt hij paniekerig. 'Dat wil ik niet! Je verraadt me toch niet?'

'Ik zou je nooit verraden, dat weet je best,' stelt zijn zus hem gerust. 'Maar ik kan je ook niet helpen.'

'Ik moet je spreken, Marjet. Ik weet het niet meer.'

Er valt een stilte, dan zucht ze. 'Oké, ik kom naar je toe. Waar ben je?'

Hij kijkt om zich heen. 'In het park bij het winkelcentrum.'

'Welk winkelcentrum? Er zijn er zoveel.'

'Bij De Mare.'

'Goed, ga naar de bankjes bij het klimtoestel. Ik kom er nu aan.'

Wilco loopt over het slingerende wandelpad naar een groenstrook aan de rand van het park. Van veraf ziet hij het klimtoestel al staan. Er is niemand, de scholen zijn nog niet uit.

Hij laat zich op een van de bankjes zakken, licht voorover gebogen, zijn hoodie over zijn hoofd getrokken. Sinds hij weet dat er jacht op hem wordt gemaakt, loopt hij niet meer blootshoofds. Zijn kleding is zijn bescherming. Zoveel jongeren dragen hoodies, de politie kan ze niet allemaal aanhouden.

Hij wacht een kwartier en ziet dan eindelijk Marjet aankomen. Ze is op de fiets en het is duidelijk dat ze zich heeft gehaast. Desondanks heeft ze eraan gedacht iets te eten voor hem mee te nemen, vijf boterhammen met pindakaas. Hij eet ze op zonder haar zelfs maar te begroeten.

'Heb je zo'n honger?' Marjet komt naast hem zitten en slaat hem bezorgd gade. 'Waar heb je geslapen vannacht?'

'Gewoon.'

'Wat, gewoon? Je kunt toch wel zeggen waar je geslapen hebt.'

'Bij een vriend.'

'Dus niet op straat.' Ze is duidelijk opgelucht. 'Hoe heet die vriend?'

'Niek.'
'Kun je daar komende nacht ook terecht?'
'Ik denk het wel.'
Ze wacht tot hij klaar is met eten en haalt dan een pak melk uit haar fietstas. Hij zet het aan zijn mond en drinkt er met grote slokken van.
'Wilco, we moeten praten.'
Hij veegt zijn mond af met de rug van zijn hand en kijkt naar zijn voeten.
'Is het waar? Heb jij die mensen neergestoken?'
Haar indringende blik benauwt hem en hij kijkt van haar weg.
'Geef eens antwoord. Je kunt het mij toch wel zeggen?'
'Het was een ongelukje,' mompelt hij.
'Hoe kun je nou per ongeluk iemand neersteken.'
Ze is duidelijk niet van plan hem met rust te laten. Dat is niet goed, hij vindt het vervelend als ze zo praat. Dan lijkt ze net zijn vader.
'Dat meisje wel, dat was een ongelukje.'
Naast hem haalt Marjet diep adem. 'Nicolette.'
'Ik weet niet hoe ze heet.'
'Mijn buurmeisje. Die bedoel je toch?'
'Ja.'
Er staan grappige plaatjes op het pak melk. Van een koe in een weiland. Hij bestudeert de tekening aandachtig. Misschien kan hij die thuis wel natekenen. Heel groot, op de muur. Als een soort kunstwerk. Dan verft hij de koe paars en...
'Wilco...' Marjets stem haalt hem terug naar de werkelijkheid. 'Wil je me vertellen wat er precies is gebeurd?'
Dat wil hij niet, maar Marjet heeft hij nooit iets kunnen weigeren. Ze is meer dan zijn zus, ze is de enige die hij vertrouwt.

'Ze kwam opeens aanfietsen,' zegt hij somber. 'Net toen ik de steeg in rende. Ze schrok van me en gilde.'

'En toen?'

'Ik wilde dat ze ophield met gillen. Ik probeerde langs haar heen te rennen, maar dat ging niet. Ik kwam klem te zitten tussen haar fiets en de muur. Toen schopte ze me.'

'En daar schrok je van.'

Hij knikt. 'En toen stak ik haar. Ik wilde het niet, maar ze gilde zo hard en ze sloeg me. Ik wilde dat ze ophield.' Die koe is echt grappig. Hij laat het pak melk aan Marjet zien, maar ze kijkt er amper naar.

'Besef je wel wat je hebt gedaan? Dat meisje is dood!'

'Ja, ze bloedde.' Hij kijkt opzij naar Marjet, die naar hem toe gebogen zit, haar gezicht een en al ontzetting. Hij wil dat ze rechtop gaat zitten en naar hem lacht. 'Het was een ongelukje,' herhaalt hij.

Marjet kijkt hem aan alsof ze hem voor het eerst ziet.

'En die anderen, Wilco?' vraagt ze zacht. 'Waren dat ook ongelukjes?'

De manier waarop ze tegen hem praat, zacht, indringend, ernstig, verwart hem. Dit gesprek bevalt hem niet. Hij speurt haar gezicht af op zoek naar de Marjet die hij kent, glimlachend en liefhebbend. Er is iets veranderd in haar ogen, iets wat hem beangstigt.

Nerveus knippert hij met zijn ogen, kijkt van haar weg, maar er is geen ontsnappen aan haar blik.

'Wilco, vertel eens. Heb jij die andere mensen ook gestoken?' Nu buigt ze zich naar hem toe, maar ze raakt hem niet aan, zoals ze anders altijd doet als ze hem wil geruststellen.

Wanhopig probeert hij zich terug te trekken achter de beschermende muur die hij altijd optrekt in moeilijke situaties, maar het lijkt wel alsof hij afbrokkelt onder de vastberadenheid waarmee zijn zus hem aankijkt.

Hij voelt dat zijn geest zich begint af te sluiten, drukt zijn handen tegen zijn oren en schudt wild zijn hoofd.

Nu raakt ze hem toch aan, ze legt haar hand op zijn arm.

'Luister naar me. Dit moet ophouden. Laten we samen naar de politie gaan en vertellen hoe het zit. Ik blijf bij je, dat beloof ik.'

Nog harder schudt hij zijn hoofd, tot hij er duizelig van wordt. 'Dan ga ik naar de gevangenis en dat wil ik niet. Ik wil niet opgesloten zitten.'

'Je hoeft niet bang te zijn, er gaan mensen voor je zorgen. Ze zullen met je praten en proberen te begrijpen waarom je dit allemaal hebt gedaan.'

'Nee, nee, nee, nee.'

'Wilco, rustig. Ik wil het beste voor jou, dat weet je. Je vertrouwt me toch?'

Hij kijkt op, in de blauwe ogen waar hij zijn leven lang al houvast in vindt. 'Niet naar de politie gaan,' fluistert hij.

'Dat moet wel. Vroeg of laat krijgen ze je te pakken, het is beter als je zelf bekent.' Ze steekt haar hand naar hem uit, maar hij schuift schielijk opzij.

'Ik heb niets gedaan,' zegt hij schor. 'Echt niet.'

'Goed,' zegt ze sussend. 'Dan hoef je ook niet bang te zijn. We gaan het uitleggen van dat ongeluk en dan...'

Een fontein van woede spuit in hem omhoog. Hij springt op, trekt een mes en houdt het omhoog, de punt op zijn zus gericht. Marjet verbleekt en deinst terug.

'Je gelooft me niet!' schreeuwt hij. 'Blijf uit mijn buurt!'

En met die woorden draait hij zich om en rent weg.

37

Diep in gedachten verzonken fietst Lois terug naar het bureau. Het gesprek met Milan heeft haar geraakt. Ze herkende iets in hem, en ze weet zeker dat dat andersom ook het geval was. Anders had hij wel verzwegen dat Johan Bos hem als twaalfjarige jongen heeft misbruikt. Nou ja, hij was handtastelijk. Van penetratie was geen sprake, zoals Milan haar heeft verteld, maar verder dwong hij hem alles te doen wat hij op dat gebied kon verzinnen.

Dat betekent dat Milan een sterk motief had om zijn pleegvader neer te steken. Maar, zoals hij zelf ook al zei, waarom zou hij dan zo open tegen haar zijn geweest? Hij kon wel nagaan dat hij zichzelf verdacht maakte met die onthulling.

'Omdat er vast ook andere jongens waren met wie hij wat uithaalde,' had Milan gezegd. 'Misschien nog steeds. Ik heb lang genoeg gezwegen, ik ben niet bang meer voor die man. Ik weet niet wie hem heeft neergestoken, maar ik bewonder de dader. Ik zou willen dat ik er zelf de moed voor had gehad.'

Ze komt bijna gelijk met Fred aan op het bureau. Als ze op weg is naar Ramons kamer om verslag uit te brengen, komt haar collega aanlopen.

'Hoe is het met dat meisje?' vraagt Lois meteen.

'Sanne Bosman? Niet best. Ze heeft veel bloed verloren en er is ernstige schade aan haar middenrif. Ze kan nog niet verhoord worden, maar ik heb haar ouders gesproken. Die zaten in de wachtkamer.'

'En?'

Fred maakt een gebaar met zijn hand waaruit ze kan opmaken dat dat niets heeft opgeleverd. 'Die mensen konden niet begrijpen waarom hun dochter dit is overkomen. Dus ik denk niet dat ze met iemand problemen had.'

'Het moet die messentrekker zijn. Wat bezielt die jongen?'

'Hij is gek. Volkomen in de war en psychisch gestoord. Er is niet altijd een duidelijke reden waarom mensen misdaden plegen.' Fred tapt twee bekertjes koffie en geeft er een aan Lois. 'Hoe was jouw gesprek met Milan?'

'Interessant,' zegt Lois, waarna ze in haar koffie blaast. 'Heel interessant.'

Ze brengen samen verslag uit aan Ramon, lunchen snel en schrijven daarna hun proces-verbaal in afwachting van de middagbriefing. Het wordt een lang relaas, waarin Ramon uitgebreid verslag doet van de resultaten van alle deelonderzoeken. Navraag op de huisvuilcentrale heeft niet veel opgeleverd. Wilco Gardenier stond bekend als een stille jongeman die weinig contact zocht met zijn collega's.

Alle surveillancewagens zijn naar hem op zoek, de antennes staan open en er wordt bij hangplekken naar Wilco uitgekeken, maar de jongeman blijft spoorloos.

'Helaas is hij niet bekend bij de providers van mobiele telefoons, anders hadden we een printertap op zijn nummer kunnen zetten. Als hij al een mobieltje heeft, dan belt hij prepaid,' zegt Ramon. 'Hij houdt zich ergens schuil, maar dat kan hij niet eeuwig volhouden. Op een gegeven moment is hij het zat, heeft hij geld nodig en gaat hij de straat weer op.'

'Hopelijk niet om een nieuw slachtoffer te maken,' merkt iemand op.

Ramon knikt de rechercheur toe. 'Precies, en daarom kunnen we het ons niet veroorloven ons terug te trekken en te wachten tot hij zich veilig voelt. Deze jongeman is psychisch niet in orde en moet zo snel mogelijk van de straat.'

Een andere rechercheur steekt zijn hand op. 'Hoe zeker is het dat hij de dader is? Zitten we niet achter de verkeerde aan?'

'Daar heb je een goed punt,' zegt Ramon. 'Erg veel hebben we op dit moment inderdaad nog niet. Voorlopig is het iemand met wie we graag willen praten. Dat hij de buurjongen was van een van de slachtoffers, maakt hem nog geen dader. Maar het is wel een toevalligheid die me niet bevalt. Vooral als de buurvrouw, Lilian van Dijk, weet te vertellen dat hij uit een gezin komt dat bekend was bij Jeugdzorg. En dat hij de broer is van Marjet Westra, die weer de buurvrouw is van de vermoorde Nicolette Dekker. Redenen genoeg om Wilco naar het bureau te halen dus.'

De briefing gaat nog een tijdje door en de middag is al aardig gevorderd als ze eindelijk de vergaderzaal uit stommelen.

'Volgens mij zijn die slachtoffers willekeurig,' zegt Fred als Lois en hij na de briefing de recherchekamer in lopen. 'Dat zou de aanval op Veerle en Sanne verklaren.'

'Die op de anderen ook. De ene keer neemt hij een vreemde te grazen, de andere keer iemand die hij kent. Zoals het hem uitkomt.'

Fred zucht en krabt op zijn hoofd. 'Het zou fijn zijn als we de resultaten van het technisch onderzoek eens binnenkregen. We leven in een tijd waarin we van alles kunnen met DNA, maar tijdens het onderzoek heb je daar niets aan. Waarom moet het allemaal zo lang duren?'

'Waarschijnlijk omdat we niet de enigen zijn die iets onderzoeken.' Lois laat zich op haar bureaustoel vallen, haalt een appel uit haar la en neemt er een hap van. 'Zolang we

Wilco niet hier hebben en we geen wangslijm van hem kunnen afnemen, hebben we niets aan DNA-resultaten. Ik vraag me af of er wel wat gevonden wordt. Hoeveel sporen laat je achter als je iemand in zijn rug steekt? Veel lichamelijk contact is daar niet voor nodig.'

'Hij kan bloed op zich gekregen hebben, maar zijn kleding zal hij intussen wel hebben gewassen,' zegt Fred. 'Ik ben bang dat we op een dood spoor zitten.'

Daar ziet het wel naar uit. Opeens heeft Lois er genoeg van. Ze is al bijna een week in touw, ze is bekaf.

'Neem de rest van de middag maar vrij,' zegt Ramon als ze met een bleek gezicht in zijn kantoor verschijnt. 'Ik was al van plan om in shifts te gaan werken. We kunnen nu wel met z'n allen wachten tot die jongen gevonden is, maar dat heeft geen zin. Pak je rust, als er nieuws is, hoor je het wel.'

Op weg naar huis bedenkt Lois dat dit een goede gelegenheid is om haar zus op te zoeken. Desondanks twijfelt ze. Ze is moe, het liefst zou ze een paar uur op de bank willen liggen.

Zodra ze haar snikhete huis binnenstapt, verandert ze van gedachten. In Tessa's grote huis met airco is het ongetwijfeld veel aangenamer. Ze zouden een duik kunnen nemen in het zwembad en een beetje in de zon kunnen liggen.

Voor ze zich kan bedenken pakt ze haar telefoon en belt haar zus. Die is meteen enthousiast.

'Komt het wel uit? Als je plannen hebt, moet je het zeggen, hoor,' zegt Lois.

'Ik heb geen andere plannen dan boven de toiletpot hangen en alles wat in mijn maag zit eruit spugen. Als je daar geen problemen mee hebt, ben je van harte welkom,' antwoordt Tessa droog.

'Echt? Is het zo erg? Ik dacht dat je nergens last van had.'

'Eerst niet, nu wel. Meestal ben ik 's morgens misselijk, maar net kwam mijn lunch er ook uit. Ik ben het zat, Lois.'

'We hebben het er zo over, ik kom naar je toe. Kan ik bij je blijven eten?'

'Tuurlijk. We halen wel wat, ik ga echt niet in de keuken staan.'

'Hoeft ook niet. Tot zo!' Lois hangt op, kijkt een stapeltje post door en besluit dat openmaken wel tot vanavond kan wachten. Ze moet hier weg, het is niet te harden in huis.

Ze loopt naar boven om haar bikini te pakken en even later trekt ze de voordeur achter zich dicht. Haar auto staat aan de gracht geparkeerd. Bij het instappen hapt ze naar adem, start snel en zet de airco aan.

Het is maar een kort ritje naar Bergen, het dorp waar Tessa woont. Zoals altijd heeft Lois het gevoel dat ze een andere wereld in rijdt zodra ze Alkmaar verlaat. De weg voert langs het Noord-Hollands Kanaal en slingert vervolgens door de weilanden naar Bergen. Daar wonen haar zus en zwager, in een kapitale witte villa aan de Eeuwigelaan.

Vreemd, ze heeft nooit kunnen wennen aan de plotselinge rijkdom van Tessa na haar huwelijk met Guido van Sevenhuysen. Zoals zijn naam al doet vermoeden, is hij van adel. Net als Onno, zijn neef. Het heeft een tijdje geduurd voor Lois haar zwager aardig kon vinden. Op zijn beurt had Guido moeite met haar, al begrijpt ze nog steeds niet waarom. Het zal wel met haar werk te maken hebben. Guido is typisch zo'n man die vrouwen graag in vrouwenberoepen ziet, als ze dan zo nodig moeten werken.

Lois draait de Eeuwigelaan op en rijdt in een rustig tempo langs de enorme huizen tussen de bomen. Bij het toegangshek van Tessa's huis steekt ze haar hoofd door het open raam. 'Politie!' zegt ze, zoals altijd, in de intercom.

Er klinkt een zoemend geluid en het hek zwaait open. Nog voor ze haar auto heeft geparkeerd op het grind voor de deur, komt Tessa al naar buiten.

'Gezellig!' roept ze, terwijl ze het bordes af loopt. 'Alle boeven weer achter slot en grendel?'

'Was het maar waar.' Lois stapt uit, het raampje laat ze open om haar auto te luchten. 'Ik kreeg zowaar een paar uurtjes vrij van de grote baas.'

'Kon dat zomaar?' Tessa slaat haar armen om haar zus heen en geeft haar een knuffel.

'We zitten op een dood spoor. Het kan best zijn dat hij straks belt dat ik onmiddellijk naar het bureau moet komen.'

'Dat hoop ik niet. Ik heb een traiteur gebeld, hij komt allemaal lekkere dingen brengen. Niet dat ik daar veel plezier van zal hebben.'

'Je ziet bleek. Gaat het wel goed met je?' Bezorgd neemt Lois haar zus op.

'Ik heb me weleens beter gevoeld. Maar 's avonds is het meestal over, gek genoeg. Dan eet ik wel weer, alleen niet zoveel.'

Ze lopen samen het bordes op en gaan de koele hal binnen.

'Weet Guido het nou al?' Voor alle zekerheid fluistert Lois.

Tessa schudt haar hoofd. 'Hij denkt dat ik buikgriep heb.'

'Tes, kom op. Je bent nu... hoeveel weken?'

'Acht.'

'Wordt het niet eens tijd om het te vertellen? Wat je ook besluit? Je kunt hem hier echt niet buiten houden.'

'Jawel hoor, tot nu toe gaat dat prima. Ik wil eerst duidelijkheid in mijn hoofd, dan vertel ik het hem. Misschien.' Vanuit de hal loopt Tessa naar de woonkamer en vervolgens naar buiten. Daar ligt een riant terras van plavuizen, opgesierd met duifgrijze vierkante plantenbakken waar kunstzinnige halmen gras en riet in staan.

Een zwarte loungeset met witte kussens staat in de schaduw van het huis opgesteld.

'Wil je hier wat drinken of gaan we meteen zwemmen?'

Tessa wappert met haar hand naar zowel de loungeset als het zwembad, dat achter in de tuin ligt.

'Zwemmen. Ik heb het bloedheet.'

Ze kleden zich om in het moderne tuinhuis bij het zwembad. Het verbaast Lois inmiddels niet meer dat ook het tuinhuis van alle gemakken voorzien is. In een landelijk witgeschilderde kast staan glazen, ernaast bevindt zich een koelkast vol frisdrank, flessen water en wijn.

Afkoelen kan geen uitstel meer verdragen. Lois drinkt snel een paar slokken water en duikt dan het zwembad in. Proestend en lachend komt ze boven. 'O, wat heerlijk om ook even te kunnen genieten van de zomer.'

Tessa laat zich via het trappetje in het water zakken en zwemt een paar slagen. 'Luxe hè?' zegt ze terwijl ze zich op haar rug laat drijven. 'Wie had dat ooit kunnen denken, vroeger. Toen waren we al blij als er geld was om een toegangskaartje voor de Hoornse Vaart te kopen.'

Dat is wat overdreven, ze hebben altijd makkelijk naar het openbare zwembad gekund, maar Lois begrijpt wat ze bedoelt.

'En we namen zelf chips en cola mee. Dat was goedkoper.'

'Weet je nog dat jij naar een verjaardagspartijtje wilde in het zwembad?' zegt Tessa glimlachend, terwijl ze met haar ogen dicht geniet van de zon.

Lois lacht ook. 'Ik was vijf, ik had nog niet eens mijn zwemdiploma. Eigenlijk mocht ik niet van pap en mam.'

'Gelijk hadden ze. Wie neemt er nou tien kleine kinderen mee naar het zwembad, met maar twee volwassenen om toezicht te houden. Dat gaat toch niet.'

'En ik huilen toen ik niet mocht.' Lois draait zich ook op haar rug en dobbert naast haar zus. Uiteindelijk mocht ze toch, toen haar ouders hadden besloten zelf ook naar het zwembad te gaan. Tessa, die toen drie was, namen ze mee en een van hen bleef bij haar terwijl de ander Lois op de voet volgde. Of ze nou in het klimrek hing of in het zwembad lag, een van haar ouders sloeg haar continu gade. Ze had het geen moment in de gaten, genoot van het feestje met haar vriendjes en vriendinnetjes. Pas 's avonds, toen ze thuiskwam, kwam ze het te weten, toen haar ouders het haar lachend vertelden. Ze was klein genoeg om het geen probleem te vinden, ze vond het zelfs wel grappig. Veel later, toen ze in de puberteit kwam en ze die ouderlijke zorg en controle nog even hard nodig had, ontbraken die helaas volledig.

Het is een wonder dat we zo goed terechtgekomen zijn, bedenkt ze, terwijl ze door haar oogharen naar de zon kijkt. We hadden aan de drank en de drugs kunnen gaan, verkeerde vrienden kunnen krijgen. Wat zou het zijn dat de een doet ontsporen en de ander niet? Genen, geluk?

'Kijk eens aan! Twee mooie dames in het zwembad. Tijd niet gezien, schoonzus!'

Een luide stem haalt haar uit haar overpeinzingen. Aan de rand van het zwembad, als een donker silhouet door de zon achter hem, staat haar zwager.

'Wie heeft er zin in een glas rosé?' roept hij. 'Ik had al een flesje koud staan.'

38

Het is Lois al vaker opgevallen dat er behoorlijk veel wordt gedronken in dit huis. Ook nu staat Guido weer uitnodigend met een blad met glazen en een fles rosé in zijn handen, een vrolijke uitdrukking op zijn gezicht.

Tessa en zij komen uit het water, wikkelen zich in een handdoek en laten zich in de ligstoelen zakken die aan de rand van het zwembad staan.

'Lois drinkt geen wijn, Guido, dat weet je. En ik hoef ook niet.' Tessa wringt haar natte haren uit. 'Doe voor ons maar een colaatje.'

'Een colaatje?' Verbaasd kijkt Guido zijn vrouw aan. 'Sinds wanneer verkies jij frisdrank boven rosé?'

'Sinds ik de hele ochtend boven de toiletpot heb gehangen. Het lijkt me beter om even rustig aan te doen.'

'Ben je nu nog steeds ziek?' vraagt Guido ongerust. 'Die buikgriep houdt wel erg lang aan. Moet je niet eens naar een dokter?'

'Welnee, het gaat vanzelf over,' zegt Tessa. 'Ik krijg alweer een beetje trek. Is de traiteur al geweest?'

'Ik heb nog niemand gezien. Als ik jou was, zou ik maar niet te vet eten.'

'Er zit kip en salade bij. Dat is lekker mager.'

Guido gaat ook zitten en schenkt zichzelf dan maar in. 'Proost,' zegt hij, het glas heffend. 'Hoe is het met jou, Lois?'

'Druk,' antwoordt Lois. 'Zoals gewoonlijk.'

'Zoals gewoonlijk, ja,' zegt haar zwager. 'Je bent zeker bezig met die messentrekker? Een raar verhaal is dat.'

'Je hebt geen idee.'

'Ik hoop dat jullie hem snel te pakken krijgen. Zijn er ook gevallen in Bergen bekend?'

'Niet dat ik weet,' zegt Lois. 'Hoezo?'

'Nou, we zien hier regelmatig iemand rond het huis hangen. De politie is al een paar keer komen kijken, maar toen was hij natuurlijk net weg.'

Gealarmeerd kijkt Lois hem aan. 'Jullie hadden toch een camera geïnstalleerd?'

'Ja, maar de beelden vallen een beetje tegen. Het was een dure installatie, ik had er meer van verwacht. Wil je ze zien?' vraagt Guido.

'Graag.' Lois zet haar glas op de grond en komt overeind.

'Dat hoeft toch niet meteen? We zitten net zo lekker,' protesteert Tessa, maar Lois en Guido lopen het pad naar het huis al op.

'Tessa maakt zich er niet zo druk over, maar mij zit het niet lekker,' vertrouwt Guido haar toe. 'Ze is de hele dag alleen thuis, straks komt er iemand het terrein op.'

'Ik vind het ook niks. Zijn die beelden echt zo slecht?'

'Ten eerste zijn ze zwart-wit, en ten tweede korrelig. Als mijn moeder erop stond zou ik haar niet eens herkennen.'

Lois lacht. 'Ik neem ze wel mee naar het bureau. Daar kunnen we er vast wel wat mee.' Terwijl ze de trap op gaan, vraagt ze zich af of ze Guido zal vertellen van de dode kat bij haar voordeur. Ze besluit het niet te doen.

In Guido's werkkamer nemen ze plaats voor de monitor waarop ze de camerabeelden kunnen bekijken. Guido plaatst een dvd in de recorder en drukt op afspelen. Een paar seconden later verschijnt zijn huis op het scherm. Het is inderdaad een matige opname, maar goed genoeg om de figuur te zien die, na wat doorspoelen, opeens bij het hek verschijnt.

'Dat is 'm,' zegt Guido, nogal overbodig.

Lois brengt haar gezicht wat dichter naar het scherm en kijkt aandachtig naar de lange, vrij magere man die door de spijlen van het hek tuurt.

'Jammer dat hij niet in de camera kijkt,' zegt ze.

'Dat heeft hij nog nooit gedaan. Alsof hij weet dat hij er hangt.'

'Dat lijkt me wel, dat ding zie je moeilijk over het hoofd.'

'Ik bedoel dat hij weet dat we hem in de gaten houden. Dat weerhoudt hem er niet van om te gluren, maar hij geeft liever niet te veel van zichzelf prijs.'

'De lengte klopt,' mompelt Lois.

'Wat?'

'Niets, laat maar. Mag ik die dvd meenemen? Dan laat ik er morgen naar kijken. Hopelijk kan mijn collega van de digitale recherche de kwaliteit verbeteren.'

Guido geeft de dvd aan zijn schoonzus en zegt: 'Ik maak me zorgen over Tessa.'

Behoedzaam kijkt Lois hem aan. 'O ja?'

'Jij niet dan? Heb je gezien hoe slecht ze eruitziet? Bleek, nerveus en ze moet voortdurend overgeven. Als ik zeg dat ze naar de dokter moet, belooft ze het te doen, maar ze gaat niet. Wil jij eens met haar praten? Misschien luistert ze naar jou.'

'Dat betwijfel ik.'

'Je kunt het toch proberen? Het is niet alleen dat ze spuugt, ze slaapt ook slecht en ze is erg afwezig. Laatst zat ze minutenlang voor zich uit te staren. Ze schrok zich dood toen ik opeens voor haar kwam staan. Ik vind het zorgwekkend, Lois. Wil jij haar naar de dokter sturen? Ik wil weten wat er aan de hand is.'

'Ja,' zegt Lois. 'Dat kan ik me voorstellen.'

Ze eten gamba's, gemarineerde kip, salade en couscous, op het terras. Het is gezellig, al is Tessa nogal stil. Dat geeft Lois de gelegenheid om wat meer met Guido te praten, wat ook weleens goed is. Na de koffie, om een uur of acht, stapt ze op. Tessa loopt met haar mee naar buiten en bij Lois' auto blijven ze zonder iets te zeggen staan.

'Guido maakt zich zorgen over je,' zegt Lois ten slotte. 'Hij vroeg of ik je wilde overhalen om naar de dokter te gaan.'

'Ik weet het, dat vraagt hij elke dag.' Tessa slaat haar armen over elkaar en zucht. 'Het wordt tijd dat ik een beslissing neem, maar ik vind het zo moeilijk.'

'Elke dag die je wacht, wordt het moeilijker. Het kindje groeit gewoon door.'

'Het is geen kindje, het is een klompje cellen.'

'Kom op, Tes, die discussie hebben we al eens gevoerd. Het heeft een hartslag, de armpjes en beentjes worden al gevormd. Je kunt het niet afdoen als een klompje cellen. Heb je die foto nog bekeken die ik je heb gegeven?'

'Ja. Eventjes.'

'Nou dan.'

'Lois, echt, ik waardeer het dat je je betrokken voelt, maar dit is mijn beslissing. Heb je enig idee hoe vervelend het is om onder druk gezet te worden?'

'Dat doe ik helemaal niet. Jij wilt het kind weg laten halen en ik wil dat je daar goed over nadenkt.'

'Natuurlijk denk ik daar goed over na. Ik ben er de hele dag mee bezig, ik slaap amper. Jij hebt makkelijk praten, het is niet jouw lichaam.'

'Als ik per ongeluk zwanger zou raken, liet ik het kind komen. We zijn geen zeventien meer, maar volwassen vrouwen die heel goed een kind kunnen grootbrengen.'

Geïrriteerd wendt Tessa zich van haar af. 'Jij weet het altijd zo goed, je bent zo rationeel. Ik ben meer een gevoelsmens.'

Lois barst in lachen uit. 'Een gevoelsmens dat abortus laat plegen? Doe normaal.'

Als ze ziet dat Tessa's gezicht verstrakt, slaat ze verzoenend een arm om haar heen. 'Ik weet wel dat het een moeilijke beslissing is. En misschien heb je gelijk, zet ik je te veel onder druk.'

Tessa draait haar gezicht naar haar toe, over haar ogen ligt een vochtige glans.

'Ik vind het gewoon een eng idee, een kind,' zegt ze zacht. 'De verantwoordelijkheid die je dan krijgt... Je gaat ervan houden, het gaat opgroeien, er kan van alles mee gebeuren.'

'Soms gaan dingen ook weleens goed, Tes.'

Tessa knikt en lacht flauwtjes.

Ze slaan de armen om elkaar heen en dan stapt Lois in haar auto. Ze zwaait nog een paar keer terwijl ze wegrijdt, draait de Eeuwigelaan op en hoort het hek achter zich sluiten.

Lois zet de radio aan en doet hem meteen weer uit als een golf van lawaai haar overspoelt. Nu even geen uptempomuziek, het is te vol in haar hoofd. In een aangename stilte laat ze Bergen achter zich, en even later strekt het platteland zich voor haar uit. Het is bijna halfnegen, de zon schijnt nog, maar hij staat nu laag en legt een gouden waas over de weilanden, de sloten en het grazende vee. De schoonheid ervan treft Lois zo diep dat ze haar auto aan de kant zet. Haar hand gaat opnieuw naar de radio, ze zoekt een klassieke zender. Met de raampjes open geniet ze lange tijd van de rust die de natuur en de muziek haar geven.

39

Ze ziet het meteen als ze thuiskomt. Het is ook moeilijk te negeren, net als de buurtbewoners die in een groep voor haar deur staan.

Gejaagd parkeert Lois haar auto. Ze denkt er nog net aan hem af te sluiten, zoveel haast heeft ze om bij haar huis te komen.

Jaap Bakker, haar buurman, komt meteen op haar aflopen. 'Moet je zien! Het is godgeklaagd! Dat tuig ook altijd!'

Nog meer boze buren komen bij haar staan. Lois kan alleen maar naar haar ramen en voordeur kijken, die druipen van de rode verf. Het loopt naar beneden als bloed en vormt plasjes op de klinkers. Geschokt ziet ze het aan.

'Heeft iemand gezien wie dit heeft gedaan?' Ze keert zich om naar haar buren en kijkt vragend in het rond.

'Ik heb wel een jongeman de straat in zien komen. Hij bleef bij jouw huis staan, maar ik heb verder niet op hem gelet.' Chantal van Weesp, haar overbuurvrouw, kijkt verontschuldigend. 'Hij moet het wel geweest zijn, want even later zag ik wat er gebeurd was.'

'Had hij verf bij zich? Heb je dat gezien?'

'Hij had één hand in zijn zak, en met de andere droeg hij iets. Dat zal dan wel verf geweest zijn.'

'Hoe zag hij eruit?'

'Lang, slank, vrij gespierd. Hij droeg een grijs vest met

capuchon en een zwarte trainingsbroek. Die capuchon had hij op, dus ik heb hem niet zo goed gezien. Hij liep ook erg voorovergebogen. Dat had me moeten waarschuwen. Sorry, Lois,' zegt Chantal berouwvol.

'Dat kon jij niet weten.' Geruststellend legt Lois een hand op de schouder van haar overbuurvrouw. Chantal is van dezelfde leeftijd als zij, en toch hebben ze weinig contact. Ze groeten elkaar, verder gaat het niet.

Ze draait zich om als er een politiewagen de Baangracht op komt rijden.

'Die heb ik gebeld,' zegt Jaap.

'Dank je, Jaap.' Lois loopt naar haar collega's. Het zijn Mark en Renate, en nadat ze Lois hebben begroet, kijken ze naar haar besmeurde huis.

'Wat is hier gebeurd? Welke gek heeft dat gedaan?' Renate zet haar handen in haar zij en bekijkt de ramen en de deur.

'Ik heb veel vormen van vandalisme gezien, maar dit slaat alles. Wie doet nou zoiets.' Vriendschappelijk slaat Mark even zijn arm om Lois heen. 'Wat een zooitje, meid. Heeft iemand wat gezien?'

'Mijn overbuurvrouw.' Lois knikt naar Chantal, die meteen aan komt lopen. Terwijl Chantal haar verhaal aan Mark doet, stelt Renate vragen aan de andere buurtbewoners, die opeens allemaal iets gehoord, gezien of in ieder geval vermoed hebben.

'Ik zag hem nog net wegrennen, die kant op.'

'Ik heb hem niet zozeer gezien, maar wel gehoord. Er klonken voetstappen. Dat vond ik verdacht, want er komen hier niet veel mensen voorbij.'

Intussen pakt Lois haar sleutel, stapt over de verfplas heen en opent de voordeur. Er zijn geen sporen van braak, dus ze verwacht niets vreemds binnen. In eerste instantie ziet ze ook niets bijzonders. Ze stapt over de post en de reclamefolders heen, werpt een snelle blik in de woonkamer en constateert dat alles er nog precies zo bij staat als toen ze vanmiddag vertrok. Pas als ze terug de gang in loopt, ziet ze het mes. Het is een knipmes en het is uitgevouwen. Door de post en de folders op de mat heeft ze het in eerste instantie over het hoofd gezien, nu lijkt het haar toe te schreeuwen.

Even verstijft ze, dan pakt ze haar telefoon en belt Ramon.

Tien minuten later is hij er, in gezelschap van Fred en een paar technische jongens.

'Fraaie boel,' zegt Ramon, met een blik op de voorkant van het huis. Dan kijkt hij naar het mes, dat uitdagend tussen de enveloppen en de krantjes ligt. 'Heb je het aangeraakt?'

'Natuurlijk niet,' zegt Lois. 'Ik ben er alleen overheen gestapt. Ik zag het eerst niet liggen.'

'Het is toch groot genoeg.' Met een diepe frons kijkt Fred naar het mes. 'Is er binnen nog wat gebeurd?'

'Nee, binnen is alles in orde. Ik denk dat hij het mes door de brievenbus heeft gegooid.'

Arnoud Kroon, de rechercheur van de technische dienst, trekt zijn handschoenen aan en vist het mes tussen het papierwerk uit. Hij stopt het in een plastic zakje, dat hij verzegelt.

'Dat gaat naar het lab,' zegt hij. 'Hopelijk is de dader zo stom geweest om zijn vingerafdrukken erop achter te laten, maar ik ben bang van niet.'

'Nee, zo dom zijn criminelen tegenwoordig helaas niet meer,' zegt Ramon. 'Maar misschien hebben we mazzel.' Hij wendt zich tot Lois en voegt eraan toe: 'Dit gaat me allemaal te ver. We gaan een onopvallende camera aan je huis plaatsen, dan kunnen we er meteen op af als er onraad is. Intussen lijkt het me beter dat je voorlopig niet thuis slaapt. Kun je ergens terecht?'

'Bij mij,' zegt Fred meteen. 'Ik zal Nanda bellen of ze de logeerkamer in orde wil maken. Geen discussie, Lois. Ga een tas met spullen pakken, je blijft hier niet. Punt.'

'Oké, oké, dan logeer ik bij jou. Maar ik ben nu wel héél gemotiveerd om die eikel op te pakken!' Chagrijnig gaat Lois de trap op en haalt een weekendtas uit de kast. Ze gooit er wat kleding en toiletartikelen in en kijkt zuchtend rond. Echt bang is ze niet, maar waarom zou ze risico's nemen. De volgende keer kunnen de bedreigingen weleens in daden omgezet worden.

'Ik begrijp niet waarom hij mij moet hebben,' zegt ze als ze bij Fred in de auto zit en ze over de Oudegracht rijden. 'Waarom gooit hij bij jou geen verf tegen de ramen? Wat voor zin heeft dat überhaupt?'

'Hij slaat door, hij voelt zich bedreigd. We hebben te maken met iemand die irrationeel denkt. Hij wordt opgejaagd en jij bent zijn zondebok. Daarom wilde ik ook niet dat je alleen thuis bent. Wie weet waar zo'n verward type toe in staat is.' Fred neemt een bocht en draait de Nieuwlandersingel op.

Lois kijkt naar de groenstrook langs het water. Hier ergens werd het laatste slachtoffer gevonden. Het meisje dat op haar lijkt.

'Hoe is het met dat meisje, die Sanne?' vraagt ze.

'Ik heb nog niets gehoord. Waarschijnlijk ligt ze nog op de intensive care. Ze was er slecht aan toe.'

Na een korte stilte zegt Lois peinzend: 'Misschien klopt het wel dat hij mij als zondebok ziet. Ik was bij zijn zus thuis, om haar te ondervragen. Ik heb met Jessica gepost voor zijn huis. Wie weet heeft hij ons gezien.'

'Ik denk eerder dat jij gemakkelijker te volgen bent naar je huis. Bijna iedereen komt met de auto, jij gaat altijd op de fiets.'

'En dat hou ik graag zo.'

'Dat is prima, maar ik zou voortaan wel een paar keer over mijn schouder kijken als ik jou was.'

Ze rijden de Bierkade op, steken de Friesebrug over en dan zijn ze al bijna bij Freds huis. Zodra hij zijn auto op de oprit zet, gaat de deur open en daar staat Nanda.

'Wat goed dat je haar hebt meegenomen,' zegt ze met een bezorgd gezicht. 'Dag meisje. Je kunt hier blijven zo lang als je wilt.' Ze geeft Lois een kus op de wang.

'Het zal wel een klus worden om dat van je ramen te krijgen,' zegt Fred terwijl hij naar de woonkamer loopt.

'Ik bel maandag een schoonmaakbedrijf. Ik neem aan dat die morgen dicht zijn, op zondag. Kunnen ze meteen binnen aan de gang, ik heb in geen tijden iets gedaan.' Lois grijnst en ploft op de bank.

Nanda lacht terug. 'Goed zo, je kunt in ieder geval nog lachen. De logeerkamer is in orde, die staat altijd klaar, voor als de kleinkinderen komen logeren. Zal ik je spullen naar boven brengen?'

'Dat doe ik straks zelf wel. Dank je, Nanda. Je bent een schat,' zegt Lois. 'Ik wilde eerst mijn huis niet uit, maar ik ben nu toch wel blij dat Fred me heeft meegenomen.'

Met een glimlach kijkt Nanda naar haar echtgenoot. 'Ach ja,' zegt ze liefhebbend. 'Af en toe doet hij weleens iets goed.'

40

De volgende ochtend rijden Lois en Fred al vroeg naar het bureau. Nog voor Lois zich op haar werkplek heeft kunnen installeren, gaat haar telefoon.

'Met Bonnie. Er staat hier ene mevrouw Westra bij de balie en ze vraagt naar jou.'

'Marjet Westra?'

'Ja.'

'Ik kom eraan.' Lois verbreekt de verbinding en kijkt Fred veelbetekenend aan. 'Misschien wordt dit toch nog een goede dag.'

Ze haast zich naar beneden, waar Marjet Westra door de hal drentelt. Met uitgestoken hand loopt Lois op haar af. 'Hallo Marjet. Wat kan ik voor je doen?'

'Ik wilde je spreken,' zegt Marjet zacht, bijna met tegenzin. 'Over mijn broer.'

Zoiets hoopte Lois al. Haar hart begint wat sneller te kloppen en ze probeert niet te verheugd te kijken. Ongetwijfeld is dit voor Marjet een moeilijk moment.

'Goed, loop maar even mee,' zegt ze. Ze brengt Marjet naar een van de verhoorkamers, waar ze tegenover elkaar aan tafel gaan zitten.

Terwijl Marjet haar tas neerzet en om zich heen kijkt, start Lois de opnameband.

'Je neemt dit op?' vraagt Marjet.

'Ja, dat is protocol. Ik moet ons gesprek meteen uittypen of opnemen. En voordat we beginnen, wil ik je wijzen op je verschoningsrecht.'

'Wat is dat?'

'Het betekent dat je niet verplicht bent om antwoord te geven op mijn vragen omdat Wilco je broer is.'

'Oké...' Marjet aarzelt nog heel even, lijkt dan een definitieve beslissing te nemen en begint te vertellen. 'Ik heb Wilco gisteren gesproken. Hij belde me vanuit een park en vroeg of ik naar hem toe kon komen.'

'Welk park?'

'Bij winkelcentrum De Mare. Daar woon ik vlakbij, zoals je weet. Wilco was op weg naar mij, maar durfde niet te komen.' Ze valt even stil, vervolgt dan: 'Eigenlijk adviseerde ik hem om niet te komen, omdat ik het gevoel heb dat mijn huis in de gaten wordt gehouden.' Vragend kijkt ze Lois aan, maar die kijkt met een neutrale blik terug.

'En toen?' vraagt ze.

'Toen ben ik naar hem toe gegaan. Hij gedroeg zich heel zenuwachtig, opgejaagd. Ik vroeg hem of hij iets te maken had met die steekpartijen en met de dood van Nicolette.' Nerveus friemelt Marjet aan haar trouwring.

'Ja?' spoort Lois haar aan.

'Hij zei dat het een ongeluk was. Dat hij niet van plan was om Nicolette neer te steken,' zegt Marjet zacht. 'Ik geloof hem. Hij kwam die dag net bij mij vandaan, we hadden ruzie gehad over zijn baan. Omdat hij die door zijn eigen schuld verloren had, door steeds te laat te komen. Wilco heeft er moeite mee als ik hem kritiek geef, hij is gewend dat ik het voor hem opneem. Deze keer deed ik dat niet en hij raakte helemaal overstuur. Hij rende weg, de tuin door, de steeg in. Ik overwoog hem achterna te gaan, maar ik wilde mijn kinderen niet alleen laten.'

'Heb je iets gehoord of gezien van wat er in de steeg gebeurde?' Lois' stem klinkt zacht en vriendelijk, om de vrouw die tegenover haar zit zoveel mogelijk op haar gemak te stellen. Diep in haar hart zou ze liever wat scheldwoorden laten horen omdat Marjet dit nu pas vertelt, maar ze houdt zich in. En eigenlijk heeft ze ook wel met haar te doen.

'Ik heb helemaal niets gehoord, echt niet. De tv stond aan, nogal hard, en Vlinder huilde omdat Wilco en ik ruzie hadden gemaakt.'

'Maar toen ik je de eerste keer ondervroeg, versprak je je. Je wist dat Nicolette neergestoken was.'

Marjet zucht en strengelt haar vingers ineen, bijna verkrampt. 'Ik wist dat Wilco een mes had. Tijdens onze ruzie had hij het opeens in zijn hand. Ik schrok, gaf hem een duw en vroeg waar hij mee bezig was. Zei dat hij niet goed wijs was, om een mes uit zijn zak te halen waar Vlinder en Bloem bij waren. De meisjes stonden hem met grote ogen aan te kijken. Wilco zag het, begon te huilen en rende weg.'

'En reageerde zich af op Nicolette, die hij toevallig in de steeg tegenkwam.'

'Hij kon er niet door, botste tegen haar op en zij begon te gillen en te slaan. Niet zo vreemd natuurlijk als je iemand met een mes op je af ziet komen. Ik denk dat Wilco dat als een aanval heeft gezien en hij haar in paniek gestoken heeft.'

'Dat heeft hij je gisteren in het park verteld?'

Marjet knikt.

Lois slaakt een zucht en leunt achterover. 'Waarom heb je dit niet meteen verteld? Waarom vandaag pas?'

'Hij is mijn broer,' zegt Marjet kleintjes. 'Ik wilde hem niet verraden.'

'Dus je vindt het wel oké dat hij mensen neersteekt.'

'Natuurlijk vind ik dat niet oké, ik vind het heel erg. Maar ik wist niets van die andere slachtoffers af. We hebben geen krant. Mijn man begon er laatst over, hij leest de krant op zijn werk. Ik dacht meteen aan mijn broer. Ik was bang dat hij de dader was.'

'Weet je man wat er is gebeurd? Van die ruzie en wat Wilco jou heeft verteld?'

Marjet schudt haar hoofd. 'Ik durfde het niet te vertellen. Hij zou meteen naar de politie zijn gegaan. Vannacht heb ik geen oog dichtgedaan, en toen ik vanochtend opstond, wist ik dat ik het wel moest vertellen.' Ze aarzelt even en zegt dan: 'Wilco bedreigde me gisteren, toen ik hem in het park sprak. Voor de tweede keer. Ik geloof niet echt dat hij me zou steken, maar toch. Er lag zo'n vreemde blik in zijn ogen.' Marjet plaatst haar ellebogen op tafel en ondersteunt haar hoofd met haar handen. 'Het spijt me dat ik dat nu pas vertel,' zegt ze met verstikte stem. 'Al die mensen... Het had allemaal niet hoeven gebeuren als ik meteen de waarheid had verteld. Maar hij is mijn bróér.'

Dat laatste woord klinkt als een noodkreet, en tegelijk als een afdoend argument om te zwijgen, iets waar Lois weinig begrip voor kan opbrengen. Ze gaat echter liever door met het verhoor dan dat ze een discussie begint.

'Goed,' zegt ze. 'Vertel eens, waar denk je dat je broer zich schuilhoudt?'

'Ik heb geen idee. Hij zei dat hij bij een vriend had geslapen, maar ik ken zijn vrienden niet. Volgens mij was het ook geen echte vriend, maar gewoon iemand die hij een keer in de kroeg is tegengekomen. Of een oud-collega of zoiets.'

'Jullie hebben toch zo'n goed contact? Heeft hij nooit iemand genoemd?'

'Wilco is niet zo'n prater,' zegt Marjet op verdedigende toon. 'Hij leeft in zijn eigen wereldje, hij is autistisch, weet je nog? Dat soort mensen vertelt niet veel. Als hij er al iets over zei, dan was het in termen van "mijn vrienden" en "die gasten". Maar gisteren zei hij dat hij bij ene Niek had geslapen.'

'Noemde hij geen achternaam?'

Marjet schudt haar hoofd.

'Denk je dat hij nog contact met je zal zoeken?'

Een beslist hoofdknikje. 'Zeker weten. Behalve als hij ontdekt dat ik met de politie heb gepraat.' Er verschijnt een zorgelijke trek op Marjets gezicht. 'Daar moet hij echt niet achter komen. Hij zou het me nooit vergeven.'

'Ik ben bang dat hij dat uiteindelijk wel te weten zal komen.' Lois ziet het verdriet in Marjets ogen. Haar stem klinkt wat zachter als ze zegt: 'Ik begrijp dat het moeilijk voor je is. Maar uiteindelijk is het in Wilco's eigen belang dat we hem oppakken. Het gaat nu van kwaad tot erger, straks valt er nog een dode. Hij heeft hulp nodig, een behandeling.'

'Ik weet het. Zeg maar wat ik moet doen.' Marjet droogt haar tranen met de mouw van haar truitje.

'Heeft hij een mobiele telefoon?'

'Ja, prepaid.'

'Je zou hem kunnen bellen en een afspraak met hem maken.'

'En dan pakken jullie hem op.'

'Ja.'

Moedeloos schudt Marjet een paar keer haar hoofd. 'Hij zal nooit meer wat met me te maken willen hebben.'

'Het is voor zijn eigen bestwil, Marjet. Je verraadt hem niet, je helpt hem.'

'Ik ben bang dat Wilco dat heel anders ziet.'

'Maar je doet het wel?'

Zwijgend kijken ze elkaar aan, bondgenoten tegen wil en dank.

'Ja,' zegt Marjet na een lange stilte. 'Ik doe het wel.'

41

Meteen nadat Lois Marjet naar buiten heeft begeleid, met de afspraak contact te houden, rent ze de trappen op naar de kamer van Ramon. Hij zit achter zijn bureau met de telefoon in zijn hand, maar hij is niet aan het bellen. Met één blik op Lois' gezicht legt hij het toestel neer.

'Ik heb net Marjet Westra gesproken, de zus van Wilco,' zegt Lois. 'Ze vertelde me dat Wilco aan haar heeft bekend dat hij verantwoordelijk is voor de dood van Nicolette Dekker.'

De uitdrukking op Ramons gezicht is veelzeggend.

'Heb je dat zwart op wit?' vraagt hij, terwijl hij de telefoon opnieuw oppakt.

'Ik heb het gesprek opgenomen. En ik heb met Marjet afgesproken dat zij contact zal opnemen met haar broer zodat we hem kunnen oppakken.'

'Heel goed. Met deze informatie kan ik de officier van justitie wel toestemming voor doorzoeking vragen. Ik ga meteen bellen. Ga niet de deur uit, houd je gereed voor een bezoekje aan dat huis.'

Lois knikt. Ze loopt naar de Digitale Recherche en steekt haar hoofd om de hoek van de deur. 'Silvan, heb je al iets kunnen doen met die dvd van mijn zus die ik je gegeven heb?'

'Nee, sorry. Ik heb het er nu te druk voor.' Silvan maakt een verontschuldigend gebaar, dat Lois meteen wegwuift.

'Geeft niet. Ik hoor het wel.'

Voor ze de recherchekamer binnengaat, tapt ze een bekertje koffie bij het apparaat op de gang en dan gaat ze naar Freds werkplek. Hij zit er niet, maar net als ze naar hem op zoek wil gaan, komt hij de recherchekamer binnen.

'Marjet Westra stond bij de balie,' zegt Lois. 'Ze wilde me spreken over haar broer. Wat denk je?'

'Nou?' Fred blijft staan en kijkt haar afwachtend aan. Ook de andere aanwezige rechercheurs houden op met hun werkzaamheden.

'Wilco heeft aan haar bekend dat hij Nicolette Dekker heeft neergestoken,' zegt Lois. 'Hij heeft ruzie gehad met zijn zus, is overstuur weggerend met een mes in zijn hand en botste in de steeg tegen Nicolette aan.'

'Waarom had die gast een mes in zijn hand?' vraagt Nick.

'Daar had hij zijn zus mee bedreigd,' antwoordt Lois. 'Ik ben bang dat het zo'n type is dat altijd met een mes rondloopt. En dat ook trekt als hem iets niet bevalt.'

'Lekker broertje,' zegt Fred. 'Waarom heeft Marjet dat niet meteen gezegd?'

Jessica komt naar hen toe gelopen en gaat op het randje van een van de bureaus zitten. 'Je geeft je familie niet aan.'

'Niet zo gemakkelijk. Maar een moord achterhouden vind ik wel ver gaan,' zegt Nick. 'Als het mijn broer was, had ik hem aan zijn haren naar het politiebureau gesleept.'

'Daar ben je ook rechercheur voor. Je kunt wel dag met het handje zeggen tegen je baan als je informatie achterhoudt. Maar goed, Marjet Westra is geen rechercheur. Waarom besloot ze opeens om toch te praten?' Vragend kijkt Fred Lois aan.

'Omdat Wilco haar gisteren opnieuw bedreigd heeft. Ze hadden afgesproken in een park, zij wilde dat hij zich ging aangeven en toen trok hij een mes. Dat was de druppel. Ik heb met haar afgesproken dat ze contact opneemt met haar broer en dan ergens met hem afspreekt.'

'Daar gaan we niet op wachten,' zegt Fred. 'Er moet een tap op Marjets telefoon komen. Ik ga het meteen met Ramon bespreken.' Hij voegt de daad bij het woord en loopt de recherchekamer uit.

'Misschien hebben we hem vandaag al!' Met een brede lach gooit Jessica een balpen in de lucht en vangt hem behendig weer op. 'Eindelijk weer eens op tijd naar huis en met mijn vrienden afspreken.'

'En belangrijker, daarna veilig naar huis fietsen,' helpt Lois haar herinneren.

'Ja,' bevestigt Jessica. 'Dat ook.'

Aan het einde van de ochtend komt er toestemming voor doorzoeking van Wilco's huis. Onmiddellijk laten Lois, Fred en Jessica al hun bezigheden vallen en vertrekken. Eerst belt Lois Marjet met de vraag of ze een sleutel heeft van Wilco's voordeur, en als Marjet bevestigend antwoordt, halen ze die op.

Om die reden komen ze iets later aan in de Maasstraat dan de rechter-commissaris, Meike Jansen. Het is een tengere vrouw van in de veertig, gekleed in zakelijk bruin. Ze staat al op hen te wachten met de officier van justitie, Reinier Ooms, die Lois eveneens in de veertig schat.

Ze schudden handen en als ze allemaal tegelijk naar de deur kijken, houdt Lois de sleutel omhoog. Meike Jansen knikt goedkeurend. 'Hoeven we tenminste niet de boel te beschadigen.'

Bij het openen van de voordeur komt er een vreemde geur op hen af. Erg ver krijgen ze de deur niet open, er staan spullen achter. Veel spullen.

Lois schuifelt achter Meike aan de gang in, die vol staat

met dozen, kratten en stapels oude kranten. Door het gebrek aan binnenvallend licht vermoedt ze dat de situatie in de rest van het huis niet veel anders is. En inderdaad, de woonkamer staat zo volgestouwd dat er maar een paar doorgangetjes openblijven om te lopen.

'Mijn god,' zegt Fred, verbijsterd om zich heen kijkend. 'Het lijkt hier wel een opslag.'

Ze openen wat dozen, werpen er een blik in en komen tot de conclusie dat er geen gestolen goed staat opgeslagen. Waarschijnlijk zijn het eigendommen van Wilco. Dvd's, kleding, tijdschriften, stapels schoolschriften, snoertjes en stekkers, kapotte elektronica, computerspellen, huisraad, alles heeft hij bewaard.

'Verzamelwoede,' zegt Jessica. 'Dat is een ziekte. Hoe heet het ook alweer?'

'Geen idee, maar het is wel duidelijk dat hij daaraan lijdt. Moet je die bank zien.' Fred wijst naar een leren bank die vol ligt met kleding en stapels boeken; er is nog net één plekje waar je kunt zitten.

Lois worstelt zich door de bende heen als iemand die in een jungle naar een wandelpad zoekt. Ze maakt dozen open en verplaatst spullen, en als ze een kast opent, valt de inhoud eruit. Ook in de kleinste kamer van de flat, waar Wilco's computer staat, is het zo'n chaos dat ze niet weet waar ze moet beginnen. Ze doorzoekt zijn bureau, waar een paar oude computermonitoren op staan en dat schuilgaat onder gereedschap en uit elkaar gehaalde apparaten. De lades zitten propvol papieren. Op goed geluk haalt ze er wat uit: bankafschriften van jaren geleden, rekeningen, artikelen over motoren die uit tijdschriften zijn gescheurd, bakken vol paperclips en punaises, nog meer snoeren.

Ze kijkt om als Jessica binnenschuifelt en zegt: 'Als er al ergens iets van belang ligt wordt het een *hell of a job* om het te vinden.'

‘We hebben een la met messen gevonden onder zijn bed,’ zegt Jessica.

‘En?’

‘Ze zien er schoon uit. En vrij onschuldig eigenlijk.’

‘Hoe kan een mes er nou onschuldig uitzien?’

‘Ik bedoel dat ze niet zo groot zijn. Van die zakmessen die je meeneemt als je op kamp gaat, met een kurkentrekker en een schaartje eraan.’

‘Daar kun je ook een lelijke wond mee veroorzaken. We nemen ze mee. Als hij er iemand mee heeft gestoken, moeten er nog bloedsporen op zitten. Hoe goed hij ze ook heeft schoongemaakt.’ Lois’ telefoon gaat. Ze kijkt naar de display. ‘Marjet Westra,’ zegt ze met een veelbetekenende blik naar Jessica.

Die komt vlak naast haar staan, zodat ze kan meeluisteren.

‘Met Lois.’

‘Met mij.’ Marjets stem klinkt gejaagd en een beetje dof, alsof ze gehuild heeft. ‘Ik heb Wilco gesproken. Hij nam de hele ochtend zijn telefoon niet op, maar nu eindelijk wel. We hebben afgesproken dat hij vanmiddag om vier uur naar mijn huis komt. Ik heb gezegd dat ik me heb vergist, dat er geen politiewagens in de straat stonden, dat hij rustig kan komen om te douchen en wat te eten.’

‘Goed gedaan,’ zegt Lois, en aarzelend voegt ze eraan toe: ‘Ik begrijp dat dit heel moeilijk voor je is.’

‘Ja, ik voel me verschrikkelijk.’

‘Je doet het juiste. Dat weet je toch?’

‘Ik weet het,’ zegt Marjet. ‘Maar dat maakt het niet minder moeilijk.’

Ze zijn er klaar voor. De surveillancewagen is vertrokken, en een uur voor tijd zijn Lois, Fred en twee agenten van de geüniformeerde dienst het huis binnengegaan.

Marjet heeft Vlinder en Bloem naar een vriendin gebracht en zit nagelbijtend op de bank.

Omdat ze niet weten of Wilco aan de voor- of achterkant zal binnenkomen, en omdat hij door het erkerraam de hele woning kan zien, zit het aanhoudingsteam boven. Fred en Lois aan de voorzijde, op een van de kinderbedden. De twee agenten, Mark en Luuk, aan de achterzijde, in de ouderslaapkamer.

'Niet opstaan en niet heen en weer lopen,' heeft Fred gezegd. 'Eén glimp van ons en hij is weer vertrokken.'

Wachten duurt altijd lang, zeker als er veel van afhangt. Gespannen zit Lois op het bed. Om zichzelf wat af te leiden laat ze haar blik door de kinderkamer gaan. Veel roze, en overal typisch meisjesspeelgoed. Een poppenhuis, barbies, roze paardjes met lange witte manen, plastic sieraden. Zo'n kamer had zij vroeger niet. Ze speelde niet met barbies en poppen. Wat deed ze eigenlijk wel?

Met gesloten ogen probeert ze haar oude kamer voor haar geestesoog tevoorschijn te toveren. Een lichtbruine laminaatvloer, een bureautje en een boekenkast, rondslingerende sportkleding. Ze hield van atletiek en basketbal, later ook van honkbal. Ze was geen kind dat veel op haar kamer zat, eigenlijk was ze altijd buiten. Maar Vlinder en Bloem zijn natuurlijk nog een stuk jonger.

Ze kijkt op haar horloge. Tien voor halfvier. Ze zucht en gaat wat verzitten, zodat ze geen last heeft van de schouderholster waar haar wapen in zit. Ze ziet niet op tegen het moment waarop ze in actie moet komen, het is de spanning vooraf waar ze moeite mee heeft.

Nog veertig minuten.

42

Hij weet niet wat nu precies zijn wantrouwen heeft gewekt. Misschien is het nog de schok van gisteren, toen Marjet er opeens op aandrong naar de politie te gaan. Op dat moment wist hij dat ze niet langer aan zijn kant stond, dat hij haar kwijt was.

De wanhoop die dat besef veroorzaakte is inmiddels gezakt, al doet die nog steeds zijn vernietigende werk, als een langzaam oplossend gif.

Met zijn handen diep in zijn zakken gestoken, zijn capuchon over zijn hoofd, loopt hij de wijk in waar zijn zus woont. Op weg naar haar huis spieden zijn ogen van links naar rechts, bedacht op onraad. Als hij nu ook maar één politiewagen ziet, gaat hij er meteen vandoor, neemt hij zich voor.

Dat er niets te zien is, stelt hem niet gerust. Integendeel, hij vindt het vreemd. Net als Marjets mededeling dat er geen politie in de straat staat, dat ze zich dat had ingebeeld. Alsof je je zoiets kan inbeelden.

Desondanks geeft hij haar graag het voordeel van de twijfel. Hij heeft geen keus, alleen redt hij het niet in deze wereld.

Aan het begin van de straat blijft hij staan. Er staan zeven auto's, waarvan een voor haar deur. Van de eerste twee kan hij zo al zien dat er niemand in zit, de andere zal hij moeten controleren.

Met zijn ogen op de stoep gericht beent hij de straat in. Elke spier in zijn lichaam is gespannen, waakzaam kijkt hij in het rond. Hij loopt langs de derde auto en werpt een snelle blik naar binnen. Leeg.

De volgende wagen staat wat verder weg, voor Marjets deur. Zo stom zal de politie toch niet zijn, om precies voor haar huis te gaan staan?

Zijn hart bonst hevig als hij dichterbij komt. Ook de vierde auto is leeg. Dat valt hem mee, maar hij kijkt meteen verder de straat in. Als ze daar zitten, hebben ze hem natuurlijk allang in de peiling. Maar hij hoeft er niet helemaal naartoe te lopen, hij kan van een afstand al zien of er iemand in zit. Als ze er dan uit springen, heeft hij een aardige voorsprong.

Het zweet staat in zijn handen als hij de vijfde en de zesde wagen passeert. Niemand. Even is de verleiding groot om de laatste auto te laten voor wat hij is, maar iets in hem drijft hem naar het einde van de straat. Een blik naar binnen, leeg.

Opluchting stroomt door hem heen als een antigif. Ze heeft niet gelogen, er staat inderdaad geen politie. Zijn vertrouwen keert terug, hij kan de warmte van haar liefde alweer voelen. Natuurlijk verraadt ze hem niet, het is Marjet! Hoe heeft hij aan haar kunnen twijfelen?

Met gebogen schouders en een licht schuldgevoel gaat hij de hoek om en loopt de steeg achter het huizenblok in. Aan de plek waar hij tegen het meisje op botste besteedt hij geen aandacht, hij heeft genoeg aan zijn hoofd.

De poort naar de tuin zit op slot. Hij rammelt aan de deur, kijkt dan op zijn horloge. Het is pas kwart voor drie, hij heeft zich een uur vergist. Marjet is er niet, ze sluit altijd af als ze weggaat.

Besluiteloos kijkt hij om zich heen. Wat nu? Misschien kan hij in de tuin op haar wachten.

Het is niet zo moeilijk om de poort open te maken, hij

hoeft alleen maar tegen de houten planken op te klimmen en zijn arm over de bovenrand te steken om bij de knip te kunnen.

Hij zet zijn voet op de derde plank en klimt een stukje naar boven. Net hoog genoeg om bij de knip te kunnen, hoog genoeg om over de rand te kijken. Naar de tuin. Naar de keuken en het achterste deel van het huis, waar de eettafel staat. Eigenlijk kan hij door het hele huis heen kijken, tot aan de erker en de straat. En daar ziet hij ze staan, vier man sterk. De blonde vrouw en haar collega, en twee agenten in uniform.

In een reflex laat hij zich vallen, veilig op de grond. Zijn hart gaat als een bezetene tekeer. Stijf van angst drukt hij zich tegen de poort aan, schuifelt naar de muur ernaast en loopt zo de steeg door. Hij verwacht elk moment de poort open te horen gaan, of iemand de hoek om te zien komen. Dat gebeurt niet, en struikelend van de haast maakt hij zich uit de voeten. De ontzetting vonkt door zijn hoofd en terwijl hij wegrent, stort zijn wereld met donderend geraas in.

43

Tegen halfzes geven ze het op. De teleurstelling bij het team is groot. Op aandringen van Lois belt Marjet haar broer een paar keer, maar hij neemt zijn telefoon niet op. Langer wachten heeft geen zin, hij is duidelijk niet van plan om te komen.

'Wat is er misgegaan? Zou hij ons gezien hebben?' Gefrustreerd zit Lois in de auto, haar armen over elkaar geslagen.

'Nee, we waren er een uur van tevoren. Ik denk dat hij gewoon nog boos was op Marjet. Of misschien is er iets tussen gekomen. Die jongen heeft een wispelturige aard en is ernstig in de war,' zegt Fred terwijl hij de motor start.

'Het is mislukt. We hebben onze tijd zitten verdoen en met een beetje pech steekt Wilco vanavond weer iemand neer.'

'Of hij besluit vanavond naar zijn zus te gaan. En dan waarschuwt Marjet ons.'

'Dat hoop je. Ik zag de twijfel op haar gezicht, ze had er ontzettend veel moeite mee om haar broer in de val te lokken. Het zou me niet verbazen als ze dat geen tweede keer doet.' Lois kijkt op haar telefoon, waar een sms'je op is binnengekomen.

'Silvan,' zeg ze. 'Hij heeft de bewakingsbeelden bij Tessa's huis bekeken.'

'Dus je wilt nog even naar het bureau?'

'Graag. Als jij klaar bent voor vandaag, zet me dan maar af.

Dan loop ik daarna wel naar jouw huis. Zo ver is het niet.'

'Ben je gek, ik ga met je mee. Ik ben ook wel benieuwd wat er op die dvd staat.'

Ze rijden terug naar het bureau, groeten de collega's voor wie de werkdag erop zit en gaan de trap op naar de eerste verdieping. Silvan is er nog. Hij zit achter zijn computer, met een kapsel alsof hij net uit zijn bed komt. Omdat hij de gewoonte heeft door zijn haar te woelen als hij nadenkt of geconcentreerd bezig is, zit het het grootste deel van de dag door de war.

'En?' zegt Lois nieuwsgierig. 'Kon je er wat mee?'

'Het is geen beste opname,' zegt Silvan verontschuldigend. 'Ik heb geprobeerd de resolutie te verhogen en het zwarte waas eruit te halen, en toen kreeg ik dit.' Hij start de opname. Eerst zien ze een tijdje niets anders dan het hek voor Tessa's oprit, dan komt er een lange, vrij magere figuur aanlopen. Ondanks de warmte heeft hij een jack aan, met een wat te grote spijkerbroek eronder. De capuchon van zijn jas heeft hij over zijn hoofd getrokken.

Lois zit zowat met haar neus op het beeldscherm. 'Dat is Wilco niet. Het postuur en de lengte kloppen, maar de kleding niet. Wilco draagt van die slobberkleren. Trainingsbroek, hoodie, sneakers.'

'Hij kan expres iets anders aangetrokken hebben. Die camera hangt daar duidelijk zichtbaar,' zegt Fred, die over haar schouder meekijkt.

'Hij kijkt er ook niet één keer in,' zegt Silvan. 'En waarom heeft hij een capuchon op? Het is op dat moment tien voor halftwee en hij staat in de volle zon.'

'Dat is inderdaad verdacht,' zegt Lois. 'Maar ik geloof niet dat het Wilco is. Deze man is ouder, kijk maar hoe gebogen zijn schouders zijn.'

'Zo loopt hij met opzet.' Silvan spoelt de opname een

stukje door, zodat ze de man kunnen zien weggaan. 'Kijk maar, hier gaat hij opeens rechtop lopen.'

'Ik wil dat ze voor de zekerheid bewaking krijgt.' Met een vastberaden uitdrukking op haar gezicht richt Lois zich op.

'Ik zou haar gewoon even waarschuwen,' zegt Fred.

'Waarschuwen? Dat weten Guido en zij toch allang. Dit zijn beelden van hun eigen camera! Waarom denk je dat Guido ze aan mij heeft gegeven? Ik wil dat ze bewaking krijgt.'

'Daar hebben we niet genoeg mensen voor, dat weet je.'

'Ga bij haar logeren,' zegt Silvan. 'Dan is er in ieder geval 's avonds en 's nachts iemand.'

'Goed idee,' zegt Lois.

'Dus je gaat je eigen huis uit omdat je bedreigd wordt, en vervolgens ga je naar het huis van je zus. Denk je niet dat je het gevaar voor Tessa dan juist vergroot?' zegt Fred.

Lois laat zich op de rand van Silvans bureau zakken en wrijft met haar handen over haar gezicht. Ze schudt haar hoofd en haalt diep adem. 'Ik weet niet meer wat ik moet denken. Iemand heeft het op mij gemunt en hoogstwaarschijnlijk is dat Wilco. Dat hij iets tegen mij heeft kan ik me nog indenken, maar wat moet hij met Tessa?'

'Die jongen denkt niet rationeel. Daarom steekt hij al die mensen neer. Waarschijnlijk heeft hij last van diepgewortelde wraakgevoelens en reageert hij zich af,' zegt Fred.

'Dat bedoel ik!' reageert Lois. 'Hij steekt in het wilde weg mensen neer. Lilian kende hij, bij haar had hij er waarschijnlijk een reden voor, maar Nicolette heeft hij per ongeluk gedood. En voor de aanval op Veerle en Johan kan ik ook geen motief bedenken. Nu heeft hij een hekel aan mij, maar ik ben bijna nooit alleen en ik draag een wapen, dus hij kan niet veel doen. Behalve een meisje neersteken dat op mij lijkt en vervolgens achter mijn zus aan gaan. Dat laat ik niet gebeuren, jongens. Echt niet!'

Nadenkend wrijft Fred over zijn kin. 'Ik zou ook bij Ramon om bescherming voor Tessa pleiten,' zegt hij. 'En jij hebt je rust nodig, dus je slaapt vannacht gewoon bij Nanda en mij.'

'Onmogelijk,' zegt Ramon vanachter zijn bureau. 'Ik kan mijn mensen niet missen. Je zus heeft een goed beveiligd huis met bewakingscamera's en een alarminstallatie. Als ik een insluiper was, zou ik me nog eens goed bedenken. Bel haar op en zeg haar dat ze goed moet opletten.'

'Is dat alles?' Verontwaardigd kijkt Lois haar baas aan.

'Veel meer kan ik niet doen. Er zijn geen aanwijzingen dat ze gevaar loopt, ook al heeft er iemand bij dat hek gestaan. Dat zal wel vaker gebeuren bij zo'n huis.' Hij leunt wat naar achteren en kijkt Lois een paar seconden zwijgend aan. Zij kijkt strak terug, in een geluidloos protest. 'We kunnen wel een afspraak op locatie maken.'

Lois knikt berustend.

Een afspraak op locatie is de gebruikelijke gang van zaken. Als Tessa of Guido dan belt, komt er onmiddellijk een politiewagen naar hen toe. Het is het beste wat ze kunnen doen. Natuurlijk kan Tessa niet vierentwintig uur per dag bewaakt worden tegen een dreiging die niet eens zeker is. Lois heeft dit verhaal zelf al vaak verteld aan mensen die zich bedreigd voelen, maar het is heel anders als het om je eigen familie gaat.

'Als de meldkamer iets binnenkrijgt over Tessa, dan wil ik dat graag onmiddellijk weten,' zegt ze.

Met een geruststellend knikje belooft Ramon dat.

'Dus de politie doet niets?' zegt Tessa als Lois haar belt. Het klinkt niet verbaasd, door Lois' verhalen weet ze wel hoe die dingen gaan.

'We kunnen weinig doen,' legt Lois uit. 'Er is geen serieuze dreiging. Maar Tes, als je ook maar iets verdachts ziet, bel me dan. Ik kom er meteen aan.'

'Ik heb die man niet meer gezien,' zegt Tessa. 'Misschien was hij iets van plan, maar ontdekte hij dat het niet ging.'

Even staat Lois in dubio of ze haar zus moet vertellen over de rode verf op haar ramen en de dode kat, maar ze besluit het niet te doen. Tessa raakt al zo gauw in paniek, het valt haar mee dat ze tot nu toe zo rustig is gebleven.

'Pas toch maar op,' zegt ze. 'En bel me.'

44

Maandagochtend, zodra het schoonmaakbedrijf open is, belt Lois op om een afspraak te maken. Ze beloven haar dat ze dezelfde dag nog aan de slag gaan. Dat ze woord houden, ziet ze later op de ochtend in de meldkamer.

Ramon heeft haast gezet achter de installatie van een camera en heeft die laten ophangen onder de dakgoot van Lois' huis. De camera is klein genoeg om niet gezien te worden en geeft een haarscherp beeld.

'We kunnen precies zien hoe lang ze erover doen om je huis schoon te maken en hoeveel pauzes ze nemen,' zegt wachtcommandant Wouter de Vries lachend. 'Ze hebben eerst tien minuten naar de schade staan staren, vervolgens gezucht, heen en weer gelopen en nu zijn ze aan het werk.'

'Ik hoop dat ze het vandaag nog klaar krijgen,' zegt Lois. 'Zolang zij daar bezig zijn, laat Wilco zich zeker niet zien. Ik ga naar de briefing, Wouter. Ik hoor het wel als je iets verdachts signaleert.'

De ochtendbriefing verloopt zonder hoogtepunten. Ramon deelt mede dat er geen bloed is aangetroffen op de messen die in Wilco's huis zijn gevonden.

Dat had Lois ook niet verwacht. Sinds ze Wilco's huis observeren is er nog iemand neergestoken, dus hij moet het mes bij zich hebben. Het zou haar niet verbazen als hij het altijd bij zich draagt. Een onzeker, labiel type als Wilco voelt zich vast een stuk zekerder wanneer hij gewapend is.

Op verdere resultaten van de doorzoeking moeten ze wachten, het uitkammen van de bende bij hem thuis gaat nog wel even duren. Er is een speciaal team op gezet, waarvan Lois geen deel uitmaakt. Zij onderhoudt het contact met Marjet, die ze meerdere keren per dag belt om te vragen of ze al iets van Wilco heeft gehoord. Elke keer moet Marjet ontkennend antwoorden. Ze begint ongeduldig te klinken, maar Lois blijft toch bellen. Marjet kan niet goed liegen. Zelfs door de telefoon zou haar stem haar kunnen verraden. Niet dat ze er veel mee opschiet als ze zou merken dat Marjet iets verzwijgt, ze kan haar niet dwingen om mee te werken. Maar een zekere druk, gecombineerd met een vriendschappelijke, begripvolle houding, kan de balans naar de andere kant doen doorslaan.

Intussen houdt Lois zich bezig met andere zaken, die zijn blijven liggen. Nu ze wat minder actief en vaker op het bureau is, dwalen haar gedachten voortdurend af naar Onno. Ze mist hem.

Verrast door dat inzicht leunt Lois naar achteren in haar bureaustoel en kijkt door het raam naar de fietsers en de auto's op de Kanaalkade. Ja, ze mist hem echt. Zijn stem, de interesse waarmee hij altijd naar haar luistert, dat ene vonkje in zijn ogen dat zijn gevoelens voor haar verraadt, zijn warme aandacht. Van een kennis die ze af en toe ziet en die ze tot nu toe vooral op afstand heeft gehouden, heeft hij zich ontwikkeld tot een dierbare vriend aan wie ze steeds vaker denkt.

Is ze verliefd op hem? Peinzend kijkt Lois naar het water van de kade. Een dekschuit vaart voorbij en veroorzaakt een milde golfslag, die de aangemeerde boten zachtjes doet dobberen.

Ze sluit haar ogen, stelt zich voor dat Onno bij haar is, dat hij zijn armen om haar heen slaat, haar zachtjes naar zich toe trekt en haar kust. Het gevoel is zo sterk dat ze de warmte van zijn lippen op de hare bijna kan voelen.

Met een kort lachje opent ze haar ogen weer en schudt haar hoofd. Onno en zij, dat is geen combinatie. Hij is te stijf, te kakkerig, te keurig. Zo heel anders dan Brian, haar ex, met zijn stoere leren jas, zijn stoppelbaard en kortgeknipte donkere haar. Maar behalve een gepassioneerde liefdesrelatie heeft Brian haar maar bitter weinig gegeven. Inmiddels is ze over zijn vertrek heen, al moet ze zich nog altijd beheersen om niet op Facebook te kijken hoe het met hem gaat. Mannen als Brian zijn leuk voor een tijdje, met iemand als Onno bouw je een toekomst op.

'Lois?'

Ze schrikt op van haar overpeinzingen door een stem vlak bij haar. Ramon staat aan haar bureau, met een tevreden uitdrukking op zijn gezicht.

'Die werklui zijn klaar met je huis, alles is weer schoon. En wat denk je?'

'Nou?' Verwachtingsvol richt Lois zich wat op in haar stoel.

'Ze waren nog niet weg of er was nieuwe activiteit. De meldkamer belde net dat een paar keer dezelfde man langs is komen lopen en dat hij op dit moment naar binnen staat te kijken. Er is een wagen op afgegaan, ze zullen er nu wel zijn.'

Lois springt overeind en haast zich naar het einde van de gang, waar de meldkamer zich bevindt. Ramon volgt haar. Ze zien nog net op een van de monitoren hoe twee agenten een man in een kort jack en een spijkerbroek in de boeien slaan en afvoeren.

'Ze hebben hem!' zegt Lois.

'Misschien. We weten niet of dit hem is.'

'Jawel, dit is de man die ook bij Tessa's huis rondhing. Ik

weet het zeker, hij draagt dezelfde kleding. Wat goed!' De opluchting stroomt door Lois heen en kalmeert haar gespannen zenuwen. 'Ik ga mijn zus bellen.'

Ramon houdt haar tegen. 'Wacht even tot we meer weten.'

Met tegenzin bergt Lois haar telefoon weer op. 'Ik kan niet wachten om die vent te spreken.'

'Dan moet ik je teleurstellen,' zegt Ramon. 'Dat gesprek gaat iemand anders voeren.'

Ze zit er te dicht op, dat weet ze zelf ook wel. Toch is het vervelend dat ze het verhoor niet mag doen. In afwachting van de komst van de arrestant keert Lois terug naar haar bureau en pakt Wilco's dossier erbij. Aandachtig bekijkt ze zijn foto. Hij is niet degene die bij Tessa voor het hek stond, ze weet het zeker. Maar wie is het dan wel?

'Hebben we hem?' Fred komt opgewonden binnenlopen.

'Dat zullen we zo weten. Het is dezelfde man die bij Tessa's huis rondhing, maar of het Wilco is...' Lois steekt een hand op en kruist twee vingers.

'Ik ga de verhoorkamer in orde maken.' Fred loopt weg.

Lois trekt haar bureaula open. De map met informatie over haar vader ligt begraven onder stapels papieren, wachtend op het juiste moment. Ze moet weten of het onderbuikgevoel, waar ze al een tijdje last van heeft, klopt.

Ze haalt het dossier tevoorschijn en slaat het open. Er zit een foto in waar ze lange tijd naar staart.

Omdat haar vader bekend was bij justitie, was ze bang dat hij iets ernstigs op zijn geweten zou hebben, maar dat valt mee. Hij is een aantal keren opgepakt wegens openbare dronkenschap en, een paar jaar later, vanwege geweldpleging. Dat klinkt serieus, maar meer dan een vechtpartij was het niet.

Wat haar veel meer schokt, is de vermelding dat hij vijftien jaar op straat heeft geleefd. Ongelovig kijkt ze naar het summiere berichtje.

Het staat er echt.

Vijftien jaar.

Lange tijd zit ze achter haar bureau voor zich uit te staren. Dan staat ze op en verlaat ze de recherchekamer. Ze gaat naar beneden, waar het cellenblok en de verhoorkamers zich bevinden.

De man is al naar binnen gebracht. Lois gaat naar het kamertje waar ze via het doorkijkraam kan meekijken. Jessica komt ook binnen en gaat naast haar staan.

'Ik ben benieuwd,' zegt ze. 'Laat het hem alsjeblieft zijn.'

De arrestant zit aan tafel tegenover Fred en Ramon. Met één oogopslag stelt Lois vast dat het Wilco niet is. Daar is hij te oud voor.

'Het is hem niet,' zegt Jessica, duidelijk teleurgesteld. 'Die man is dik in de zestig.'

'Nee, hij is jonger.' Lois kan haar ogen niet van de man met de licht gebogen schouders afhouden. 'Zesenvijftig, om precies te zijn.'

'Hoe weet jij dat?' Verbaasd kijkt Jessica haar aan.

'Omdat ik hem ken,' antwoordt Lois. 'Het is mijn vader.'

45

Er zijn dagen waaraan je begint zonder het flauwste vermoeden dat het een dag zal worden die je nooit zult vergeten. Een dag waarvan je je later elk uur zult herinneren, omdat dat de momenten waren vóór je het nieuws hoorde dat alles zou veranderen. Voor Lois was de dag waarop ze als veertienjarige het briefje van haar vader op de eettafel vond waarin stond dat hij vertrok er zo een. En vandaag is weer zo'n dag.

Jarenlang heeft ze zich afgevraagd hoe ze zou reageren als haar vader terugkwam. Of ze blij zou zijn of kwaad, of ze hem zou kunnen vergeven. Ze dacht van niet, daarvoor had hij haar te veel pijn gedaan. Wat haar betrof was er geen vergiffenis voor iemand die zijn kinderen zo verschrikkelijk in de steek had gelaten.

Nu ze voor het doorkijkraam naar de oudere man kijkt die daar in de verhoorkamer zit, komt er zo'n wirwar aan emoties bij haar omhoog dat ze onmogelijk kan zeggen welke overheerst. Vreugde en woede, verbijstering en ongeloof wisselen elkaar in een razend tempo af.

'Je vader?' fluistert Jessica naast haar. 'Is dat je vader?'

Lois kan het zelf ook bijna niet geloven. Dit is niet hoe ze zich haar vader herinnert. Het afgetobde, doorleefde gezicht, wreed aangevallen door de tijd, is als een doorzichtig masker. Zijn vroeger korte donkerblonde haar is nu halflang, grijs en achterovergekamd. En wat is er met zijn gebit gebeurd? Aan zijn ingevallen wangen kan ze zien dat er tanden en kiezen ontbreken.

Een duizeling overvalt haar en ze zoekt steun bij de rugleuning van een stoel. Bezorgd draait Jessica de stoel om en helpt haar om te gaan zitten.

'Gaat het wel? Weet je zeker dat het je vader is?'

Lois knikt alleen maar. Alsof ze haar eigen vader niet zou herkennen. Het maakt niet uit hoezeer hij is veranderd, ze herkende hem meteen.

'Daarom hing hij bij jullie huis rond,' zegt Jessica. 'Zou hij geprobeerd hebben contact op te nemen?'

Dat is de grote vraag. Misschien kwam hij alleen even gluren, om daarna weer te verdwijnen. De stille hoop die in Lois opsteeg, wordt de kop ingedrukt door een golf van bitterheid. Natuurlijk was hij niet van plan om op de koffie te komen. Wie weet hoe vaak hij Tessa en haar bespied heeft, om daarna weer van het toneel te verdwijnen.

'Ik heb hoofdpijn, ik ga even een paracetamol pakken. Zorg dat ze hem niet laten gaan.' Lois staat op en vlucht de kamer uit.

In de recherchekamer haalt ze een strip paracetamol uit haar tas en neemt er een in met een paar slokken water. Om haar heen is iedereen druk bezig, niemand let op haar. Pas als ze bijna tien minuten voor zich uit heeft zitten kijken, kijkt Nick opmerkzaam haar kant op, en hij rolt zijn bureaustoel naar haar toe.

'Wat is er met jou aan de hand? Voel je je wel goed?'

Lois masseert haar bonkende slapen. Ze voelt niet de minste behoefte om dit heftige moment met Nick te delen, maar het is te groot om voor zich te houden.

'Het is mijn vader,' zegt ze. 'De man die ze net opgepakt hebben is mijn vader.'

Het onbegrip glijdt van Nicks gezicht en maakt plaats voor verbazing.

'Echt waar? Die kerel die bij je huis rondhing?' Nick haalt een hand door zijn haar, dat meteen rechtop staat. 'En nu? Wat ga je doen?'

'Geen idee. Met hem praten, denk ik. Ik ben wel benieuwd wat hij kwam doen.'

'Moet je het verhoor niet volgen? Dat zou al heel wat antwoorden opleveren.' Hij kijkt om als Fred en Ramon de recherchekamer komen binnenlopen. 'Te laat,' zegt hij. 'Nou, vertel het goede nieuws maar.'

'Welk goede nieuws?' informeert Ramon.

'Lois is herenigd met haar pappie. Tenminste, bijna,' zegt Nick triomfantelijk.

Lois zendt hem een boze blik. Wat is het toch een eikel, om het op die manier te brengen, nog voor ze zelf iets kan zeggen.

Vol medeleven kijkt Fred haar aan. 'Is hij het echt?'

Ze knikt en haalt hulpeloos haar schouders op. 'Ik stond voor het doorkijkraam en herkende hem meteen.'

Al die jaren heeft Fred met haar meegeleefd, haar zwijgzaamheid over dat onderwerp gerespecteerd, de spaarzame informatie die ze gaf aangehoord. Als iemand weet wat dit moment voor haar betekent, is hij het wel. Hij loopt naar haar toe en klopt haar onhandig op de schouder. 'Dus toch. Het moest ervan komen, hè.'

'Wist je dat hij in de buurt was?'

Haar collega knikt.

'Wat heeft hij gezegd?'

'Niets. Hij zat er maar een beetje bij, weigerde een woord te zeggen.'

'We hebben hem in de cel gezet. Proberen het later nog een keer.' Ramon legt een hand op Lois' schouder. 'Dit moet een hele schok voor je zijn. Gaat het wel?'

Lois knikt. 'Ik moest even bijkomen, maar ik ben oké.'

'Goed zo. Ik denk niet dat je vader kwaad in de zin had,

dus er is geen reden om hem vast te houden. Tenzij je denkt dat hij degene is die je huis besmeurd heeft.'

'Nee, dat moet Wilco gedaan hebben. Mijn vader is toevallig net op het verkeerde moment gekomen, toen die camera was opgehangen.'

'Wil je met hem praten?' vraagt Ramon.

'Ja,' zegt Lois. 'Dat wil ik zeker. Als het kan nu meteen.'

46

Om hen beiden een ongemakkelijke begroeting te besparen, zit Lois al achter de tafel in de verhoorkamer als haar vader wordt binnengebracht. Met ingehouden adem kijkt ze naar hem, benieuwd naar zijn reactie. Die valt tegen, hun ogen ontmoeten elkaar even en vervolgens ontwijkt hij haar blik. Zonder iets te zeggen neemt hij plaats achter de tafel.

Lois bekijkt haar vader eens goed. De eerste confrontatie was de grootste, maar ze schrikt opnieuw van zijn uiterlijk. Dat halflange grijze haar, dat ingevallen gezicht, de rimpels en littekens op zijn huid, het is haar vader en toch ook niet. De zeventien jaar afwezigheid hebben hun sporen nagelaten. Bij haar natuurlijk ook, hij heeft haar voor het laatst gezien toen ze veertien was. Tenminste, dat neemt ze aan.

Opeens kan ze haar nieuwsgierigheid niet meer bedwingen. Na al die jaren van vragen en onwetendheid wordt het tijd voor antwoorden.

Automatisch neemt ze de houding aan waarin ze altijd een verhoor begint, met haar armen op tafel, licht naar de verdachte toe gebogen.

'Nou pa,' zegt ze. 'Leuk je weer te zien.'

Mart Elzinga werpt haar een onderzoekende blik toe, alsof hij wil kijken of ze het meent. Op Lois' gezicht is geen spoortje van een glimlach of enige toenadering te bespeuren. Met een zucht wendt Mart zijn blik weer af.

'Hier was ik al bang voor,' zegt hij.

'Waar was je bang voor?'

'Voor deze reactie.'

'O, je had liever gehad dat ik taart had gehaald en slingers opgehangen?'

Ongeduldig schudt hij zijn hoofd. 'Natuurlijk niet. Ik begrijp best dat je niet staat te juichen.'

'Fijn,' zegt Lois. 'Dan is dat duidelijk.' Ze blijft haar vader strak aankijken, alsof ze hem op die manier probeert te dwingen een verklaring voor zijn vertrek te geven. Die komt niet, na die ene opmerking vervalt haar vader in stilzwijgen.

Lois voegt daar haar eigen zwijgen aan toe en een tijdlang zitten ze zo tegenover elkaar. Terwijl haar ergernis groeit, neemt ze haar vader op. Hij ziet er wat ongemakkelijk uit, maar zeker niet berouwvol en schuldig. Dat irriteert haar, maar intrigeert haar ook. Wat weet ze eigenlijk van hem? Bijna niets. Ze heeft hem alleen als kind gekend, en intussen leeft ze langer zonder dan ze ooit met hem heeft geleefd. Als ze iets te weten wil komen, zal ze haar emoties opzij moeten zetten en hem als een volwassene moeten benaderen, in plaats van als een gekwetst kind.

'Waar heb je al die tijd gezeten?' vraagt ze rustig, zonder het beschuldigende toontje dat eerder in haar stem lag.

'In Amsterdam,' antwoordt haar vader.

Zo dichtbij. Ze heeft gestudeerd in Amsterdam, ze had hem kunnen tegenkomen. Misschien is dat ook wel gebeurd, zijn ze elkaar gepasseerd op straat en had ze niets in de gaten.

'Heb je daar een huis?'

Hij knikt. 'Nu wel. Ik heb jarenlang op straat geleefd. Eerst in een hotelletje, maar dat was te duur. Dus toen mijn geld opraakte, ging ik de straat op.'

Lois ziet haar vader al liggen, in een portiek of onder een brug. Hoe boos ze ook op hem is, die beelden maken haar van streek.

'Maar waarom? Het was toch helemaal niet nodig om zo te leven? Ik dacht altijd dat je ergens anders woonde, dat je een huis had gehuurd, een nieuwe vrouw had gevonden, nieuwe kinderen…' Haar stem stokt.

'Nee,' zegt Mart. 'Er is nooit iemand geweest.'

Lois leunt naar achteren en haalt een hand door haar haar. 'Ik begrijp het niet, pa. Leg het eens uit. Na zeventien jaar heb ik daar wel recht op.'

'Ja,' zegt hij, opnieuw wegkijkend. 'Ja, dat is wel zo.'

Stilte.

'Dus?'

Mismoedig schudt hij zijn hoofd, staart naar zijn handen. Zwervershanden, ziet Lois. Handen met afgebroken nagels en littekens van slecht genezen wondjes.

Opnieuw blijft het lang stil.

'Ik heb jullie altijd gemist,' zegt hij dan opeens. 'Altijd. Dat moet je weten.'

'Oké,' zegt Lois behoedzaam, bang iets af te breken wat amper op gang is gekomen. Helaas lijkt haar vader niet van plan meer te zeggen.

'Je had terug kunnen komen,' zegt ze. 'Waarom heb je dat niet gedaan?'

Mart schudt zijn hoofd. 'Dat ging niet. Dat ging echt niet.'

'Natuurlijk wel. Waarom niet? We hadden je nodig, pa. Mama, Tessa en ik.'

'Je moeder had mij niet nodig, ze haatte me. Kijk maar niet zo ongelovig, ze haatte me echt. Volgens haar was het mijn schuld dat Maren stierf. Omdat ik niet op tijd had ingegrepen en ik haar had tegengehouden toen ze met haar naar het ziekenhuis wilde. En ze had gelijk, dat had Marens leven kunnen redden. Het was mijn schuld dat ons kleine meisje stierf.' Marts stem beeft, zijn handen trillen. 'We kregen verschrikkelijke ruzies, je moeder en ik. Jullie waren daar niet bij, daar zorgden we wel voor, maar je moeder kon me niet meer zien. Dus wat kon ik anders doen dan weggaan?'

'Wat je anders kon doen? Voor Tessa en mij zorgen natuurlijk! Mama was toen al aan de drank, je wist best dat ze het niet alleen zou redden. Dat wij je nodig hadden. Verdomme pa, ik was veertien, Tessa twaalf! Hoe denk je dat het voor ons was, zonder vader en met een moeder die hele dagen laveloos op de bank lag? Hoe kon je dat doen?'

Vóór haar veertiende was haar vader in haar ogen de knapste, sterkste en leukste vader die er bestond, en ondanks alles is er iets van die verering blijven bestaan. En moet je hem nu eens zien zitten, te laf om haar zelfs maar aan te kijken.

Opeens is ze klaar met hem. Sinds ze bij de politie werkt, heeft ze zoveel van dit soort types tegenover zich gehad. Vooral mannen, vol zelfbeklag en met een totaal gebrek aan verantwoordelijkheidsgevoel.

'Waarom ben je teruggekomen?'

'Ik ben nooit echt weg geweest. Niet helemaal. Ik ben regelmatig teruggekomen om naar jullie te kijken, te zien hoe jullie opgroeiden. Ik was bij de begrafenis van je moeder, ergens achteraan, uit het zicht. Jullie zijn nooit uit mijn leven geweest, Lois. En ik heb jullie altijd gemist.'

'Wat ontroerend. De tranen staan in mijn ogen.'

'Ik verwacht niet dat je het begrijpt. En als ik niet welkom ben, dan ben ik zo weer weg.'

'Als je dat maar uit je hoofd laat. Ik weet zeker dat Tessa je ook wil spreken. Desnoods sluit ik je op tot ze die kans heeft gehad.'

Er breekt iets van een glimlach door op haar vaders gezicht. 'Je was altijd al een kleine dwingeland. Tessa was makkelijker.'

'Geloof me,' zegt Lois bot, 'dat is ze nu niet meer.'

Natuurlijk kan ze haar vader niet echt vasthouden. Als hun gesprek langzaam doodbloedt, loopt Lois met hem naar de hal waar de balie zich bevindt. Ze geeft hem geld mee voor een hotel en drukt hem op het hart niet weg te gaan voor hij Tessa heeft gesproken. Hij belooft het.

'Ik wil Tessa zelf ook graag zien,' zegt hij. 'Ik wilde jullie allebei zien, ik wist alleen niet of jullie daarop zaten te wachten.'

'Ja, natuurlijk wel,' zegt Lois. 'Het was alleen fijn geweest als je dat wat eerder had bedacht.'

Ze kijkt haar vader na als hij wegloopt, die lange, wat slungelige gestalte die haar zo vertrouwd is, en ze voelt een steek van verdriet om hoe alles is gelopen. Hij is terug, houdt ze zich voor. Hij heeft ons gemist. Hij wilde ons graag zien.

Het zou haar blij moeten maken, maar ze voelt er niet veel bij. De leegte in haar hart is niet zomaar weer opgevuld, en het is de vraag of dat überhaupt nog zal gebeuren.

Ze gaat terug naar haar afdeling. In plaats van naar de recherchekamer, die ongetwijfeld vol zit met nieuwsgierige collega's, loopt ze rechtstreeks naar Ramons kamer.

'Hoe ging het?' vraagt hij als ze binnenkomt.

Lois haalt haar schouders op. 'Niet goed en niet slecht. Ik weet niet wat ik ervan moet vinden dat hij terug is. Ik kan het nog niet goed geloven.'

'Zeventien jaar is een hele tijd,' beaamt Ramon. 'Voor hem zal het ook vreemd en moeilijk zijn. Je was een puber toen hij wegging en nu ben je een volwassen vrouw.'

'Het kan me niet schelen of het moeilijk en vreemd voor hem is. Hij is zelf weggegaan, dat was zijn eigen keus. Wij hadden niets te kiezen, we moesten er maar mee dealen.'

'Dat is waar.' Ramon kijkt haar aan. 'Je wilt zeker vrij?'

'Kan het? Niet de hele dag, een uurtje maar. Ik wil Tessa niet via de telefoon op de hoogte stellen.'

'Prima. Er is op dit moment niets waar ik je acuut bij nodig heb. Als er nieuwe ontwikkelingen zijn, dan hoor je het wel.'

'Fijn.' Lois glimlacht dankbaar en loopt de kamer uit.

'O, en Lois,' zegt Ramon.

Met een vragend gezicht draait Lois zich om.

'Ik zeg niet dat je alles moet vergeven en vergeten, dat is waarschijnlijk te veel gevraagd. Maar hij is wel je vader. Ik heb zelf heel lang ruzie met mijn vader gehad. Hij is overleden voor ik het kon goedmaken en dat zit me nog altijd dwars. Dat wilde ik je alleen even zeggen.'

Lois knikt, glimlacht kort en loopt de gang op.

47

Lois weet dat Fred brandt van nieuwsgierigheid naar hoe het gesprek met haar vader is verlopen, maar ze wil eerst Tessa spreken. Dit nieuws is zo groot, ze kan niet wachten om het met haar zus te delen.

Het is irritant dat ze eerst naar huis moet om haar auto op te halen, maar dat geeft haar wel de gelegenheid om te kijken hoe de voorgevel is opgeknapt.

Staand aan de rand van de gracht neemt ze het resultaat in zich op en tevreden stelt ze vast dat ramen, deur en buitenmuur weer brandschoon zijn. Ze gaat naar binnen, pakt haar autosleutels en even later rijdt ze de gracht af. Dan pas bedenkt ze dat ze beter even had kunnen controleren of Tessa wel thuis is.

Ze belt met haar handsfreeset naar Tessa's mobiel en gelukkig neemt ze meteen op.

'Met mij, Lois. Ben je thuis?'

'Nee, ik zit op een terrasje in Bergen met Jacinta. Hoezo?'

'Ik kom naar je toe, ik heb nieuws. Waar zit je?'

'Bij De Pilaren. Waar gaat het over? Zeker over die camerabeelden?'

'Ja,' zegt Lois. 'Stuur Jacinta maar weg. Ik wil dit samen met jou bespreken.'

Twintig minuten later loopt ze door de straatjes van Bergen naar De Pilaren. Het is druk, alle terrasjes zitten vol. Van een afstand ziet Lois haar zus al zitten, inderdaad zonder haar vriendin.

'Dat vond Jacinta niet leuk.' Tessa staat op om haar zus een zoen te geven. 'Je moet wel heel bijzonder nieuws hebben.'

'Dat heb ik ook. Als je het Jacinta vertelt, begrijpt ze het vast.' Lois gaat zitten op de stoel die Tessa heeft vrijgehouden en schuift hem zo dat ze de zon niet in haar gezicht heeft.

'Vertel op, je maakt me nieuwsgierig. Het heeft dus met de bewakingsbeelden te maken. Weet je wie er bij mijn huis rondhing?' Tessa vist een schijfje citroen uit haar cola en kijkt Lois afwachtend aan.

'Ja, het was pa.' Het is niet Lois' stijl om om de zaken heen te draaien. Het shockmoment wordt er toch niet minder om. Ze is er alleen niet op voorbereid dat Tessa zo schrikt dat ze het glas uit haar handen laat vallen.

Meteen is het een chaos van glasscherven, ijsblokjes en een stroom cola op tafel. Iedereen kijkt naar hen en een paar mensen reiken hun servetjes aan. Een jongen en een meisje van de bediening komen aangesneld, zeggen dat het niet erg is en ruimen alles snel en handig op.

Even later staat er een nieuw glas cola voor Tessa's neus, voor Lois ook een, en kijken ze elkaar aan.

'Zei je nou dat pá op die beelden stond?' zegt Tessa ongelovig.

'Je hebt het goed verstaan. Het was echt pa. Hij heeft het zelf toegegeven.'

'Je hebt hem gespróken!'

'Ja, nog geen uur geleden.' Lois geeft een korte samenvatting van wat er is gebeurd, maar ze beperkt zich tot haar besmeurde huis en de camera die is opgehangen. 'De meldkamer zag dat er iemand bij me naar binnen stond te kijken en stuurde er meteen een wagen op af.'

'En toen hebben ze hem meegenomen naar het bureau en zag je hem.' Tessa slaat een hand voor haar mond. 'Wat zul je geschrokken zijn!'

'Ik wist niet wat me overkwam. Gelukkig deed ik het verhoor niet zelf, anders had ik onverwacht tegenover hem gezeten. Nu kon ik even herstellen van de schrik en me voorbereiden.'

'Hoe zag hij eruit? Wat zei hij, waarom is hij weggegaan? En waar heeft hij al die tijd gezeten?'

Lois doet nauwgezet verslag van het gesprek met hun vader.

'Dus hij heeft op straat geleefd.' Tessa is onder de indruk. 'Maar nu niet meer? Hoe zit dat?'

'Ik weet het eigenlijk niet,' bekent Lois. 'Daar zijn we niet aan toegekomen. Het was een nogal moeizaam gesprek. Ik wist niet of ik blij moest zijn of hem een klap moest geven.'

Ondanks alles giechelt Tessa. 'Daar ben ik ook nog niet over uit.' Opeens kijkt ze verschrikt op. 'Hij is toch niet weggegaan?'

'Nee, hij zit in een hotelletje in de stad. Voor het geval jij hem ook wilde zien.'

'Ja, natuurlijk wil ik dat.' Tessa zwijgt even en voegt eraan toe: 'Denk ik.'

'Ik zou het maar doen. Al is het maar om iets te kunnen afsluiten.'

'Eigenlijk,' zegt Tessa zacht, 'hoop ik dat het een nieuw begin is.'

Ze praten nog een uurtje met elkaar, halen jeugdherinneringen op en blijven zich verbazen over de plotselinge terugkeer van hun vader. Na een uurtje rekent Lois hun drankjes af en stapt op. Tessa krijgt opeens haast. Ze wil naar huis om haar auto op te halen en naar Alkmaar te rijden.

'Ik wil hem vandaag nog zien,' zegt ze, 'voor hij er weer vandoor gaat.'

Ze nemen afscheid en even later rijdt Lois Bergen uit. Het zal moeilijk worden om zich de rest van de dag op haar werk te concentreren. Ze is razend benieuwd hoe het gesprek tussen Tessa en haar vader zal verlopen.

Aan werken komt ze echter niet toe. Als ze de recherchekamer binnenloopt, komen Fred, Jessica en Claudien meteen op haar af om te vragen hoe het ging.

'Je was opeens weg,' zegt Jessica. 'We maakten ons zorgen om je.'

'Ik ben naar Tessa gegaan. Ik wilde het haar niet door de telefoon vertellen.' Lois vertelt haar collega's hoe het gesprek met haar vader en dat met Tessa is verlopen, en zoekt dan snel haar bureau op. Voor het moment is ze uitgepraat, ze heeft amper tijd gehad om haar gedachten te ordenen en ze voelt een lichte hoofdpijn opkomen. Haar telefoon gaat, maar ze spoelt eerst een paracetamol weg met een paar slokken water. Het is Bonnie van de balie.

'Lois, ik heb Marjet Westra aan de lijn. Komt dat uit?'

'Ja, dat is goed. Verbind haar maar door,' zegt Lois. Ze neemt snel nog een slok water en als ze een klik in de lijn hoort, zegt ze: 'Dag Marjet, met Lois. Je wilde me spreken?'

'Ja, het gaat over Wilco,' zegt Marjet. 'Ik heb op internet bekeken wie er allemaal neergestoken waren, om te zien of mijn broer die mensen kende.'

'En?'

'Op Lilian van Dijk na kende hij niemand, voor zover ik weet. Mij zeggen die namen tenminste niets en Wilco heeft ze ook nooit genoemd. En wat Lilian betreft...'

'Ja?' spoort Lois haar aan.

'Op de ochtend dat zij werd aangevallen, was Wilco bij mij

thuis. Dus hij kan het helemaal niet gedaan hebben.'

'Aha.' Lois masseert haar bonzende voorhoofd. 'Waarom heb je dat niet meteen gezegd?'

'Ik wist niet wanneer die aanval op Lilian had plaatsgevonden.'

'Is er iemand die kan bevestigen dat Wilco bij jou was?'

'Ja, Oscar, maar die ging al vroeg de deur uit en Lilian is tegen halftien neergestoken. Maar toen zaten wij aan de keukentafel koffie te drinken en te praten over hoe moeilijk het was om werk te vinden. Hij was al een jaar werkloos. Ik raadde Wilco aan om nog eens naar het UWV te gaan om te vragen of ze iets voor hem hadden.'

'En heeft hij dat gedaan?'

'Ja, na de koffie zijn we er samen naartoe gegaan.'

'Hoe laat precies?'

'Ik denk dat we om kwart over tien zijn weggegaan. De medewerker van het UWV heeft Wilco's gegevens genoteerd, dus hij zou voor een alibi kunnen zorgen.'

De paracetamol werkt nog niet erg. Lois neemt nog een slok water en zegt: 'Bedankt voor de informatie, Marjet. Goed dat je gebeld hebt. Heb je nog iets van Wilco gehoord?'

'Nee, niets. Ik maak me zorgen over hem. Maar wat ik nu verteld heb, verandert de zaak, toch?'

'Een beetje. We hebben Nicolette Dekker ook nog. Hij heeft zelf tegen je gezegd dat haar dood een ongeluk was.'

'Een ongeluk, precies. Je kunt iemand toch niet in de gevangenis stoppen vanwege een ongeluk? En met die andere gevallen heeft hij niets te maken.'

Dat staat nog te bezien. Voor zover Lois het bekijkt, kan Marjet best liegen over het tijdstip waarop ze met haar broer koffie zat te drinken.

'Hou me op de hoogte van alles wat je te binnen schiet,' zegt ze echter vriendelijk. 'En vooral als Wilco contact met je opneemt natuurlijk.'

Marjet belooft het en ze verbreken de verbinding.

'Was dat Marjet?' Aan het bureau tegenover haar kijkt Fred haar vragend aan.

Lois knikt. 'Ze beweert dat Wilco op de ochtend dat Lilian werd neergestoken bij haar thuis was.'

'Getuigen?'

'Nee, ze waren alleen. Hij schijnt wel om kwart over tien bij het UWV gezeten te hebben.'

'Alle tijd dus om eerst iemand een mes in de rug te steken en zich snel te verkleden.'

'Precies. En de kans is natuurlijk aanwezig dat Marjet liegt. Ik weet sowieso niet of we haar kunnen vertrouwen. Misschien heeft ze haar broer gewaarschuwd toen we hem bij haar thuis opwachtten. En het kan zijn dat ze wel contact met hem heeft.'

Ze hebben niet gemerkt dat Ramon is binnengekomen en hun gesprek heeft gevolgd.

'Dat ben ik met jullie eens,' zegt hij. 'We gaan die dame onder wat strengere observatie plaatsen. Vanaf nu volgt het observatieteam elke beweging die ze maakt.'

48

Lois zit meteen in de eerste observatieshift. De rest van de middag brengt ze samen met Claudien door in een burgerauto bij Marjet in de straat. Eén keer moeten ze in actie komen, als Marjet op de fiets vertrekt. Maar ze gaat slechts naar het winkelcentrum om boodschappen te doen. Omdat Marjet Claudien niet kent, is zij degene die uitstapt en haar de supermarkt in volgt.

'Ze heeft met verschillende mensen staan babbelen, maar Wilco heb ik niet gezien,' zegt Claudien als ze weer bij Lois instapt.

'Jammer.' Lois rijdt op enige afstand achter Marjet aan. Bij een rotonde gaat Marjet rechtdoor en slaat Lois links af, om op een ander punt de achtervolging weer op te pakken. Als Marjet de steeg achter haar huis in fietst, parkeert zij op de hoek van de straat.

'Wanneer zie je je vader weer?' vraagt Claudien. 'Hebben jullie iets afgesproken?'

'Niet echt. Tessa is nu bij hem. Ik ben benieuwd hoe dat gesprek gaat.'

'Kan ik me voorstellen.' Claudien blaast een krul van haar voorhoofd en draait het raampje open. 'Mijn vader liep bij mijn moeder weg toen ze van mij in verwachting was. Hij hield wel contact, maar ik heb nooit geweten wat het is om met een vader op te groeien.'

'Is je moeder niet hertrouwd?'

'Jawel, drie keer. Dus dat schoot ook niet op.'

Lois lacht. 'En nu? Heb je een goede band met hem?'

'Sinds ik zelf moeder ben wel. Finn is gek op zijn opa en dat is helemaal wederzijds, dus wie ben ik om moeilijk te doen. En het blijft je vader, hè. Dat is een cliché, maar wel waar.'

'Clichés zijn altijd waar. Daarom zijn het clichés.' Lois rekt zich uit en gaapt. Via de achteruitkijkspiegel werpt ze een blik in de straat. 'Het ziet er niet naar uit dat er nog wat gebeurt. Of ze moet er via de steeg vandoor gaan.'

'Dan zien we haar ook. Die steeg komt op deze straat uit.'

Het is saai en vermoeiend om continu hetzelfde punt in de gaten te houden. Ze wisselen elkaar af, zodat ze af en toe even naar iets anders kunnen kijken. Tegen zessen gaat Lois' telefoon. Terwijl ze in haar binnenspiegel blijft kijken, neemt ze op.

'Hé Tes, hoe ging het?'

'Goed!' De stem van haar zus klinkt opgewekt. 'Het was eerst een beetje onwennig, maar daarna hebben we heel goed gepraat. Wat heeft hij veel meegemaakt, zeg. Ik had echt met hem te doen.'

Lois trekt haar wenkbrauwen op. 'Je had met hém te doen?'

'Ja, hij heeft vijftien jaar op straat geleefd. Verschrikkelijk toch? Dat is een ontzettend zwaar bestaan.'

'Waar hij zelf voor gekozen heeft. Hij had een heel comfortabel huis.'

'Pa heeft het me uitgelegd. Ik had geen idee dat hij zo ongelukkig was met mama, dat hun huwelijk zo slecht was. Hij voelde zich een heel slechte vader nadat Maren gestorven was. Dat wreef mama hem ook voortdurend onder de neus. Op een gegeven moment ga je zoiets geloven, dat begrijp ik wel. Hij dacht dat we beter af waren zonder hem.'

'Natuurlijk, op je twaalfde en je veertiende kun je best zonder je vader. Een volkomen logische redenering.'

'Hij had een zware depressie, Lois. Dan ben je jezelf niet meer. Waarom denk je anders dat hij op straat belandde? Zoiets doe je echt niet voor je lol.'

'Ik hoor het al, hij heeft je omgepraat.'

'Helemaal niet, ik heb hem van alles en nog wat verweten. Ik moest huilen, en toen ging hij ook huilen.'

Lois kijkt naar Claudien, die Tessa kan horen, en doet alsof ze een vinger in haar keel steekt. Haar collega glimlacht.

'Dus het was best emotioneel,' besluit Tessa. 'Pa wil ook nog een keer met jou praten. Op het bureau voelde hij zich niet erg op zijn gemak, vandaar dat het wat stroef ging. Hij stelde voor om vanavond met z'n drietjes in Het Gulden Vlies te gaan eten.'

'Als *one happy family*,' zegt Lois.

Aan de andere kant van de lijn hoort ze haar zus zuchten. 'Kom op, Lois, doe niet zo moeilijk. Je kunt hem toch wel een kans geven? Hoor hem in ieder geval aan.'

Lois kijkt naar Claudien, die haar bemoedigend toeknikt.

'Goed,' stemt ze in. 'Maar niet in Het Gulden Vlies. Komen jullie maar naar mijn huis. Pa weet de weg.'

Ze laat de meldkamer weten dat ze vanavond thuis is en daar ook blijft. Ze heeft geen zin om zich nog langer uit haar huis te laten verjagen. Bovendien heeft ze er behoefte aan om alleen te zijn, in haar eigen omgeving.

'Er hangt een camera, dus ik ben veilig genoeg,' zegt ze als Fred protesteert. Deze keer laat ze zich niet ompraten en na haar dienst rijdt ze met iets van opluchting naar de Baangracht. Fred en Nanda zijn schatten, maar er gaat niets boven haar eigen bed.

Even aarzelt ze of ze iets in huis moet halen, chips of zo,

maar ze besluit het niet te doen. Ze heeft frisdrank, koffie en thee, dat moet genoeg zijn.

Rond halfacht komt Tessa aan en samen wachten ze op hun vader.

'Hij zal toch wel komen?' vraagt Tessa zich bezorgd af. 'Straks durft hij niet meer.'

Lois schiet in de lach. 'Zo streng ben ik ook weer niet tegen hem geweest. Hij komt echt wel, Tes.'

Toch is ze zelf ook opgelucht als er aangebeld wordt. Hun vader staat voor de deur, met een wat onzekere blik, zijn handen diep weggestoken in de zakken van zijn blauwe jack.

Deze keer schrikt Lois wat minder van zijn lange, magere gestalte. Sterker nog, iets van medelijden bekruipt haar. Hartelijker dan ze van plan was opent ze de deur wat verder en zegt: 'Kom binnen, pa.'

Hij houdt zijn jas aan, loopt langs haar heen en blijft midden in de woonkamer staan. Goedkeurend kijkt hij om zich heen. 'Je woont hier leuk, zo aan die gracht. Mooi huis.'

'Dank je.' Lois volgt zijn blik naar de zwart geschilderde hanenbalken en de glas-in-loodraampjes in de keuken.

'Zeventiende-eeuws zeker? Geweldig.'

'Ja, dat is net iets voor jou natuurlijk. Ga zitten. Wil je koffie of thee?' Blij dat ze wat kan redderen in de keuken laat Lois haar vader en zus alleen. Ze hoort hen praten, Tessa met hoge, blije stem, die van haar vader klinkt er zwaar en vertrouwd doorheen. Ze zucht, zet de koffiebekers en een pak gevulde koeken die nog net niet over de datum zijn op een dienblad en neemt alles mee naar de woonkamer.

De volgende uren praten ze. Er vallen verwijten en tranen, er klinken boze woorden en verontschuldigingen en Mart Elzinga vertelt. Over zijn depressie na Marens dood, de moeizame relatie met zijn vrouw, de overtuiging dat hij niets waard was, de drang om overal een streep onder te zetten en opnieuw te beginnen. Hij vertelt over zijn leven op straat, dat hem over de bodem van het bestaan sleurde, en over het constante gemis van zijn kinderen.

'Ik had echt het gevoel dat jullie zonder mij beter af waren, zeker na een paar jaar op straat. Eén keer heb ik jou zien lopen, Lois. Op het Centraal Station van Amsterdam, waar ik zat te bedelen. Je herkende me niet, liep zo langs me heen. En daar was ik diep dankbaar voor.' Mart Elzinga neemt een slok van zijn koffie, zijn handen beven. 'Het idee dat je me in die toestand zou zien was te erg voor woorden. Daarna heb ik nooit meer op Centraal gezeten. Maar dat ik jou zag, veranderde wel wat. Opeens had ik geen vrede meer met de situatie, begon ik over jullie te dromen. Dus ik ging naar Alkmaar, zwartrijdend in de trein. Ik zocht uit waar jullie woonden – dat was niet zo moeilijk – en sloeg jullie van een afstand gade.' Hij zwijgt even en er verschijnen tranen in zijn ogen. 'Jullie zagen er zo gelukkig en succesvol uit. Mijn meiden, zo groot al. Ik zag wat ik gemist had, en dat deed pijn. Maar ik was ook trots op jullie, omdat jullie je zo goed redden. En ik dacht: die kunnen me missen als kiespijn. Ze laten me nooit binnen als ik bij ze aanbel, schelden me de huid vol. Dat had ik niet kunnen verdragen. Ik leefde liever met jullie mee vanaf de zijlijn, onzichtbaar.'

'Je had het risico moeten nemen, pap,' zegt Tessa, in tranen. 'We hadden het al jaren eerder goed kunnen maken.' Ze gebruikt opeens weer het woordje uit haar jeugd, pap, in plaats van het wat afstandelijke pa. Daar is Lois nog niet aan toe.

'Heb je er ooit bij stilgestaan dat we misschien helemaal niet zo succesvol en gelukkig waren als we leken? Dat we ons misschien helemaal niet zo goed redden?' vraagt ze geërgerd.

'Toen niet, later wel. Ik heb jaren in een zware depressie gezeten, dan zie je de dingen heel anders.' Mart zucht diep.

'Waarom gaan kinderen er altijd van uit dat hun ouders geen mensen zijn? Dat ze geen eigen leven hebben, met wensen en problemen? Is het echt zo moeilijk om je in mijn situatie in te leven, om een beetje begrip voor me op te brengen?'

Lois' wenkbrauwen vliegen omhoog. 'O, nu is het mijn schuld? Omdat ik je na zeventien jaar niet huilend van vreugde om de nek vlieg?'

'Geen ruzie maken!' Tessa springt overeind en kijkt haar vader en haar zus dwingend aan. 'Wat gebeurd is, is gebeurd. Ik kan wel begrip voor je opbrengen, pap, maar ik begrijp Lois ook. Zij heeft het nog moeilijker gehad dan ik. Zij moest niet alleen voor mama zorgen, maar ook voor mij. Je kunt niet van haar verlangen dat ze dat zomaar vergeet.' Ze wendt zich tot haar zus. 'Kunnen we niet proberen opnieuw tot elkaar te komen? Niet door te doen alsof er niets gebeurd is, maar door het uit te praten en een nieuwe start te maken? Of wil je soms dat pap weer weggaat?' Smekend kijkt ze Lois aan.

Er valt een ongemakkelijke stilte na haar woorden.

'Nee,' zegt Lois ten slotte. 'Dat wil ik niet. Het is goed dat je bent teruggekomen, pa. Maar ik kan inderdaad niet doen alsof er niets gebeurd is. Als jullie de draad willen oppakken en een leuke vader-dochterrelatie willen beginnen, vind ik dat prima. Maar zover ben ik nog niet.'

'Dat hoeft ook niet. Ik ben al blij dat jullie überhaupt met me willen praten. Dat is meer dan ik had verwacht.'

Voor het eerst kijkt hij Lois recht aan en het zijn zijn ogen die het 'm doen. Dat heldere blauw, dezelfde kleur als haar eigen ogen. Ze is opeens weer klein en kijkt vol vertrouwen naar hem op. Haar vader buigt zich naar haar toe, lacht, tilt haar op en houdt haar stevig vast. De herinnering is zo sterk dat hij haar de adem beneemt. Abrupt staat ze op.

'Ik ga nog wat te drinken inschenken,' zegt ze. 'Wat willen jullie?'

49

Af en toe vraagt hij zich af wat het allemaal nog voor zin heeft. Hij heeft alles verkloot, zijn baan, zijn vriendschappen, de relatie met zijn zus, en waarvoor? Nog niet zo lang geleden ging het best goed met hem, en kijk nu eens. Hij heeft de dood van een meisje op zijn geweten, de politie zit hem op de hielen en Marjet heeft een hekel aan hem. Zo'n hekel dat ze hem bijna in de val had laten lopen.

Wilco kan er niet over uit dat ze daartoe bereid was. Haar verraad snijdt door zijn ziel, verwondt hem dieper dan de klappen die hij als kind van zijn vader kreeg. Toen had hij in ieder geval zijn zus nog, maar wie is er nu voor hem? Goed, hij heeft nog één vriend. Eén echte in ieder geval. De enige van wie hij nog op aan kan, die naar hem luistert, die hem een schuilplaats biedt en hem gratis drank verschaft.

Zonder de wodka die zijn gespannen zenuwen kalmeert en zijn angstaanvallen verdrijft, zou hij de moed hebben opgegeven en zichzelf hebben aangegeven. Niek heeft hem dat uit het hoofd gepraat.

'Dat moet je niet doen, man, ben je gek? Die gasten sluiten je voor de rest van je leven op. Je kunt bij mij blijven, dat weet je toch? Er is hier drank zat, pak wat je wilt hebben. Over een tijdje geven ze het zoeken op en dan kun je weer gaan en staan waar je wilt. Maar je moet jezelf niet aangeven.'

En dus heeft hij zich hier verschanst, veilig binnen, met de jaloezieën gesloten en de televisie aan. En de fles wodka in zijn hand. Niek heeft gelijk, hier zit hij goed. Als hij zich maar niet zo beroerd voelde. Hij is al een keer over zijn nek gegaan, hij haalde de wc maar net.

Opnieuw voelt hij een golf van misselijkheid opkomen en het zweet breekt hem uit. Kon hij maar naar buiten, even wat frisse lucht happen. Misschien is dat wel een goed idee. Naar buiten, heel even maar.

Moeizaam komt hij overeind en wankelt naar de deur, zich vasthoudend aan alles wat hij tegenkomt. Zodra hij de voordeur opent, komt de frisse nachtlucht hem tegemoet. Hij ademt diep in en stapt naar buiten. Na een paar passen voelt hij de inhoud van zijn maag omhoogkomen, en terwijl hij steun zoekt bij de leuning van een bruggetje kotst hij in het water.

'Ga je lekker?' Een bekende stem naast hem. 'Man, je bent strontlazarus! Je hebt toch niet die hele fles wodka leeggedronken? Kom, ga mee.'

Een arm om hem heen. Hij strompelt mee, op de automatische piloot. Hij vraagt zich af waar ze naartoe gaan, maar hij is te ver heen om vragen te stellen. Pas als hij diep zwart water onder zich ziet glinsteren, opent hij zijn mond om iets te zeggen. Er komt alleen wat onverstaanbaar gebrabbel uit, en een duizeling overvalt hem. Hulp zoekend kijkt hij om, maar in plaats van steun krijgt hij een duw in zijn rug. Met een gesmoorde kreet valt hij voorover, het water in. Maaiend met zijn armen probeert hij boven te blijven. De sterrenhemel tolt alsof hij in een kermisattractie zit. Zijn ledematen gehoorzamen hem niet meer, hij is vergeten hoe hij moet zwemmen.

Hij wil om hulp schreeuwen, maar er loopt water in zijn mond en hij verslikt zich. Wanhopig kijkt hij naar de donkere figuur aan de waterkant, dan trekken zijn volgezogen kleding en schoenen hem naar beneden.

50

Later op de avond wordt het toch nog bijna gezellig. De kaarten liggen op tafel, de scherpste uitspraken zijn gedaan, en dan ontstaat er voorzichtig ruimte voor een ander gesprek. Ze springen door de tijd, laveren behoedzaam langs de pijnpunten en proberen het gat dat is ontstaan te dichten met woorden. Mart vertelt hoe hij dankzij het Leger des Heils zijn leven na al die jaren op straat weer op orde heeft gekregen. Hoe hij met medicijnen van zijn depressie is af geraakt, werk heeft gevonden in een dierenasiel en aan een bescheiden woning is gekomen. Op haar beurt licht Tessa hem in over haar dromen en wensen, wat Lois ertoe aanzet om te vertellen over haar keuze voor de recherche.

'Het verbaast me niets,' zegt Mart met een glimlach, zijn lange benen voor zich uitgestrekt. 'Je bent nooit een meisjesmeisje geweest. Altijd buiten op straat, sporten, eropuit met vrienden.'

'Zoveel vrienden had ik anders niet,' zegt Lois. Ze wil eraan toevoegen dat haar dat onmogelijk werd gemaakt, dat ze niemand mee naar huis durfde te nemen, maar een enkele blik van Tessa houdt haar tegen. 'Geen echte vrienden,' zegt ze in plaats daarvan. 'Alleen een groep met wie ik na school wat rondhing.'

'Ik vind het fantastisch dat je bij de recherche zit,' zegt Mart met een warme glimlach. 'Echt fantastisch. Maar wat was dat nou met die verf op je huis laatst?'

'Heb je dat gezien?' vraagt Lois verrast.

Haar vader knikt. 'Sterker nog, ik heb die vent aan zien komen en die verf tegen je ramen zien gooien.'

'Echt waar?' Lois schiet overeind. 'Waar was jij dan?'

'Ik stond moed te verzamelen om je aan te spreken als je thuis zou komen. Ik wist dat dat heel laat kon worden, maar ik had toch niets anders te doen. Dus ben ik op de trap aan het einde van de gracht gaan zitten, bij die bomen.'

'Waar je het bruggetje op gaat.'

'Ja. Daar zat ik vrij beschut, dus die kerel zag me niet. Hij gluurde bij je naar binnen en keek om zich heen. Toen stopte hij iets in de brievenbus. Ik dacht het een kennis van je was, tot hij de helft van de verf tegen de ramen smeet en de rest tegen de deur.'

'Heb je hem goed gezien? Kun je een beschrijving van hem geven?' vraagt Lois gespannen.

'Hij was jong, jouw leeftijd. Vrij lang, bruin haar. Hij gooide het lege blik in de gracht en ging ervandoor.'

'Welke kant ging hij op?'

'Hij nam het andere trappetje en rende weg. Ik was te verbaasd om te reageren toen hij die verf gooide, maar toen werd ik opeens pisnijdig en ben ik hem gevolgd. Hij kon hard rennen, maar dat kan ik zelf ook nog vrij goed. Ik kon hem alleen niet inhalen. Op een gegeven moment vertraagde hij zijn pas en liep ik in normaal tempo achter hem aan.'

Ademloos kijkt Lois haar vader aan. 'Tot hoever ben je hem gevolgd?'

'Tot hij de kroeg in ging.' Mart werpt een schuldbewuste blik op zijn dochter. 'Ik had je dat meteen moeten vertellen, hè? Maar ik was zo in de war toen ik opgepakt werd en jij opeens tegenover me zat. Ik was het wel van plan, maar ik dacht dat het wel kon wachten.'

'Het geeft niet,' zegt Lois vlug. 'Welke kroeg ging hij in?'

'Een klein cafeetje aan de singel. Hoe heet het ook alweer? De Bonte Hond geloof ik.'

'Pa, je bent geweldig.' Met een brede glimlach staat Lois op. 'Ik moet aan het werk. Jullie redden het verder wel, hè?'

Zonder verdere plichtplegingen holt ze de gang in, grijpt een leren jasje van de kapstok en rent de deur uit.

De Bonte Hond ligt aan de rand van het centrum. Het is er druk. Een paar mannen zijn aan het darten, anderen staan om de biljarttafel heen. Aan de bar is geen kruk onbezet. Een luidruchtig type steekt een blijkbaar hilarisch verhaal af, want zijn vrienden en twee jonge vrouwen komen niet meer bij van het lachen.

Lois neemt de barman apart en laat hem onopvallend haar legitimatiebewijs zien. 'Ben jij de eigenaar van deze kroeg?' vraagt ze.

De man knikt en steekt zijn hand uit. 'Niek de Jong.'

'Niek, zei je?' Oplettend kijkt Lois hem aan. 'Ik ben op zoek naar Wilco Gardenier. Ken je hem?'

Een voorzichtige blik, een aarzeling, dan een knikje. 'Ja, die komt hier weleens. Hoezo?'

'Vertel me eens wat over hem. Hoe goed ken je Wilco?'

'Sorry, daar heb ik geen tijd voor. Zie je niet hoe druk het is?'

'Ik ben bang dat je toch even tijd moet vrij maken. Het lijkt me het beste als we dat op een rustige plek doen. Op het bureau. Ga je mee?'

Op het bureau hervat Lois de ondervraging, maar Niek de Jong blijft ontkennen dat hij Wilco kent.

'Hij liegt dat hij barst,' zegt ze als ze de verhoorkamer uit komt. Samen met Fred kijkt ze via het doorkijkraam naar de vermoeid uitziende barman. Zelf is ze ook moe, het is elf uur en ze verlangt naar haar bed. Maar ze verlangt nog meer naar de waarheid, dus piekert ze er niet over om weg te gaan.

'Volgens Marjet heeft Wilco het weleens over ene Niek gehad. Mijn vader heeft iemand dat café zien binnengaan die voldoet aan Wilco's signalement, dus een en een is twee. Dit moet de Niek zijn die Wilco bedoelde. Ik denk dat hij zich bij Niek schuilhoudt.'

'Er is een woning achter het café,' zegt Fred. 'Maar we krijgen nu geen toestemming meer om die te doorzoeken. En als Wilco erachter komt dat Niek is opgepakt...' Hij knipt met zijn vingers.

'Dan is hij allang vertrokken,' maakt Lois zijn zin af. 'Maar misschien ook niet. Kunnen we niet...' Ze draait zich om als er een collega in uniform aan komt lopen.

'We hebben melding gekregen van een lijk in het kanaal,' zegt hij. 'Het slachtoffer is een jonge man, Wilco Gardenier. Ze hebben hem net opgevist.'

'Shit,' zegt Fred, en met Lois in zijn kielzog haast hij zich weg.

Het is inderdaad Wilco die op de rand van de Kanaalkade ligt. Hij heeft zijn ID-kaart bij zich, waarmee hij geïdentificeerd is. Verslagen kijkt Lois op het lichaam van de jongeman neer. Natuurlijk wilde ze niets liever dan dat de zaak werd opgelost, maar niet op deze manier. Haar gedachten gaan naar Marjet en ze voelt een diep medelijden in zich opwellen.

'Hij is waarschijnlijk verdronken,' zegt Benno Andriesse, die al bij het lichaam was voor Fred en zij aankwamen. 'Maar dat weten we pas zeker als er sectie verricht is. Ik zie in ieder geval niet zo snel verwondingen, dus hij heeft geen klap op zijn hoofd gehad of iets dergelijks. Ik denk eerder dat hij stomdronken het water in is gelopen. Er komt een enorme alcohollucht van hem af, ruik maar.'

'Nee, dank je,' zegt Fred. 'Ik geloof je zo ook wel.'

'Wat moest hij bij het water?' vraagt Lois zich af.

'Waarschijnlijk zwierf hij maar wat rond. In De Bonte Hond kon hij niet meer terecht, hij wist misschien zelf ook niet goed wat hij moest.' Met een grimmig gezicht wendt Fred zich tot de agenten die de plaats delict hebben afgezet. 'Nemen jullie het hier over? Wij gaan terug naar het bureau. We hebben daar iemand zitten die vanavond nog een verklaring gaat afleggen.'

Langs de kade lopen ze naar de brug over het kanaal. Aan de andere kant tekent het vierkante politiebureau zich als een donker blok tegen de nachtelijke hemel af. Hier en daar is een verlicht raam te zien, als teken dat er nog gewerkt wordt.

Ze mogen Niek de Jong de hele nacht vasthouden, maar tussen middernacht en negen uur niet meer verhoren. Zoveel tijd blijken ze ook niet nodig te hebben. Als ze Niek duidelijk hebben gemaakt dat hij medeplichtig is wanneer hij blijft zwijgen, kiest hij eieren voor zijn geld. Nog voor middernacht vertelt de barman alles wat hij weet.

51

Zodra Lois thuiskomt, strompelt ze naar boven, kruipt in haar bed en verdwijnt in een diep, zwart gat. Om kwart over negen wordt ze langzaam wakker, nog lang niet uitgerust. Vermoeid draait ze zich om, het daglicht dat door het raam komt vervloekend. Ze had de gordijnen dicht moeten doen.

Ze draait zich op haar rug. Een gevoel van dreiging hangt over haar heen. Een flard uit haar droom, die ze heeft meegenomen naar de realiteit en die zich niet laat verjagen. Waar heeft ze ook alweer van gedroomd? Het is alsof ze zich in die paar uur slaap iets heeft gerealiseerd wat ze nu weer kwijt is. Iets wat van groot belang is. Het had te maken met haar vader, en met Milan.

Terwijl ze diep nadenkt, draait ze zich op haar rug en op dat moment weet ze het weer. Het is er al die tijd geweest, dat vage besef, maar ze heeft het te druk gehad om het toe te laten. Nu is het uitgekristalliseerd en zo duidelijk als wat.

Lois schuift haar benen over de rand van het bed, wrijft in haar ogen en loopt naar de badkamer. Onder de warme waterval van de douche overdenkt ze wat haar te doen staat.

Een halfuur later belt ze bij Milan aan. Het duurt lang voor hij opendoet, met hetzelfde slaperige gezicht en warrige haar als de vorige keer, waardoor ze een sterk gevoel van déjà vu krijgt. Milan zelf blijkbaar ook, want hij kijkt haar eerst een paar seconden aan en zegt dan: 'Je gaat hier toch geen gewoonte van maken, hè?'

'Sliep je nog?'

'Ja, ik heb tot laat gewerkt gisteravond.'

'Sorry, maar het is belangrijk. Mag ik binnenkomen?'

Met een zucht opent Milan de deur wat verder. 'Nou, als het belangrijk is, moet het maar.'

Krabbend aan zijn kont, die alleen bedekt is door een boxershort, gaat hij haar voor naar de woonkamer. Op de bank ligt een grote rugzak waar kleding in zit.

'Ga je op vakantie?' vraagt Lois.

'Ja, gisteren was mijn laatste werkdag. Ik ga een tijdje rondtrekken in Spanje en Marokko, op de bonnefooi. Beetje liften, backpacken.'

'Leuk. Je houdt zeker niet zo van georganiseerde vakanties.'

'Nee, absoluut niet,' zegt Milan lachend. 'Vrijheid, blijheid.'

Hij loopt de slaapkamer in en komt terug in een spijkerbroek en een T-shirt. 'Ga zitten,' zegt hij met een gebaar naar de bank. 'Je had iets belangrijks te vertellen?'

'Ja, we hebben de man gevonden die je pleegvader heeft neergestoken.' Lois schuift de rugzak opzij en laat zich op de witte leren bank zakken.

Verrast gaat Milan op een stoel tegenover haar zitten. 'Daar zal mijn pleegmoeder blij mee zijn. Weet ze het al?'

'Een collega van me is naar haar toe.'

'En jij wilde het nieuws aan mij vertellen. Nou, zeg het maar. Niet dat het me veel uitmaakt. Wat mij betreft krijgt die gast die het gedaan heeft geen gevangenisstraf maar een standbeeld.'

'De dader is dood.'

Milan fronst zijn wenkbrauwen. 'Dood? Heeft hij er een einde aan gemaakt of zo?'

'Nee, hij is vannacht verdronken in het kanaal.'

Die informatie moet Milan even verwerken.

'O,' zegt hij na een tijdje. 'Was hij ook verantwoordelijk voor die andere steekpartijen?'

'Vermoedelijk wel. Dat zijn we nog aan het uitzoeken.'

'Aardig dat je me dat komt vertellen.' Afwachtend kijkt Milan haar aan. 'Was dat het?'

'Nee. Ik wilde je ook vertellen dat mijn vader terug is,' zegt Lois. 'Hij stond opeens op de stoep.'

'Echt waar?' zegt Milan verbaasd. 'Wat vond je daarvan?'

'Ik weet niet zo goed wat ik ervan moet vinden. Ik heb hier altijd op gehoopt, maar nu het is gebeurd, heb ik voortdurend zin om hem de waarheid te zeggen.'

Milan knikt. 'Dat kan ik me voorstellen.' Hij kijkt nadenkend voor zich uit, zegt dan: 'Ik heb er natuurlijk niets mee te maken, maar geef die man een kans. We maken allemaal fouten in ons leven en we verdienen allemaal een tweede kans.'

'Misschien wel.'

'Jouw vader heeft een groot verschil gemaakt in mijn leven. Hij was de enige die in de gaten had dat ik werd mishandeld. Misschien was hij niet de enige die het zag, maar wel de enige die ingreep.'

'Heeft híj Jeugdzorg ingeschakeld?' vraagt Lois verrast. 'Wat goed van hem. Maar het maakt het nog onbegrijpelijker dat hij Tessa en mij in de steek heeft gelaten.'

'Op een gegeven moment moet je er gewoon een punt achter zetten. Gewoon niet meer aan denken, afsluiten en verder gaan. Dat heb ik ook gedaan.'

'Jouw vader is dood, dat is heel anders.'

'Misschien is dat wel juist erger. Ik kan hem geen verwijten maken, hem niet eens goed de waarheid zeggen. Hij kan me geen verklaring meer geven die ik wel of niet accepteer.'

'Dat is waar.'

Lois' mobieltje gaat. Verstoord haalt ze het tevoorschijn. Ze bekijkt de display en ziet Freds naam staan.

'Sorry, ik moet even opnemen,' zegt ze verontschuldigend. Milan maakt een gebaar dat hij het prima vindt en Lois neemt op.

'Met Lois.'

'Ik ben nu in Wilco's huis. Er is daar iets gevonden,' zegt Fred meteen.

'Wat dan?'

'Een soort dagboekje, bijgehouden in een agenda. Dat gebruikte Wilco blijkbaar om een beetje grip op de zaken te houden. Het staat vol korte zinnen en opmerkingen over wat hem bezighield. Marjets naam valt vaak, die van Niek ook en die van... hou je vast... Milan Huizinga.'

Met een scherp geluid zuigt Lois haar adem naar binnen. 'Echt waar?' Ze slaagt erin niet onmiddellijk in Milans richting te kijken, maar haar blik op de muur tegenover haar gericht te houden.

'Die heren kenden elkaar goed,' bevestigt Fred. 'Het lijkt erop dat ze een driemanschap vormden. Echt concrete aanwijzingen staan er niet in, eerder wat warrige opmerkingen als "Het moet van Milan", en "Milan heeft gelijk", dat soort dingen. Maar genoeg om nog eens met onze vriend de kok te gaan praten.'

'Ja, dat lijkt mij ook.' Lois voelt Milans ogen op haar branden. Haar hart gaat steeds sneller kloppen en het kost haar moeite om haar gezichtsuitdrukking neutraal te houden. 'En nu?'

'We gaan hem ophalen. Op dit uur zal hij nog wel thuis zijn.'

'Dat weet ik wel zeker,' zegt Lois.

'Waar ben jij nu? Kun je snel naar het bureau komen?'

'Eh, nee. Dat gaat niet.'

Aan de andere kant van de lijn valt een stilte. 'Waarom niet? En hoe weet je zo zeker dat hij thuis is? Zeg, ben je soms al bij Milan?'

'Ja.'

'Waarom in hemelsnaam? Nee, laat maar, je kunt nu natuurlijk niets zeggen. Hou hem aan de praat, we komen eraan. En Lois...'

'Ja?'

'Wees voorzichtig. Die jongen is misschien gevaarlijk.'

Zonder antwoord te geven verbreekt Lois de verbinding en blijft even met de telefoon in haar handen zitten.

'Werk?' vraagt Milan.

'Ja, werk. Het gaat maar door. De ene zaak is nog niet opgelost of de volgende dient zich aan. Ik heb amper tijd om me met mijn vader bezig te houden.'

'Blijft hij nu hier?'

'Daar hebben we het eigenlijk nog niet over gehad. Ik neem aan van wel,' zegt Lois vaag. In haar hoofd is het een chaos. Niet alleen Wilco, ook Niek en Milan zijn waarschijnlijk de daders. Geen wonder dat zijn rugzak ingepakt klaarstaat. Als ze iets later was gekomen, was hij misschien weg geweest.

Had ze haar wapen maar bij zich, en handboeien. Het enige wat ze nu kan doen is tijd rekken.

Ze praten wat over de drukte van hun beroepen, maar al snel begint Milan tekenen van ongeduld te vertonen.

'Nou,' zegt hij, terwijl hij half overeind komt, 'heel aardig dat je me even op de hoogte kwam stellen. Als je het niet erg vindt, ga ik nu verder met pakken. Ik heb nog een hoop te doen.'

'Natuurlijk.' Met tegenzin staat Lois op, maar ze verzet geen stap. In een ongemakkelijk zwijgen staan ze tegenover elkaar.

'Waar ging dat gesprek eigenlijk over?' vraagt Milan onverwacht. 'Ik dacht dat ik Wilco's naam hoorde vallen.'

Het heeft geen zin om dat te ontkennen, Freds zware basstem draagt ver. Misschien heeft hij zijn eigen naam ook wel gehoord.

'Dat klopt,' zegt Lois. 'Er zijn nog veel losse eindjes in die zaak.'

'Zoals?'

Lois glimlacht naar hem. 'Daar mag ik natuurlijk niets over zeggen.'

'Nee, natuurlijk niet.' Hij glimlacht terug. 'Nou, succes ermee, zou ik zeggen.'

Het mag niet opvallen dat ze de zaak probeert te traineren. Maar als ze nu vertrekt, gaat Milan er in vliegende vaart vandoor, dat weet ze zeker. Lois steekt haar handen in de zakken van haar jas en houdt haar adem in als ze daar iets voelt. Haar vingers glijden om het koude metaal van het paar handboeien dat ze erin heeft gestopt voordat de zomerhitte het dragen van een jas overbodig maakte. Als ze nu ook haar wapen bij zich had, zou het perfect zijn. Maar er zijn meer manieren om iemand aan te houden. Ze heeft zich niet voor niets bekwaamd in vechtsporten op de politieacademie.

Milan legt zijn hand op haar schouder om haar al pratend naar de deur te begeleiden, maar Lois draait zich van hem af en doet een stap naar achteren. Tijd rekken heeft geen zin meer, ze moet Milan aanhouden. Maar misschien kan ze dat moment nog een paar minuutjes uitstellen, tot haar collega's gearriveerd zijn.

'Weet je, die losse eindjes zitten me niet lekker,' zegt ze peinzend, alsof ze totaal niet in de gaten heeft dat hij haar weg wil hebben. 'We hebben lange tijd gedacht dat die steekpartijen eenmansacties waren. We hadden ook iemand op het oog, Wilco Gardenier, maar voor een aantal steekpartijen had hij een alibi. In een vroeg stadium van het onderzoek vroegen we ons al af of die aanvallen wel iets met elkaar te maken hadden. Er was geen verband tussen de slachtoffers, dus misschien waren er twee daders. En dat klopte, alleen hadden we toen nog niet door dat ze samenwerkten. En daarnet is mijn collega erachter gekomen dat het er niet twee waren, maar drie.'

Lois oogt ontspannen, maar intussen houdt ze Milan goed in de gaten. Bewegingloos staat hij tegenover haar, zijn ogen tot spleetjes geknepen.

'Ik weet alles, Milan. Je hebt Wilco leren kennen in De Bonte Hond. Niek heeft jullie aan elkaar voorgesteld, als lotgenoten. Driedubbele lotgenoten, want ook Niek is vroeger als kind mishandeld. Hij heeft alleen nooit met Bureau Jeugdzorg te maken gehad, omdat een tante hem in huis nam. Daarom kregen we hem niet in beeld. Jullie hebben dezelfde achtergrond, hetzelfde verleden. Wiens idee was het om Wilco te betrekken bij jullie wraakzuchtige plannetjes en hem ervoor te laten opdraaien? Best een goed plan, zo'n makkelijk beïnvloedbare jongen.'

Milan schiet in de lach en schudt zijn hoofd. 'Wat een verhaal! Hoe verzin je het! Waar is dat allemaal op gebaseerd?'

'Op feiten, en dat zijn er heel veel. Hoe is het gegaan, Milan? Ik neem aan dat het begonnen is met je pleegvader. Je wilde hem uit de weg ruimen, maar kon dat niet zelf doen. Dus bedacht je dat iemand anders dat klusje voor je moest opknappen, en dat jij een wederdienst zou verrichten. In Wilco vond je de ideale bondgenoot. Jij plantte een mes in de rug van Veerle Lemstra en op zijn beurt stak Wilco Johan voor je neer.'

'Probeer je me aan het praten te krijgen? Daar trap ik echt niet in.'

'Is er iets om in te trappen, dan?'

Ze staren elkaar aan, verwikkeld in een gevecht dat slechts met woorden wordt gestreden, maar daarom niet minder gevaarlijk is.

'Als je onschuldig bent, waar ben je dan bang voor? Waarom ga je opeens zo haastig op "vakantie"?' Met twee vingers van beide handen maakt Lois aanhalingstekens in de lucht.

Milan lacht, steekt zijn duim op. 'Leuk geprobeerd, maar helaas. Ik ga echt niets zeggen.'

'De camerabeelden waarop je Wilco het kanaal in duwt, vertellen waarschijnlijk genoeg. We hebben ze nog niet bekeken, maar ik kan niet wachten.'

Nu lacht hij niet meer. Hij knijpt zijn ogen iets samen en zijn mond verstrakt. 'Lulkoek,' zegt hij dan. 'Er hangen geen camera's aan de Kanaalkade.'

'Op dat stukje wel, sinds kort. Ik weet dat je goed op de hoogte bent van de plaatsen waar camera's hangen, maar dit wist je blijkbaar niet.'

Taxerend kijkt hij haar aan, de warmte in zijn bruine ogen is verdwenen.

'Je hebt gelijk,' zegt hij ten slotte. 'Ik heb Wilco het kanaal in geduwd. Het was doodsimpel, hij was stomdronken. Al die tijd dat jullie hem zochten, heeft hij bij Niek of bij mij thuis gezeten. Tot hij begon door te draaien. Vanaf het begin liep het eigenlijk al verkeerd. Eerst met dat meisje, hoe heet ze, Nicolette. Totaal zinloze actie, maar goed. Dat was Wilco's probleem, het spoor leidde toch niet naar ons. Het echte doelwit was mijn pleegvader. Hij doet het nog steeds, hè. Niet alleen met mij, ook met andere jongens die onder zijn toezicht staan. Hij moest een waarschuwing krijgen.'

'Maar niet van jouw hand.'

'Nee, en ook niet die van Niek. Wij hadden een alibi nodig, dus ik zorgde ervoor dat ik moest werken die avond. En Niek stond in zijn café.'

'Dus Wilco stak je pleegvader neer. En een van jullie stak Lilian neer, voor Wilco.'

'Precies. En daar had hij een goede reden voor.'

'Wat had Lilian gedaan?'

'Niets, dat is het juist. Ze heeft niet ingegrepen toen het nodig was. Wat zou jij doen als twee kinderen van acht en twaalf naar je toe vluchten omdat ze bang zijn dat hun vader ze in elkaar slaat? Precies, dan laat je ze binnen en belt de politie. Maar dat deed Lilian niet, ze zei dat dat niet haar zaken waren en gooide de deur voor hun neus dicht. Toen Wilco's pa erachter kwam dat ze naar de buren waren gehold, heeft hij hem zo hard geslagen met zijn riem dat hij zich dagenlang niet zonder pijn kon bewegen. En Marjet brak haar arm. Maar dat was volgens haar ouders natuurlijk tijdens gymnastiek gebeurd.'

'Wie rekende met Lilian af?'

'Niek.'

'En jij stak Veerle Lemstra neer. Waarom?'

'Omdat die bitch hem had laten zitten. Niek is niet zo'n prater, maar Veerle vertrouwde hij. Ze was alles voor hem. Zijn hele ziel en zaligheid had hij bij haar neergelegd, zijn jeugd, zijn onzekerheden, alles. Weet je wat ze zei? Dat ze geen behoefte had aan een vriend met zoveel problemen. Ze maakte het meteen uit. Sterker nog, ze ruilde hem in voor een goede vriend van Niek. Je had die jongen moeten zien, de avond dat ze hem aan de kant schoof. Hij heeft de halve nacht naast me zitten janken. Als ik er niet bij was geweest, had hij zichzelf van kant gemaakt.'

'Maar daarna wilde hij liever Veerle van kant maken.'

'Niet echt,' zegt Milan. 'Ze moest alleen zijn pijn voelen. Dat was alles wat hij wilde. Op een avond zaten we bij hem in de kroeg plannen te maken voor wraak. Eerst waren we nog niet serieus, was het meer voor de gein, maar dat veranderde.

Onze doelwitten hoefden niet per se dood, ze moesten alleen weten hoe het voelt om een mes in je rug te krijgen.'

'En de dode kat? De rode verf? Sanne Bosman?'

Milan glimlacht breed naar haar. 'Dat was om jou om de tuin te leiden. Jullie hadden al in de gaten dat je te doen had met iemand die ze niet alle vijf op een rijtje had. Dat idee wilde ik bevestigen. Het was wel rot om die kat neer te steken, maar het was voor een goed doel.'

'En Sanne?'

'Een geflipte actie van Wilco. Hij dacht dat jij het was, de idioot. We waren al klaar, hij hoefde niemand meer neer te steken. Maar hij ging gewoon door.'

'En toen begonnen jullie je natuurlijk een beetje zorgen te maken. Laat me raden, Niek heeft hem dronken gevoerd en jij hebt hem het kanaal in geholpen,' zegt Lois koel.

Milan grijnst breed naar haar en vouwt zijn armen voor zijn borst.

'Weet je waar ik nou benieuwd naar ben, Lois? Naar wat je hier komt doen. Wist je dit allemaal al toen je binnenkwam, of heb je dat net zitten uitdokteren? Want als je het wist, dan ligt er waarschijnlijk een arrestatieteam rond mijn huis.' Met grote passen beent hij naar het raam in de woonkamer en kijkt naar buiten.

'Er is niemand,' zegt Lois.

'Nee, daar lijkt het wel op. Vreemd. Nou ja, des te beter. Je snapt natuurlijk wel dat ik alles wat ik verteld heb later zal ontkennen.'

'Natuurlijk. Maar maak je geen zorgen, ik zoek de bewijzen er wel bij.'

'Dat zal je niet meevallen als Niek zijn mond houdt. En dat doet hij, want we zijn vrienden. Echte vrienden, en die verlinken elkaar niet.'

Lois glimlacht alleen maar. 'Hoe zeker ben je daarvan,

Milan? Jij weet niet waar vrienden, zelfs echte vrienden, toe in staat zijn als ze dreigen op te draaien voor moord. Misschien dat Niek de schuld voor die steekpartijen nog op zich zou willen nemen, al kan ik me dat moeilijk voorstellen, maar moord is een ander verhaal. Geloof me, daar zijn maar heel weinig mensen toe bereid. En als die camerabeelden aantonen dat jij met Wilco aan de wandel bent gegaan in de richting van het kanaal, dan heeft het voor Niek weinig zin om je te beschermen, snap je?'

Milans gezicht verstrakt een moment, maar ontspant meteen weer. Hij komt langzaam op Lois af en zegt op verzoenende toon: 'Laten we een deal sluiten. Als jij je mond houdt, houd ik ook mijn mond.'

'Pardon?'

'Je begrijpt heel goed wat ik bedoel. Ik weet dingen waar ik jarenlang mijn mond over heb gehouden.'

'Ik heb geen idee waar je het over hebt.'

'O nee? Dat lijkt me sterk, je wilt echt niet dat ik mijn mond opendoe. Maar we kunnen elkaar helpen. Jij beschermt mij, ik bescherm jou.'

'Ik heb jouw bescherming niet nodig,' zegt Lois. 'Het kan me niet schelen wat jij weet. Of dénkt te weten. Je staat onder arrest, Milan Huizinga. Je hebt recht op een advocaat, en als het gaat om door jou gepleegde strafbare feiten, ben je niet tot antwoorden verplicht.'

Milans hand glijdt naar de kontzak van zijn spijkerbroek en het volgende moment knipt hij een mes open, vlak voor Lois' gezicht. In een reflex geeft ze hem een knietje in zijn kruis, en terwijl Milan kreunend ineenduikt, grijpt ze zijn arm en draait die op zijn rug.

Met de andere hand probeert ze de handboeien te pakken, maar die zitten in haar linker jaszak, zodat ze er net niet bij kan. In de paar seconden dat ze staat te knoeien, weet Milan zich uit haar greep te bevrijden. Nahijgend van de pijn doet hij een paar stappen terug en richt het mes op haar.

'Je laat me gaan,' brengt hij moeizaam uit. 'Als het moet, gebruik ik deze jongen. Ik meen het.'

'Blijf daar staan en laat het mes vallen,' zegt Lois op waarschuwende toon. 'Kom geen stap dichter bij me in de buurt.' Ze haalt haar telefoon tevoorschijn en drukt op de sneltoets voor de meldkamer. Op het moment dat er opgenomen wordt, doet Milan een uitval naar haar.

Lois springt achteruit en ontwijkt ternauwernood het mes. Ze staat nu met haar rug tegen het dressoir, waar ze een lamp op heeft zien staan. Zonder Milan uit het oog te verliezen laat ze haar vingers over het gladde oppervlak van de kast glijden, tot ze de zware voet van de lamp raken. Ze rukt hem naar zich toe, met stekker en al, en zwaait hem in Milans richting.

Die deinst terug en haalt daarna uit met het mes. Hij staat net iets te ver bij Lois vandaan om haar te kunnen raken, maar onverwacht duikt hij op haar af. Met een klap valt Lois achterover op de grond. Milan belandt boven op haar, maar het mes is hij kwijt.

Terwijl hij om zich heen kijkt waar het gebleven is, tasten Lois' vingers naar de lamp, die ze heeft laten vallen. Nog voor ze hem kan pakken, voelt ze twee sterke handen om haar keel. Milan hangt vlak boven haar, met zweetdruppels op zijn voorhoofd. Ze wil zeggen dat het goed is, dat ze hem laat gaan, maar de greep om haar keel is zo stevig dat ze geen woord kan uitbrengen.

Snakkend naar lucht reikt ze naar de lamp. Ze kan er net niet bij, maar wel bij de stekker.

Als een drenkeling die een reddingslijn heeft gevonden, trekt ze de lamp stukje bij beetje naar zich toe. Ze is zich er vaag van bewust dat Milan tegen haar praat, haar verwijten maakt.

Buiten stoppen twee auto's voor de deur, portieren worden geopend en hard dichtgeslagen. Te laat, te laat, ze moet nú ademhalen.

Er wordt aangebeld, op de deur gebonsd. 'Opendoen! Politie!' schreeuwt iemand.

Ze heeft nog kracht voor één zwaai met de lamp. Sterretjes verschijnen voor haar ogen. Ze is zich er amper van bewust dat haar hand de ijzeren stang beet heeft, dat haar arm een boog maakt door de lucht en de stenen voet op Milans hoofd neerkomt.

Bloed spat over haar gezicht, de handen om haar keel verslappen. Happend naar lucht blijft ze met haar ogen dicht op haar rug liggen. Een tochtstroom langs haar hoofd, dreunende voetstappen, geschreeuw.

Iemand knielt bij haar neer en stelt een bezorgde vraag, maar ze is nog steeds alleen maar bezig zuurstof naar binnen te halen. Pas als haar ademhaling normaliseert en er geen gierende geluiden meer uit haar keel komen, opent ze voorzichtig haar ogen. Er zit bloed op haar wimpers. Ze veegt het weg met de rug van haar hand en kijkt in het gezicht van Fred.

'We hebben hem,' fluistert ze, en hij knikt en glimlacht.

52

'Ik ben blij dat je ze van de straat hebt gehaald,' zegt Onno. 'Voor ze nog meer slachtoffers konden maken. En ik ben nog blijer dat jou niets is overkomen.'

'Anders ik wel. Dat bezoekje liep heel anders dan ik had gedacht.' Lois heeft Onno in grote lijnen verteld wat er dinsdag is gebeurd toen ze Milan opzocht. Veel van de informatie ligt al op straat en is breed uitgemeten in de media, zodat ze het er met Onno ook wel over kan hebben.

Ze zitten in de zon op een zeiljacht, midden op het Alkmaardermeer. Na een paar koelere dagen is het opnieuw broeierig warm. Lois en Onno hebben een vrije dag genomen en een zeilboot gehuurd. De eerste bewolking is in de verte in zicht, maar voorlopig is het nog zonnig. Toen ze vanochtend opstond was Lois vastbesloten haar werk even achter zich te laten en te genieten van de mooie zomerdag. Toch blijven haar gedachten terugkeren naar de gebeurtenissen van gisteren.

'Hij zei van die vreemde dingen,' zegt ze peinzend. 'Op het moment zelf besteedde ik daar niet veel aandacht aan, maar nu moet ik er steeds aan denken.'

'Wat voor dingen?' vraagt Onno, met één arm leunend op de reling.

'Dat we iets voor elkaar konden betekenen, dat hij niet van plan was zijn mond te houden. Geen idee wat hij daarmee bedoelde.'

'Weet hij iets van je?'

'Dat suggereerde hij wel, maar ik zou niet weten wat. Misschien iets uit een oude zaak. Ik heb me niet altijd aan de regels gehouden, maar hoe kan hij dat weten? Dat soort dingen weet alleen Fred.'

'Vreemd,' beaamt Onno. 'Hoe is het nu met Milan? Ligt hij nog in het ziekenhuis?'

'Ja, hij heeft een zware hersenschudding. Eigen schuld.'

Onno grijnst. '*Don't mess with Lois.*'

'Het zag er anders niet zo best voor me uit. Ik weet niet of hij echt van plan was me te vermoorden, maar ik heb het wel even erg benauwd gehad.'

Ze dobberen een tijdje in stilte. Nu en dan wijzen ze elkaar op een bijzondere vogel, de rest van de tijd zitten ze genietend met hun gezicht naar de zon toe gekeerd. Als er een wolk voor schuift, vraagt Onno: 'Hoe is het nu met je vader? Gaat hij terug naar Amsterdam?'

'Nee, hij zoekt een huis in Alkmaar. Het Leger des Heils helpt hem daarbij, dus dat komt wel goed.' Lois schuift met haar zonnebril haar haar uit haar gezicht. 'Huisvesting is niet het grootste probleem.'

'Laat me raden: je hebt het nog steeds moeilijk met zijn terugkeer.'

'Ik zou willen dat het anders was. Jarenlang heb ik op dit moment gewacht en nu het zover is...'

'Dat is toch niet zo vreemd. Je vader was je grote held toen je een kind was. Het is moeilijk om te accepteren dat hij dat niet was. Nu hij terug is, moet je hem opnieuw leren kennen. Die kennismaking kan tegenvallen, maar als je met elkaar verder wilt, moet je hem accepteren zoals hij is. En accepteren dat alles is zoals het is. Pas dan kunnen jullie weer een relatie opbouwen.'

'Dus ik moet hem maar vergeven. Alsof er niets gebeurd is.'

'Uiteindelijk zul je hem moeten vergeven, ja. Als jij wrok blijft voelen en telkens op het verleden terugkomt, heeft het geen zin.'

'Ik wíl hem wel vergeven, maar ik weet niet hoe,' zegt Lois wanhopig. 'Het zou een verschil maken als hij sorry zei. Als hij toegaf dat hij een fout gemaakt heeft door ons in de steek te laten.'

'Dat zou het zeker makkelijker maken. Maar ook zonder die erkenning kun je ervoor kiezen om het achter je te laten, Lois. Al is het maar omdat het beter is voor jóú, omdat je het dan kunt afsluiten.'

Lois leunt met haar elleboog op de rand van de boot en kijkt uit over het rustige, grijsblauwe water. 'Dat klinkt heel mooi,' zegt ze, 'maar zo werken die dingen niet.'

'Jawel, wel als je daar heel bewust voor kiest. Soms doen mensen dingen die niet uit te leggen of te begrijpen zijn. Vergeven houdt niet in dat je het niet meer erg vindt wat er is gebeurd, of dat je er nooit meer aan mag denken. Het betekent dat je kiest voor jezelf, dat je die negatieve emotie loslaat en verder gaat met je leven. Het is buitengewoon heilzaam om te accepteren dat sommige dingen nu eenmaal zo gelopen zijn.'

Ze vervallen in stilzwijgen, waarin Lois naar de golven kijkt. De zon is intussen verdwenen.

Onno komt naast haar zitten en slaat een arm om haar heen. 'Het heeft tijd nodig,' zegt hij. 'Gun jezelf die tijd. Het vertrouwen is sneller beschadigd dan hersteld.'

'Daar heeft Tessa niet veel last van. Ze gaat met mijn vader om alsof ze elkaar twee weken niet gezien hebben. Ze heeft hem in nieuwe kleren gestoken, mee naar de kapper genomen, kortom, een complete metamorfose gegeven.' Ondanks alles grinnikt Lois. 'Ik kreeg bijna medelijden met hem. Maar ik moet zeggen dat hij het zich allemaal zonder protest laat aanleunen. En hij is dolgelukkig met zijn eerste kleinkind.'

Verrast kijkt Onno haar aan. 'Weet hij dat Tessa in verwachting is?'

Lois knikt. 'Ze heeft besloten de baby te houden. "We hebben al zoveel familie verloren," zei ze. "Het wordt tijd dat er wat bij komt." Mooi hè? Guido was dolgelukkig toen hij het hoorde.'

'Prachtig! Daar zul jij ook wel opgelucht over zijn. Zoveel goed nieuws, daar moeten we eigenlijk op proosten.'

Hij komt overeind, duikt de kajuit in en keert terug met twee glazen bubbels in zijn handen. Voorzichtig, om niet te knoeien door de toenemende golfslag, gaat hij naast Lois zitten en overhandigt haar een glas. 'Ik wil een toost uitbrengen.'

'Wat zit erin?' Lois ruikt aan het doorzichtige, mousserende drankje.

'Jip en Janneke-champagne. Dat leek me wel gepast.'

Lois proest het uit. 'Dat meen je niet!'

'Ik wilde iets met bubbels en jij drinkt niet,' verdedigt Onno zich. 'En ik moet nog varen, dus ik doe met je mee. Waar proosten we op?'

'Op Tessa's baby.'

'Op Tessa's baby,' herhaalt Onno, en hij voegt eraan toe: 'En op je vaders terugkeer.'

Ze proosten.

'En op ons, natuurlijk,' zegt Onno. 'Op onze vriendschap.'

'Op onze vriendschap.'

Ze proosten opnieuw.

'Die, naar ik hoop, langzaam maar zeker overgaat in iets anders,' voegt Onno eraan toe. Hij neemt een slokje en trekt een vies gezicht. 'Nou, dat belooft niet veel goeds.'

'Is het zo erg?' Lois neemt ook een slokje, rimpelt haar neus en gooit de inhoud van haar glas overboord. Onno volgt onmiddellijk haar voorbeeld.

'Daar gaat mijn zorgvuldig voorbereide champagnemoment,' zegt hij spijtig.

'De toost was goed,' troost Lois.

Ze kijken elkaar aan en lachen.

Het duurt even voor Lois zich realiseert dat ze nog nooit zo dicht bij elkaar hebben gezeten, dat hun blote armen en benen elkaar raken, dat ze elkaars geur kunnen ruiken. De zorgeloze, ongecompliceerde manier waarop ze een paar seconden geleden nog met elkaar omgingen maakt plaats voor een zekere spanning.

Lois voelt haar hart bonzen, iets van onzekerheid bekruipt haar. Ze laat Onno's gezicht dichterbij komen, zijn lippen de hare raken, vederlicht, alsof hij bang is iets te beschadigen wat hij zo lang gekoesterd heeft. Ze kussen elkaar met de behoedzaamheid van twee pubers die hun eerste liefdesavontuur beleven, maken zich dan van elkaar los en kijken elkaar aan. Lois glimlacht en Onno lacht terug. Blijkbaar ziet hij daar een aanmoediging in, want zijn volgende kus is wat steviger en duurt langer. Lois kan niet ontkennen dat het goed voelt. De passie die ze ervoer bij Brian ontbreekt, dit is een ander soort kus, waarbij ze niet meteen overal handen op haar lichaam voelt, de kleren van haar lijf worden gerukt en ze wordt meegesleept in een maalstroom van lust. Deze kus is rustig, opbouwend, vertrouwenwekkend en heerlijk ontspannen. Ze geeft zich eraan over, slaat haar armen om Onno's nek en beantwoordt vol overgave zijn liefdesuiting. Ze laat zich achteroverdrukken op de zachte witte kussens van het bankje en draait haar hoofd opzij als Onno haar in haar hals kust. Dan laat ze haar handen over zijn gespierde bovenarmen glijden. In eerste instantie besteedt ze geen aandacht aan de druppel die op haar voorhoofd valt, en ook niet aan de volgende, die het puntje van haar neus raakt. Pas bij de derde, die snel gevolgd wordt door meerdere druppels, kijkt ze op, recht omhoog de donkere lucht in. Geschrokken duwt ze Onno van zich af.

'Onno, moet je zien!'

Onwillig maakt hij zich van haar los en werpt een blik omhoog. Met een vloek springt hij overeind en kijkt nogmaals naar de lucht, alsof hij hoopt dat het een zinsbegoocheling was. De lichte bewolking heeft plaatsgemaakt voor een massief zwart front dat dreigend over het meer schuift.

'We moeten hier weg, snel!' Hij begint te rommelen met lijnen en touwen, wijst Lois een plaats toe en draagt haar op een reddingsvest aan te trekken. Ze hebben de vesten nog maar net aan of de hel breekt los. Een zware hoosbui doorweekt hen in een ommezien. Het is lastig zeilen met een stormwind die aan de zeilen rukt en met golven die tot aan de reling komen. Lois heeft weleens gezeild en weet dat het te laat is om de zeilen te strijken, dat kost te veel tijd en energie.

'Het beste is nu om alle schoten los te laten en op de golven mee te varen,' roept Onno haar boven het geluid van de wind toe. 'Gelukkig waait de wind in de richting van de haven in Akersloot.'

Hoe het weer zo ineens kan omslaan, is Lois een raadsel. Ze hebben duidelijk niet opgelet. Ze wijst naar de kajuit, waar plaats genoeg is om te zitten, maar Onno schudt zijn hoofd. Ze begrijpt het; als ze omslaan zit ze daar in de val. Met zo'n lichtgewicht scheepje is dat gevaar groot.

Gespannen houdt ze de golven in de gaten. De boot klieft erdoorheen, af en toe steigerend als een paard. Wit schuim spat hoog op, kletst over haar heen. Onno staat aan het roer en kijkt af en toe naar haar om te zien of het nog goed gaat. Bemoedigend knikt hij haar toe. Hij lijkt niet bang, zo te zien heeft hij vaker met dit soort weersomstandigheden te maken gehad.

Boven hun hoofden neemt de lucht een inktzwarte tint

aan, in de verte klinkt gerommel. Niet lang daarna schiet de eerste bliksemflits langs de hemel. Een paar seconden zijn water en lucht fel verlicht, dan daalt de duisternis weer neer.

Lois komt half overeind en buigt zich naar Onno toe. 'Kan ik helpen?' schreeuwt ze.

Hij schudt zijn hoofd. 'We varen op de motor, het komt wel goed. Wees maar niet bang, ik heb het onder controle.'

Daar lijkt het anders helemaal niet op. Als een stuk speelgoed wordt het zeilscheepje door de golven opgetild, neergesmakt, heen en weer geschud. Lois voelt zich misselijk worden, maar erger is de angst. Overal om haar heen bevindt zich woest, grijs water, de oever lijkt nog eindeloos ver weg. Wat als ze omslaan? Ze draagt wel een reddingsvest, maar als er erg veel golven over je heen storten, kun je toch verdrinken.

Ze houdt zich stevig vast aan de reling en ademt diep in en uit. Nu en dan kijkt ze naar Onno, die een diepe rimpel van concentratie tussen zijn wenkbrauwen heeft. De storm buldert over hen heen, de golfslag wordt steeds hoger. Lois voelt hoe de boot wordt opgetild, scheef komt te hangen, en ze schreeuwt het uit. Dan kantelen ze terug, om meteen weer mee omhoog genomen te worden en opnieuw neer te duiken. Boven hen klapperen de losse schoten van de zeilen, de wind giert, bliksemflitsen verlichten de lucht, de wereld lijkt te vergaan.

Het kost Onno de grootste moeite zijn evenwicht te bewaren. Hij houdt zich stevig aan het roer vast, trekt zich eraan op als hij valt. Lois zit niet meer op het bankje maar op de bodem van de boot, waar ze zich veiliger voelt, maar waar ze weinig houvast vindt. Met haar rug tegen de kajuitdeur laat ze de storm over zich heen komen.

En dan neemt het af. Het schip maakt een bocht en komt in een betrekkelijke luwte terecht. Over de deinende reling heen ziet Lois dat ze de haven naderen. Op de steiger staan druk gebarende mensen, klaar om hen te helpen met aanmeren.

En dan bewijst Onno dat hij een geoefend zeiler is, want met een soepele wending stuurt hij op de aanlegplaats aan en meert aan. Onmiddellijk zijn er vele handen die de touwen grijpen, de boot vastsnoeren en de twee opvarenden van boord helpen.

Trillend op haar benen staat Lois op de steiger. Ze onderdrukt de neiging om zich op handen en knieën te laten vallen en het hout te kussen. In plaats daarvan loopt ze naar Onno toe, die zijn armen om haar heen slaat en haar vasthoudt alsof hij haar nooit meer los wil laten.

'Het spijt me,' zegt hij schor. 'Het spijt me zo.' Hij kust haar stevig op de mond, opgelucht over de goede afloop.

'Het geeft niet.' Lois leunt tegen hem aan, vervuld van een gevoel dat ze bijna niet kan omschrijven. 'Het is net zo goed mijn fout. We hebben allebei niet opgelet.'

Onno kijkt op haar neer, zijn gezicht vertrokken van schuldgevoel, maar als hij ziet dat ze lacht, doet hij mee.

'Volgende keer maar gewoon uit eten?' stelt hij voor.

Lois knikt. 'Dat lijkt me beter, ja,' zegt ze.

53

'Kon je zomaar vrij krijgen?' Mart leegt een suikerzakje in zijn koffie en kijkt naar zijn dochter.

Een beetje ongemakkelijk zitten ze tegenover elkaar in een rustig hoekje van Het Gulden Vlies. Nadat hij voor onbepaalde tijd bij Tessa is ingetrokken, heeft Lois hem een paar dagen niet gezien. Vanochtend heeft ze zelf het initiatief genomen door hem op te bellen en voor te stellen iets te gaan drinken, waar Mart verheugd op reageerde.

'Ik heb een paar vakantiedagen opgenomen,' zegt Lois. 'Nu we die steekpartijen opgelost hebben, kon dat wel. En met mijn baan moet je vrij nemen zodra je kunt. Je weet maar nooit wanneer je telefoon weer gaat.'

'Lijkt me een onrustig bestaan.' Mart neemt een slok koffie en kijkt haar over de rand van zijn kopje aan.

'Dat is het ook, maar ik hou van mijn werk.'

'En daar gaat het om.'

Lois knikt. Ze nipt van haar cappuccino en neemt haar vader op. Hij ziet er goed uit in zijn nieuwe kleding, met een modern, kort kapsel. Ze heeft van Tessa begrepen dat de tandarts, de schoonheidsspecialiste en de pedicure ook nog op het programma staan, maar vandaag heeft ze haar vader vrij gegeven.

'Bevalt het je bij Tessa en Guido?' vraagt Lois.

'Uitstekend. Ze wonen prachtig.'

'Klikt het met Guido?'

'Jawel, het is een aardige kerel. Heel geschikt van hem om me een logeerkamer aan te bieden. Maar ik wil niet langer dan strikt noodzakelijk bij hen wonen. Het Leger des Heils is druk bezig een baan en een woning voor me te zoeken hier in Alkmaar. Tessa is heel lief, maar ik weet zeker dat ze er geen trek in heeft haar ouwe vader wekenlang om zich heen te hebben. Zeker niet nu ze in verwachting is.' Een glimlach trekt over Marts gezicht.

'Dat vind je leuk nieuws, hè, dat ze zwanger is.'

'Geweldig! Stel je voor, een kleinkind!' Mart straalt. 'Ik ben precies op tijd teruggekomen,' stelt hij tevreden vast.

Lois glimlacht. In de stilte die valt bedenkt ze hoe bijzonder het is dat ze hier nu tegenover elkaar zitten. Wie had dat een week geleden kunnen denken, toen ze hier met Onno zat te eten. Het gesprek met hem heeft haar op andere gedachten gebracht. Ze heeft besloten haar vader een kans te geven. Niet door te vergeven en te vergeten, dat lukt haar nog niet, maar door zich meer op de toekomst te richten in plaats van op het verleden.

Ze heeft haar vader niet verteld dat de initiator van de steekpartijen een oud-leerling van hem is. Dat was ook niet nodig, haar vader wist genoeg toen hij een krantenbericht over Milan H. las. Hij belde haar meteen op met de vraag of dat soms Milan Huizinga was. Lois heeft het bevestigd, en nu stuurt ze voorzichtig het gesprek die kant op.

'Hoe goed kende jij Milan eigenlijk?'

'Niet heel goed. Ik heb hem natuurlijk maar kort gekend. Maar ik herinner me hem nog wel.' Haar vader kijkt uit het raam naar de Koorstraat, waar de regen neerklettert. 'Ik zag meteen dat er iets niet klopte aan dat joch. Die schuwe blik, de schrikreactie als je hem tijdens de les aansprak. Hij was altijd een beetje afwezig en algauw begreep ik waarom.'

'Goed van je om er een instantie bij te halen.'

'Een instantie?'

'Je hebt Jeugdzorg toch ingeschakeld?'

'Tja, ik heb niet veel goeds gedaan in mijn leven, maar dat wel.' Mart lacht wat ongemakkelijk.

'Was hij als kind al agressief?'

'Niet dat ik weet. Ik heb hem nooit agressief meegemaakt.'

Nadenkend kijkt Lois voor zich uit. 'Ik heb na Milans arrestatie zijn dossier er nog eens bij gepakt. Ik heb altijd het vermoeden gehad dat hij iets te maken heeft gehad met zijn vaders dood. Denk je dat hij in staat was zijn vader de hersens in te slaan?'

Mart antwoordt niet meteen. 'Ik weet het niet,' zegt hij ten slotte. 'Hij was nog maar een kind, Lois. En zijn vader was een stevige kerel. Niet iemand die je zomaar aanvalt.'

'Op een onbewaakt moment misschien wel. Of als je buiten zinnen van woede bent na de zoveelste afranseling.'

'Een jongen van twaalf, met dat postuur?' Mart kijkt alsof hij het overweegt en schudt dan zijn hoofd. 'Dat geloof ik niet. Milan was tenger, vrij klein voor zijn leeftijd en doodsbang voor zijn vader. Nee, ik denk niet dat hij de moed of de kracht had om zijn vader aan te vallen.'

'Ik heb me de afgelopen dagen in die zaak verdiept. In het politiedossier staat dat Koen Huizinga is neergeslagen met een zwaar, stomp voorwerp. Het moordwapen is nooit gevonden, dus we weten niet wat het is geweest. En ik heb begrepen dat Koen niet het type was dat snel vrienden maakte. Er waren genoeg mensen met wie hij ruzie had, maar die hadden allemaal een alibi. Milan ook.'

'Tja, ik ben bang dat het altijd een raadsel zal blijven. Is die zaak intussen niet verjaard?'

'Nee,' zegt Lois. 'Nog lang niet. En ik heb het sterke vermoeden dat Milan weet hoe zijn vader aan zijn einde is gekomen.'

'O ja?'

'Laten we geen spelletjes meer spelen, pa.' Lois kijkt haar vader recht aan. 'Je hebt Jeugdzorg helemaal niet ingeschakeld, je hebt de bron van het probleem weggenomen. Jij bent degene die Milans vader heeft vermoord.'

Ze had zich voorgenomen haar vader heel rustig met de feiten te confronteren, maar nu trillen haar handen zo hevig dat ze ze onder tafel houdt om ze aan het zicht te onttrekken. Gespannen kijkt ze naar de man tegenover haar, die haar heeft verzorgd en geknuffeld, haar een heerlijke kindertijd heeft gegeven, tot die ene dag waarop alles veranderde.

'Je bent niet alleen weggegaan omdat je huwelijk slecht was, of omdat je in een depressie zat,' gaat ze door. 'Je vluchtte omdat je Milans vader in een woedeaanval hebt gedood. Omdat je niet langer kon aanzien hoe dat kind onder de blauwe plekken op school verscheen. Ging het zo, pa?'

Haar vader zit tegenover haar alsof al het leven opeens uit hem is weggevloeid. Zijn gezicht is een ondoorgrondelijk masker, hij verroert zich niet. Dan vonkt er opeens iets van emotie in zijn ogen en vertrekt zijn mond. Zijn gezicht lijkt in één keer jaren ouder te worden.

'Dat arme joch,' zegt hij schor. 'Elke keer sjokte hij het klaslokaal binnen met die enorme tas met boeken op dat smalle ruggetje. Ik wist dat de pijn niet werd veroorzaakt door het gewicht van die boeken, maar dat hij onder de blauwe plekken zat. Verbeek, van gymnastiek, had me ingeseind. Hij vroeg of ik eens met Milan wilde praten. Milan hield van geschiedenis en bleef na de les vaak nog even napraten. Op een dag bracht ik het onderwerp heel voorzichtig ter sprake. Hij schrok en ontkende, vluchtte zo'n beetje het lokaal uit. Maar de volgende les bleef hij weer hangen, en stukje bij beetje wist ik zijn vertrouwen te winnen.'

'Maar je hebt Jeugdzorg of de politie niet gewaarschuwd.

Dat liet Milan me geloven, maar het is in zijn dossier nergens terug te vinden. Dus ik vroeg me af waarom hij je zó dankbaar is dat hij het er nu nog over heeft. Waarom heb je het niet aan de instanties overgelaten, pa? Dat was toch veel beter geweest?'

Mismoedig schudt Mart zijn hoofd. 'Dat was ik ook van plan. Maar ik wist dat Milan dan uit huis geplaatst zou worden, wat heel ingrijpend is voor een kind. De eerste tijd wist ik ook niet hoe ernstig de mishandelingen waren. Ik dacht dat hij gewoon af en toe een klap kreeg, misschien wat harder en vaker dan toelaatbaar is. Dus ik besloot met zijn vader te gaan praten. Ik zocht hem thuis op, stelde me voor en sneed het onderwerp aan.' Hij schudt zijn hoofd. 'Die man was niet goed snik! Hij werd meteen agressief, begon te schreeuwen en te dreigen dat hij mijn botten zou breken als ik niet snel opsodemieterde. Ik probeerde hem tot rede te brengen, maar hij werd steeds kwader, begon me te duwen. Ik verweerde me, wat hem nog agressiever maakte. Toen ik hem waarschuwde dat ik hem zou aangeven, ontplofte hij. Bij de eerste vuistslag in mijn gezicht ging ik tegen de vloer, bij de tweede spoot het bloed uit mijn neus. Toen de derde eraan kwam, sloeg ik terug.'

'Met een honkbalknuppel,' zegt Lois.

'Ja, die stond daar als door God gezonden. Ik had maar één klap nodig, toen lag die man op de grond. Ik wist meteen dat hij dood was. En ik raakte in paniek.'

'Zo erg dat je thuis wat spullen bij elkaar greep, een vaag briefje achterliet en ervandoor ging.'

'Ik was bang, Lois. Het ging al niet goed met me, en nu had ik ook nog een man vermoord. Op dat moment leek het me beter om uit jullie leven te verdwijnen. Ik was toch een vader van niks, ik bracht alleen maar ellende.'

'Het was zelfverdediging. Je had jezelf moeten aangeven en de zaak uitleggen.'

'Zo scherp kon ik niet denken, ik kon helemaal niet meer denken. Ik ben er halsoverkop vandoor gegaan, ervan overtuigd dat de politie me te pakken zou krijgen. Daarom ben ik de straat op gegaan, alleen daar voelde ik me veilig.'

'Je hebt jezelf een langere en zwaardere straf gegeven dan justitie ooit gedaan zou hebben. Besef je dat wel?'

'Nu wel,' zegt Mart zacht. 'Het heeft lang geduurd, maar toen ik medicijnen kreeg van het Leger des Heils en mijn depressie verdween begreep ik wat ik had gemist in mijn leven: jullie en alles waar ik ooit gelukkig mee was.' Hij staart naar zijn handen, de handen die ooit iemands leven hebben beeindigd. 'Milan moet geweten hebben dat ik zijn vader heb gedood. Ik had tegen hem gezegd dat ik die middag, terwijl hij nog les had, naar zijn huis zou gaan om met zijn vader te praten. Hij was de enige die dat wist. Toen hij thuiskwam, heeft hij zijn vader gevonden. En hij heeft al die jaren gezwegen.'

'De vraag is of hij blijft zwijgen.'

'Ik denk van wel. We zijn elkaar één keer tegengekomen. In Amsterdam. Ik had wat geld verdiend en zat op een bankje een patatje te eten toen hij opeens voor me stond. We hebben gepraat. Niet over zijn vader, gewoon over ditjes en datjes. Hij vroeg ook niet wat ik in Amsterdam deed, dat was wel duidelijk, geloof ik. Na een halfuurtje ging hij weg en gaf me wat geld. Aardig wat geld, waar ik het weer een tijdje van kon uitzingen. Voor hij wegging zei hij: "Je hebt mijn leven gered. Dat zal ik nooit vergeten."'

Sprakeloos schudt Lois haar hoofd. 'Dus Milan wist waar je zat. Ik heb hem verteld dat je verdwenen was, en hij zei geen woord.'

'Daarom denk ik niet dat hij me zal verraden.'

'Daar kun je toch niet van uitgaan. Hij heeft mij bijna gewurgd. Hoe lang denk je dat hij dankbaar blijft? Trouwens, ik moet dit zelf ook rapporteren.'

'Dat begrijp ik.'

'Wat niet wil zeggen dat ik het ook ga doen.' Ze weet dat ze hem inderdaad zal beschermen. Hoe belangrijk ze gerechtigheid ook vindt, en hoezeer ze zich ook bewust is van haar verplichtingen als rechercheur, ze is bereid het dossier te sluiten en te doen alsof haar niets is opgevallen. Haar verrassing is dan ook groot als Mart vastbesloten zijn hoofd schudt.

'Nee, dat wil ik niet. Ik ben teruggekomen om schoon schip te maken, Lois. Ik weet dat jij dit niet kunt verzwijgen, dus ik ga me alsnog aangeven.'

'Pa...'

'Je kunt je baan kwijtraken als het uitkomt. Denk je dat ik dat op mijn geweten wil hebben, na alles wat ik je heb aangedaan? Ik pieker er niet over.'

Hij meent het, ze ziet het aan zijn gezicht. Respect welt in haar op, en meteen daarna schrik en onrust.

'Ik wil niet dat je naar de gevangenis gaat. Niet nu je net terug bent.' Iets van het kleine meisje dat ze ooit was, komt in haar boven. Het klinkt duidelijk in haar stem door, en aan Marts glimlach ziet ze dat hij het ook hoort.

Krachtig omsluit hij haar hand met de zijne. 'Het kan niet veel erger zijn dan op straat leven. En een stuk minder eenzaam nu ik jullie terug heb. Hoe lang denk je dat ik krijg?'

Lois schudt haar hoofd alsof ze er niet eens aan wil denken. 'Geen idee. Het was zelfverdediging, al valt dat niet te bewijzen. Maar er zijn ook geen bewijzen dat jij Milans vader hebt gedood. Na zeventien jaar zal het niet meevallen die nog te vinden.'

'Mijn bekentenis is toch genoeg?'

'Dat zou je denken, maar dat is niet zo. Je moest eens weten hoeveel bekentenissen ik heb gehoord van mensen die achteraf onschuldig bleken te zijn. Sommigen bekennen omdat ze de druk van een verhoor niet aankunnen, anderen om aandacht te trekken, weer anderen om iemand te beschermen. Er is altijd direct bewijs nodig om tot een veroordeling te komen.'

'Milan weet het.'

'Milan weet niets. Hij vermoedt het alleen maar. Misschien blijft hij zijn mond houden, maar het zou net zo goed kunnen dat hij wraak wil nemen omdat ik hem heb opgepakt. Als hij op een gegeven moment jouw naam noemt en de politie een onderzoek naar je instelt, dan hebben ze erg weinig om op af te gaan.'

Zwijgend kijkt Mart uit het raam. Zijn vingers spelen met een kartonnen onderzetter, breken hem en maken er kleine stukjes van. 'Ik heb vast sporen achtergelaten,' zegt hij ten slotte.

'Ze hebben niets. Je zei dat Milans vader je een bloedneus heeft geslagen, maar over dat bloed staat niets in het dossier. Ik denk dat ze het over het hoofd hebben gezien omdat er zoveel bloed van Milans vader was.'

'Dus ik zou ermee weg kunnen komen.'

'Je bént er al mee weggekomen. En je bent ervoor gestraft. Langer en harder dan justitie je zou straffen, zoals ik net al zei.'

Met een diepe zucht kijkt Mart zijn dochter aan. 'Dit pleidooi had ik niet verwacht, van jou als rechercheur.'

'Waarom niet? Ik zie wel vaker mensen achter de tralies verdwijnen die ik diep in mijn hart heel goed begrijp en met wie ik te doen heb. Het gaat mij erom dat er recht wordt gedaan, en dat gebeurt niet alleen in de rechtszaal.'

Mart buigt zich naar haar toe. 'Het doet me ontzettend goed dat je me begrijpt en verdedigt. Maar het is de hoogste tijd dat ik een daad stel en een streep onder het verleden zet. Ik wil niets te verbergen hebben. Ik wil met een schone lei beginnen, en daar hoort dit bij.'

'Jezelf aangeven.'

'Ja. Dat is de reden dat ik teruggekomen ben. Het liep alleen allemaal een beetje anders dan ik had gedacht.' Opnieuw pakt Mart haar hand, en hij vouwt zijn beide handen er stevig omheen. 'Lois, denk je dat je me ooit zult kunnen vergeven?'

Lois zit heel stil, haar ogen gericht op hun omstrengelde handen. 'Ik denk het wel,' zegt ze, na een korte stilte. 'Helemaal met wat ik nu weet. Eigenlijk heb ik je al vergeven.'

Als ze afscheid hebben genomen en Lois over de Oudegracht terug wandelt naar haar huis, overdenkt ze hun gesprek nog eens. Misschien heeft haar vader gelijk en is het beter dat hij zichzelf aangeeft. Misschien valt het vonnis mee en kan hij de draad van zijn leven snel weer oppakken. Zonder geheimen, zonder de ballast van het verleden. Ze heeft niet gelogen toen ze zei dat er weinig bewijs was. Op één ding na, waar ze haar vader wijselijk niets over heeft verteld.

Lois loopt de korte, stille Baangracht op, pakt haar sleutel en gaat haar huis binnen. Ze loopt regelrecht naar boven, naar haar slaapkamer, waar de honkbalknuppel als een stille getuige naast haar bed staat.

Ze herinnert zich het moment dat ze de knuppel vond, diep weggestopt in de vuilcontainer achter haar ouderlijk huis. Het was de dag na haar vaders vertrek en ze doorzocht de vuilniszak op zoek naar iets wat ze per ongeluk had weggegooid.

De glans van het hout had haar aandacht getrokken en toen ze de knuppel tevoorschijn haalde, was ze verrukt geweest. Ze had haar moeder niet gevraagd waarom hij in de vuilcontainer lag, en zij had hem blijkbaar nog niet gezien. Ze was ermee gaan spelen, zonder iets te zeggen. En nu staat hij hier, in haar slaapkamer.

Lois pakt de knuppel op en bekijkt hem aandachtig. Hij is oud en veelgebruikt, vol kleine barstjes. Vingerafdrukken zullen er niet meer op staan, maar bloed vindt gemakkelijk zijn weg in houtnerven en kan na vele jaren nog opgespoord worden.

Ze loopt de trap af, stopt de knuppel in een plastic tas en gaat de deur weer uit. De wandelpaden langs de singel liggen vlak achter haar huis, het kost haar maar een paar minuten om er te komen. In de beschutting van een paar grote loofbomen haalt ze de honkbalknuppel uit de tas. Ze kijkt een paar keer goed om zich heen. Dan, als ze zeker weet dat niemand haar ziet, haalt ze diep adem en slingert ze hem met een ferme zwaai het groene water in.

DANKWOORD

Met dank aan Marco Visser, teamchef van de regionale recherche Noord-Holland Noord, met wie ik de verhaallijn van *Vraag niet waarom* heb besproken, die het manuscript heeft gelezen en me met allerlei adviezen heeft bijgestaan. Eventuele fouten in dit boek zijn helemaal voor mijn rekening.

Ook wil ik mijn vriendin Sylvia Beljon bedanken voor het kritisch lezen van de eerste versie, Bonnie Steenman en Kanta van Zonneveld voor hun bureauredactionele hulp en natuurlijk mijn redacteur Liesbeth Vries en uitgever Wanda Gloude voor hun begeleiding.

Vraag niet waarom is deel III in de reeks met de Alkmaarse rechercheur Lois Elzinga in de hoofdrol. Verder verschenen nog:

Aan niemand vertellen

Lois Elzinga is rechercheur Moordzaken, afdeling Noord-Holland Noord. Wanneer ze wordt geconfronteerd met een verminkt lichaam lijken alle sporen dood te lopen. Tot er een tweede moord wordt gepleegd...

'Vaardig geschreven en fascinerend tot het verrassende einde.' – *Margriet*

'Het boek schreeuwt na de ontknoping om meer, meer, meer!' – *Limburgs Dagblad*

Morgen ben ik weer thuis

Rechercheur Lois Elzinga onderzoekt de vermissing van de elfjarige Britt, die na een turnles niet meer is thuisgekomen. Al snel wordt duidelijk dat dit geen gewone vermissing is.

✶✶✶✶ 'Een meeslepende thriller waarin Van der Vlugt met souplesse schakelt tussen wanhoop en moed, tussen machteloosheid en daadkracht.' – *Hebban*

✶✶✶✶ 'Een pakkende thriller.' – *Algemeen Dagblad*

www.amboanthos.nl
www.simonevandervlugt.nl